Conception graphique : Walker Books Ltd, Grande-Bretagne

Titre original : *The Sky is everywhere*
Édition originale publiée par Dial Books
for Young Readers, The Penguin Group (USA) Inc.
Published by arrangement with Pippin Properties, Inc.
© Jandy Nelson, 2010, pour le texte.
© Éditions Gallimard Jeunesse, 2010, pour la traduction française.

Jandy Nelson

Le ciel est partout

Traduit de l'américain par Nathalie Peronny

Gallimard

À ma mère

Première partie

1

Manou se fait du souci pour moi. Ce n'est pas seulement parce que ma sœur Bailey est morte il y a quatre
semaines, ou que ma mère ne m'a pas donné signe de
vie depuis seize ans, ni même parce que ces derniers
temps je ne pense qu'au sexe. Elle est inquiète parce que
l'une de ses plantes d'intérieur a des taches.

Manou a passé l'essentiel de mes dix-sept années
d'existence à soutenir que ce végétal, d'apparence tout à
fait quelconque, reflétait mon bien-être émotionnel,
spirituel et physique. J'ai fini par y croire, moi aussi.

Juste en face, à l'autre bout de la pièce, Manou, son
mètre quatre-vingts et sa robe à fleurs se tiennent penchés au-dessus des feuilles piquetées de noir.

« Comment ça, elle ne s'en remettra pas, cette fois ? »
Sa question s'adresse à oncle Big : arboriculteur, fumeur
de joints invétéré et savant fou en prime. Il en sait un
peu sur tout, mais il sait tout sur les plantes.

D'aucuns jugeraient étrange, voire franchement
bizarre, que Manou lui pose cette question en me regardant, moi, mais cela ne surprend nullement oncle Big
puisqu'il a lui aussi les yeux rivés dans ma direction.

« Cette fois, c'est grave », dit-il.

Sa voix retentit comme sur une scène de théâtre ou du haut d'une chaire. Ses mots ont une charge ; dans sa bouche, même *passe-moi le sel* sonne comme l'un des dix commandements.

Manou porte la main à son visage en un geste accablé, et je retourne à mes griffonnages poétiques dans la marge des *Hauts de Hurlevent*. Je suis recroquevillée dans un coin du canapé. Parler ne m'intéresse pas, je pourrais aussi bien employer ma bouche à stocker des trombones.

– Mais cette plante s'est toujours rétablie, Big. Comme quand Lennie s'est cassé le bras.

– Les feuilles avaient des points blancs.

– Ou l'automne dernier, quand elle a auditionné pour être première clarinette mais n'a encore décroché que la seconde place.

– Points marron.

– Ou quand…

– Cette fois, c'est différent.

Je lève les yeux. Ils me dévisagent toujours, en un duo géant tout d'affliction et d'inquiétude.

Manou fait office de gourou du jardinage à Clover. Elle possède les parterres de fleurs les plus extraordinaires de toute la Californie du Nord. Ses roses surpassent en éclat une année entière de couchers de soleil et leur parfum est si enivrant que d'après la légende locale, il suffit de humer leur senteur pour tomber amoureux sur-le-champ. Pourtant, malgré les soins attentifs et l'illustre pouce vert de sa propriétaire, cette plante semble suivre la trajectoire de ma vie, indifférente à tant d'efforts comme à sa propre sensibilité végétale.

Je pose mon livre et mon stylo sur la table. Manou se rapproche de sa plante, lui murmure quelques mots sur l'importance de la *joie de vivre** puis, d'un pas lourd, vient s'asseoir près de moi sur le canapé. Big nous y rejoint, sa masse prodigieuse s'affale à côté de Manou. Ensemble, nos trois tignasses hirsutes dressées sur nos têtes comme une nuée de corneilles, nous restons là sans bouger, les yeux dans le vide, pendant le reste de l'après-midi.

Il en va ainsi depuis que ma sœur Bailey s'est écroulée il y a un mois, terrassée par une arythmie fatale en pleine répétition de *Roméo et Juliette*. C'est comme si quelqu'un avait aspiré l'horizon pendant qu'on avait le dos tourné.

---

* Tous les mots en italique suivis d'un astérisque sont en français dans le texte.

2.

Le matin de sa mort,
Bailey m'a réveillée
en m'enfonçant un doigt dans l'oreille.
J'ai toujours eu horreur de ça.
Puis elle s'est mise à essayer des hauts,
en me demandant :
À ton avis, le vert ou le bleu ?
Le bleu.
Tu n'as même pas regardé, Lennie.
OK alors le vert. Mets ce que tu veux, je m'en
fiche...
Je me suis roulée dans mon lit pour me rendor-
mir.
J'ai découvert plus tard
qu'elle avait mis le bleu,
et que ces mots étaient les derniers
que je lui adresserais jamais.

(Trouvé écrit sur un emballage de bonbon le long du sentier menant à la Rain River)

Le jour de mon retour au lycée est tel que je m'y attendais, le couloir s'ouvre devant moi façon mer Rouge, les conversations s'arrêtent, les regards ondulent avec une compassion fébrile et tout le monde me dévisage comme si je portais le cadavre de Bailey dans mes bras, ce qui est sans doute vrai. Sa mort me recouvre tout entière, je le sens bien, elle leur saute aux yeux comme si je m'étais drapée dans un gros manteau de laine noire par une belle journée de printemps. Pour moi, la surprise vient plutôt du buzz sans précédent généré par un certain Joe Fontaine, arrivé pendant mon absence longue d'un mois. Où que j'aille, c'est le même refrain :

– Alors, tu l'as vu ?
– Il ressemble à un gitan.
– À une rock star.
– Un pirate.
– Paraît qu'il joue dans un groupe appelé Dive.
– Que c'est un génie de la musique.
– On m'a dit qu'il avait vécu à Paris.
– Qu'il était musicien de rue.
– Alors, tu l'as vu ?

Je le vois, en effet – au moment de regagner ma chaise dans l'orchestre, celle que j'occupais depuis un an, pour la bonne raison qu'il est assis dessus. Malgré le chagrin qui m'assomme, mes yeux remontent le long d'une paire de boots noirs, de kilomètres de jambes en jean et d'un torse interminable pour se poser enfin sur un visage si animé que je me demande si je ne viens pas d'interrompre une conversation entre mon pupitre et lui.

« Salut », dit-il en bondissant sur ses pieds. Sa taille fait celle d'un arbre. « Tu dois être Lennon ? » Il désigne le nom inscrit sur ma chaise. « J'ai appris pour... Mes condoléances. » Je note la manière dont il tient sa clarinette, sans préciosité, le poing serré autour du barillet, comme une épée.

« Merci », dis-je, et tous les centimètres carrés de son visage s'illuminent en un sourire radieux – ouh! lala. A-t-il été amené dans notre lycée par un vent soufflant d'une autre planète? Ce mec affiche sans complexe la mine réjouie d'une citrouille de Halloween, à des années-lumière de l'attitude maussade que la plupart d'entre nous s'échinent à perfectionner. Il a une cascade de boucles brunes en bataille et des cils arachnéens si longs et si épais qu'un simple clignement de ses yeux verts vous fait l'effet d'une œillade. Son visage est plus qu'un livre ouvert, carrément un mur de graffitis. Je réalise que je suis en train d'écrire «wow» sur ma cuisse avec mon doigt et qu'il serait temps que je dise quelque chose pour nous sortir de ce duel de regards impromptu.

« Tout le monde m'appelle Lennie. » Pas très original mais toujours mieux que *gah*, qui était l'autre choix possible, et ça marche. Il examine ses pieds pendant une seconde et je reprends mon souffle avant d'entamer le deuxième round.

« Je me posais la question, d'ailleurs... Lennon à cause de John? » me demande-t-il en plongeant à nouveau son regard dans le mien, et il n'est pas exclu que je tombe dans les pommes. Ou que j'explose en une boule de feu.

Je confirme d'un hochement de tête. « Ma mère était une hippie. » On est au *nord* du nord de la Californie, après tout – l'ultime frontière de la dinguerie. Rien qu'en Première, chez nous, il y a une fille qui s'appelle Electricity, un type prénommé Magic Bus et toute une série de fleurs : Tulip, Begonia, Poppy... De vrais prénoms officiels, choisis par les parents et inscrits sur les certificats de naissance. Tulip est une brute épaisse qui aurait pu être la star de notre équipe de foot américain si notre lycée était du genre à avoir une équipe de foot américain. Or pas vraiment. Ici, on propose plutôt aux élèves des séances de méditation matinale au gymnase.

« Ouais, acquiesce Joe. Ma mère aussi. Et mon père, mes oncles et tantes, mes frères, mes cousins... Bienvenue dans la communauté Fontaine. »

J'éclate de rire. « Je vois le genre. »

Mais ouh! lala, bis : devrais-je vraiment rire comme ça? Et pourquoi est-ce si bon? Comme de s'enfoncer dans l'eau fraîche d'une rivière...

Je me retourne, histoire de vérifier si on nous regarde, et m'aperçois que Sarah vient d'entrer – ou plutôt : de faire irruption – dans la salle de musique. Je l'ai à peine revue depuis l'enterrement, et j'éprouve une pointe de culpabilité.

« Lennieeeeee! » Elle fonce droit sur nous, dans son plus pur style gothique revisité à la mode *country* : robe noire vintage et moulante, bottes de cow-boy à talons épais et cheveux blonds teints si noirs qu'ils en paraissent bleus, le tout surmonté d'un improbable Stetson. Elle marche vite, très vite, et j'ai juste le temps de me demander si elle compte me sauter dans les bras avant qu'elle le fasse vraiment et nous projette toutes les deux sur Joe qui parvient miraculeusement à conserver son équilibre, et le nôtre, nous évitant un vol plané à travers la fenêtre.

Du pur Sarah, et encore version sage.

« Bien joué », je lui glisse à l'oreille pendant qu'elle me serre contre elle avec la force d'une ourse malgré sa taille de moineau. « Comment renverser le nouveau beau gosse. » Elle éclate de rire, et c'est à la fois merveilleux et déconcertant de sentir quelqu'un trembler entre mes bras parce qu'il est hilare et non parce qu'il pleure de chagrin.

Sarah est la cynique la plus enthousiaste au monde. Elle ferait une pom-pom girl parfaite si le concept même d'esprit de groupe ne lui donnait pas des boutons. Comme moi, c'est une fanatique de littérature mais elle a des goûts plus durs, a lu Sartre – *La Nausée* – en Seconde, l'année où elle a commencé à s'habiller en noir (même à la plage), à fumer des clopes (alors que c'est le portrait même de la fille qui respire la santé) et à se focaliser sur sa crise existentielle (tout en faisant la fête jusqu'au bout de la nuit).

« Lennie, bon retour parmi nous, ma grande », déclare une autre voix. Mr James – Yoda pour moi de son petit nom, à la fois en raison de son physique et de ses vertus de mentor musical – s'est levé du piano et me contemple avec cette expression de tristesse insondable à laquelle m'ont désormais habituée les adultes.

– Nous sommes tous sincèrement désolés.

– Merci, dis-je pour la énième fois de la journée. Sarah et Joe me scrutent, eux aussi, Sarah d'un air inquiet et Joe avec un sourire large comme les États-Unis. Je me demande s'il regarde toujours les gens comme ça. Serait-il illuminé, par hasard? Bah, peu importe ce qu'il est, ou ce qu'il a, son truc est contagieux. Avant que je comprenne ce qui m'arrive, j'arbore moi aussi un sourire taille USA, avec Hawaï et Porto Rico en prime. Je dois ressembler à la Veuve joyeuse. Tsss! Et ce n'est pas fini : voilà que je mets à m'imaginer quel effet ça doit faire de l'embrasser, j'entends par là un *vrai* baiser – oh, oh! C'est un problème chez moi, un problème récent et totalement inédit qui s'est déclenché (au *SECOURS* la honte) pendant l'enterrement : j'étais là, plongée dans ma détresse quand, subitement, tous les garçons autour de moi se sont mis à rayonner. Les amis masculins de Bailey, tous ses copains de fac ou collègues de boulot que je n'avais, pour la plupart, jamais vus de ma vie, s'approchaient de moi un par un pour me présenter leurs condoléances, et j'ignore si c'est parce qu'ils me trouvaient une ressemblance avec elle, ou qu'ils étaient désolés pour moi, mais, ensuite, j'en ai surpris plus d'un à me fixer d'un air intense, presque suppliant, et je me suis mise à soutenir leurs regards, comme si j'étais quelqu'un d'autre, assaillie de pensées qui ne m'avaient jusqu'alors jamais traversé l'esprit, de choses auxquelles j'étais mortifiée de songer dans une église, qui plus est aux funérailles de ma sœur.

Mais ce garçon au sourire épanoui, devant moi, semble rayonner dans un monde à part. Il doit venir d'un coin hyper sociable de la Voie lactée, me dis-je tout en m'efforçant de diminuer d'un cran ce sourire insensé sur mes lèvres, au lieu de quoi je me retiens *in extremis* de souffler à Sarah « Il ressemble à Heathcliff » car je réalise que c'est vrai, en effet, hormis le détail du visage radieux... puis la réalité me percute de plein fouet et je heurte le sol en ciment froid de mon existence en me rappelant que je ne pourrai pas me précipiter chez moi après les cours pour parler à Bailey du nouveau mec dans l'orchestre.

Ma sœur ne cesse de mourir, encore et encore, à mesure que la journée passe.

« Len ? Sarah me touche l'épaule. Ça va ? »

Je fais oui de la tête et repousse la déferlante de chagrin qui s'apprête à me laminer.

Quelqu'un derrière nous se met à jouer *L'arrivée du requin*, autrement dit le thème des *Dents de la mer*. Je me retourne et vois s'avancer Rachel Brazile, laquelle marmonne au passage « Très drôle ! » à l'attention de Luke Jacobus, le saxophoniste responsable de cet accompagnement musical. Mark n'est que l'une des nombreuses victimes abandonnées par Rachel dans son sillage, ces garçons dupés par le camouflage de tant d'horreur arrogante dans un corps de rêve, puis de nouveau abusés par les grands yeux de biche et la chevelure de princesse. Notre théorie, avec Sarah, est que Dieu devait être d'humeur très sarcastique quand il l'a créée.

« Je vois que tu as fait la connaissance du Maestro », me dit-elle, et elle touche le dos de Joe en s'asseyant à la place – première clarinette – qui aurait dû me revenir.

Elle ouvre son étui et commence à assembler son instrument. « Joe a étudié au conservatoire en Fraaaance. Il ne t'a pas dit ? » Elle prononce le mot *France* comme s'il avait au moins trois syllabes, avec un curieux accent BCBG. Derrière moi, je sens Sarah se hérisser. Elle a une tolérance zéro envers Rachel depuis que celle-ci a décroché le titre de soliste à ma place. Mais Sarah ne sait pas tout – ni elle ni personne.

Rachel resserre la ligature autour du bec de son instrument comme si elle voulait l'asphyxier. « Joe a été une seconde clarinette *fa-bu-leuse* en ton absence », dit-elle, étirant le mot «fabuleuse» jusqu'au sommet de la tour Eiffel.

Je ne lui réplique pas d'un venimeux : « Ravie que ça ait marché pour toi, Rachel. » Je ne dis rien. Je voudrais juste me rouler en boule et disparaître. Sarah, en revanche, semble regretter de ne pas avoir une hache d'armes à portée de main.

La pièce s'est remplie d'un brouhaha de notes dissonantes et d'exercices de gammes. « Finissez de vous accorder, j'aimerais commencer dès la sonnerie aujourd'hui, nous lance Mr James depuis son piano. Et sortez vos crayons, j'ai modifié certains arrangements. »

« Je ferais mieux d'aller taper sur quelque chose »,

déclare Sarah en toisant Rachel d'un œil écœuré avant d'aller marteler ses timbales.

Rachel hausse les épaules et sourit à Joe – non, elle ne sourit pas : elle pétille – mon Dieu!

– C'est vrai, tu sais, lui dit-elle. Tu as été… tu *es*… fabuleux.

– Pas vraiment. Il se penche pour ranger sa clarinette. Je ne vaux pas un clou, je gardais juste la place au chaud. Maintenant, je peux retourner là d'où je viens. Il désigne la section des instruments à vent.

– Ne sois pas modeste, insiste Rachel en rejetant ses longues mèches de sirène par-dessus le dossier de sa chaise. Ta palette tonale possède *tant* de couleurs!

J'observe Joe, m'attendant à déceler chez lui un soupçon d'ironie à l'écoute de ces niaiseries, mais c'est tout autre chose qui se manifeste en lui. Il adresse à Rachel son grand sourire largeur continentale. Je sens le feu envahir ma nuque.

– Tu vas me manquer, tu sais, minaude-t-elle.

– On se reverra, lui répond Joe en assortissant sa réplique d'un battement de cils. Genre, dans une heure, en cours d'histoire.

J'ai disparu, ce qui n'est pas plus mal car, tout à coup, je ne sais pas quoi faire de mon visage, de mon corps ou de mon cœur en miettes. Je m'assois en me disant que ce crétin venu de Fraaaance, avec ses longs cils et son sourire béat, ne ressemble en rien à Heathcliff. J'ai dû faire erreur.

J'ouvre l'étui de ma clarinette, insère l'anche entre mes lèvres pour l'humidifier. Mais à la place, je la sectionne d'un coup de dents.

À 16h48 un vendredi d'avril,
ma sœur répétait le rôle de Juliette
et moins de une minute plus tard,
elle était morte.
À ma stupéfaction, le temps ne s'est pas arrêté
en même temps que son cœur.
Les gens sont allés en cours, au travail, au restaurant;
ils ont avalé leur soupe de palourdes,
flippé pour leurs examens,
chanté dans leur voiture toutes vitres fermées.
Pendant des jours et des jours, la pluie s'est acharnée
sur le toit de notre maison - preuve de la terrible erreur
commise par le Ciel.
Chaque matin, au réveil,
j'écoutais ce martèlement interminable,
je regardais le déluge à travers la fenêtre
et j'étais soulagée qu'au moins le soleil ait la décence
de nous laisser tranquilles.

(Trouvé sur un bout de partition piqué sur une branche basse près du torrent de l'Homme Volant)

。3

Le reste de la journée défile dans le brouillard et avant la dernière sonnerie, je m'éclipse pour m'enfoncer à travers bois. Je n'ai aucune envie de rentrer par la route, aucune envie de risquer de croiser quelqu'un du bahut, surtout pas Sarah, laquelle m'a informée qu'elle avait potassé en mon absence toutes sortes de bouquins sur le deuil et que, d'après les experts, il était temps que je parle de ce que je ressentais – sauf qu'elle, sa tripotée d'experts et Manou, même, ne comprennent rien à rien. Il me faudrait un nouvel alphabet, un abécédaire de l'écroulement, de la tectonique des plaques, des ténèbres dévorantes.

À mesure que j'avance au milieu des séquoias, et que mes baskets s'imbibent de journées entières d'eau de pluie, je me demande pourquoi les gens endeuillés prennent la peine de s'habiller en noir, alors que le chagrin constitue à lui seul un vêtement à part entière. Le seul qui n'a pas semblé le voir sur moi aujourd'hui (hormis Rachel mais ça ne compte pas), c'était le nouveau. Il ne connaîtra jamais que ce nouveau moi, version fille unique...

Soudain, j'aperçois par terre un bout de papier suffisamment sec pour écrire dessus. Je m'assois sur un rocher, sors le stylo que je conserve désormais toujours dans ma poche arrière et griffonne une conversation que je me souviens avoir eue avec Bailey. Après quoi je plie le papier et l'enfouis dans la terre humide.

Quand j'émerge de la forêt sur la route qui mène à notre maison, je me sens soulagée. J'ai envie d'être chez moi, là où Bailey est encore la plus vivante, là où je peux encore la voir se pencher par la fenêtre, ses longs cheveux noirs flottant au vent, pour me lancer : « Allez, viens, Len, on se casse à la rivière. »

« Salut, toi. » La voix de Toby me prend par surprise. C'est le petit ami de Bailey depuis deux ans, moitié cowboy, moitié scotché à son skate, entièrement fou d'amour pour ma sœur – et aux abonnés absents ces derniers temps en dépit des nombreuses invitations de Manou. « Nous devons lui tendre la main le plus possible », répète-t-elle en permanence.

Il est allongé sur le dos dans notre jardin avec Lucy et Ethel, les deux chiennes du voisin, assoupies à ses côtés. C'est une vision fréquente au printemps. Au moment de la floraison du lilas et des trompettes des anges, le jardin de Manou devient divinement soporifique. Après quelques minutes passées entre les fleurs, même les individus les plus énergiques se retrouvent sur le dos à compter les nuages.

– Je, hum… ramassais des mauvaises herbes pour Manou, déclare-t-il, visiblement gêné d'avoir été surpris en pareille posture.

– T'inquiète, ça arrive aux meilleurs d'entre nous. Avec sa crinière sauvage de surfeur et ses traits larges, constellés de taches de rousseur, Toby est aussi proche du lion qu'il est humainement possible. Quand Bailey l'a vu pour la première fois, nous étions toutes les deux en train de lire en marchant (nous lisons tous en marchant, les quelques voisins qui habitent notre rue sont au courant de cette particularité familiale et roulent toujours au pas pour rentrer chez eux au cas où l'un d'entre nous serait en train de déambuler avec un livre particulièrement captivant entre les mains). Je lisais *Les Hauts de Hurlevent*, comme d'habitude, et elle *Chocolat amer*, son roman préféré, quand un superbe cheval alezan nous a dépassées en trottant vers l'entrée du sentier. *Belle bête*, ai-je pensé avant de retourner à Cathy et Heathcliff pour, une poignée de secondes plus tard, relever la tête en entendant le livre de Bailey heurter le sol.

Elle ne marchait plus à côté de moi, figée net quelques mètres en arrière.

– Qu'est-ce qui t'arrive? lui ai-je demandé en constatant qu'elle avait succombé à une lobotomie foudroyante.

– Len, tu as vu ce mec?

– Quel mec?

– Comment ça, *quel* mec, ce type sublime à cheval! Genre, comme tout droit sorti de mon bouquin! Je n'arrive pas à croire que tu l'aies loupé, Lennie. » L'exaspération que lui inspire mon désintérêt envers les garçons est proportionnelle à l'exaspération que m'inspire son obsession pour eux. « Il s'est retourné au moment où il nous a dépassées et il m'a souri... Il était *trop* beau... Exactement comme le révolutionnaire dans *Chocolat amer*. » Elle s'est penchée pour ramasser son livre et en épousseter la couverture. « Tu sais, celui qui jette Gertrudis sur son cheval et la kidnappe par amour fou...

– Ouais, ouais. J'ai fait demi-tour, le nez dans mon livre, et j'ai marché jusqu'au porche de la maison où je me suis jetée sur un fauteuil et replongée dans la passion échevelée de mes deux amants préférés au milieu de la lande anglaise. L'amour, je le préférais bien à l'abri entre les pages de mon roman, et non dans le cœur de ma sœur, où il la poussait chaque fois à m'ignorer pendant des mois. Mais de temps en temps, je levais les yeux vers elle, postée sur son rocher près de l'entrée du sentier, de l'autre côté de la rue, et faisant tellement mal semblant d'être absorbée par sa lecture que j'avais du mal à croire qu'elle était comédienne. Elle est restée là des heures à attendre son révolutionnaire, lequel a fini par revenir, mais de l'autre côté, après avoir Dieu sait où troqué son cheval contre un skate-board. Il ne sortait pas du tout de *Chocolat amer* en réalité, plutôt du lycée de Clover, comme la plupart d'entre nous, sauf qu'il ne traînait qu'avec des fils de fermiers ou des skateurs et que ma sœur s'entourant exclusivement de théâtreux, leurs chemins ne s'étaient jamais croisés. Mais à ce stade, l'endroit d'où il venait ou le moyen de locomotion qu'il utilisait n'avaient strictement aucune importance puisque l'image de ce garçon sur son cheval avait laissé une empreinte brûlante dans la psyché de Bailey et annihilé toute capacité de raisonnement logique en elle.

Je n'ai pas jamais vraiment fait partie du fan-club de Toby Shaw. Ni son petit côté cow-boy ni le fait qu'il puisse enchaîner un 180 ollie après un fakie feeble grind sur son skate ne parvenaient à me faire oublier qu'il avait transformé Bailey en zombie amoureux permanent.

Sans oublier qu'il avait toujours l'air de me juger aussi digne d'intérêt qu'une patate cuite.

« Ça va, Len ? » me demande-t-il, toujours allongé par terre, m'arrachant subitement à mes pensées.

Pour je ne sais quelle raison, je dis la vérité. Je fais non de la tête, à deux reprises, entre incrédulité et désespoir.

Il se redresse en position assise. « Pareil », dit-il. Et à son expression désarmée, je sais qu'il dit vrai. J'ai envie de le remercier de ne pas m'obliger à parler tout en sachant mettre exactement le doigt sur ce qui ne va pas, mais je garde le silence tandis que le soleil déverse sa chaleur et sa lumière, comme le contenu d'une carafe, sur nos deux têtes perplexes.

Il tapote la pelouse à côté de lui pour m'inviter à venir m'asseoir. J'ai envie de le faire, mais j'hésite un peu. Nous n'avons jamais vraiment passé du temps ensemble, sans Bailey.

Je fais un geste en direction de la maison. « Il faut que je monte. »

C'est on ne peut plus vrai. J'ai envie de regagner Le Sanctuaire, traduction : Le Sanctuaire de la Citrouille intérieure, ainsi rebaptisé par moi-même quand Bailey, il y a quelques mois, m'a convaincue que les murs de notre chambre se devaient d'être orange, un orange criard et fier de l'être qui avait depuis rendu optionnel l'usage des lunettes de soleil. Avant de partir en cours ce matin, j'avais soigneusement fermé la porte en espérant que cela suffirait à faire barrage à Manou et à ses cartons. Je veux que Le Sanctuaire reste tel qu'il est, c'est-à-dire exactement tel qu'il était. Pour Manou, cela semble signifier : « *J'ai perdu les pédales et je descends en roue libre* » Manoulangue pour *cinglée*.

« Salut, chou ! » Elle vient d'apparaître sur le porche, vêtue d'une robe d'un violet étincelant à motif pâquerettes. À la main, elle tient un petit pinceau, le premier que je la vois ressortir depuis la mort de Bailey. « Comment s'est passée ta première journée ? »

Je vais à sa rencontre, humant au passage son odeur familière : patchouli, peinture, terreau de jardin.

« Pas trop mal. »

Elle examine attentivement mon visage, comme si elle avait l'intention de me tirer le portrait. Les secondes s'égrènent entre nous, comme elles le font souvent, ces derniers temps. Je sens sa frustration, son regret de ne pas pouvoir me secouer comme un livre dans l'espoir que tous les mots en tombent.

– Il y a un nouveau dans l'orchestre, dis-je.

– Ah oui ? Et de quel instrument joue-t-il ?

– De tous, on dirait. » Avant de me retirer dans les bois à l'heure du déjeuner, je l'ai vu traverser la cour avec Rachel, une guitare à la main.

« Lennie, j'ai bien réfléchi... Je crois que ça te ferait du bien, que ça te soulagerait vraiment... » Oh, oh ! Je devine déjà la suite. « Quand tu étudiais avec Marguerite, on ne pouvait plus t'arracher cette clarinette des mains...

– Les choses changent, l'interromps-je. Je refuse de discuter de ça avec elle. Toujours la même rengaine. J'essaie de la contourner pour entrer dans la maison. J'ai juste envie de me réfugier dans le placard de Bailey, enfouie au milieu de ses robes, plongée dans les restes d'odeurs de feux de camp au bord de l'eau, de lotion bronzante à la noix de coco, de parfum à la rose – elle.

– Écoute, me dit-elle d'une voix douce en tendant son autre main pour réajuster mon col. J'ai invité Toby à rester dîner. Il est complètement déboussolé en ce moment. Va lui tenir compagnie, aide-le à arracher les mauvaises herbes ou je ne sais quoi.

Je réalise qu'elle a probablement dû lui dire grosso modo la même chose à mon sujet pour l'inciter enfin à venir jusqu'ici. *Ugh.*

Là-dessus, sans crier gare, elle me flanque une tache sur le nez avec son pinceau.

« Manou! » m'écrié-je, mais elle m'a déjà tourné le dos pour repartir à l'intérieur. J'essaie de frotter la peinture verte avec mes doigts. Bails et moi passions notre vie à ça, constamment traquées par Manou et son pinceau dégoulinant de peinture verte. Toujours verte, me dois-je de préciser. Les tableaux de Manou sont accrochés partout aux murs de la maison, du sol au plafond, stockés derrière les canapés, les fauteuils, sous les tables et dans les placards, et chacun d'eux atteste de sa dévotion totale à la couleur verte. Manou en possède toutes les nuances imaginables, du vert citron au vert forêt, qu'elle utilise pour reproduire inlassablement le même sujet : des femmes fantomatiques mi-sirènes, mi-extraterrestres. « Ce sont mes dames de compagnie, nous disait-elle. Elles existent entre ici et là-bas. »

Fidèle à ses instructions, je laisse mon sac à dos et mon étui à clarinette pour aller m'affaler sur la pelouse tiède aux côtés d'un Toby indolent et des deux chiennes endormies pour l'aider à « arracher les mauvaises herbes ».

« Marquage tribal », dis-je en lui montrant mon nez.

Il hoche distraitement la tête dans son coma floral. Je suis une patate cuite au nez vert. Génial.

Je me recroqueville sur moi-même, les genoux pressés contre ma poitrine et la tête posée au milieu. Mon regard erre entre la glycine qui cascade le long des treillages et les différents parterres de jonquilles qui susurrent dans la brise, certains que le printemps a officiellement délaissé son parapluie et exulte tout autour – ça me donne envie de vomir, comme si le monde avait oublié ce qui nous est arrivé.

– Je refuse d'emballer ses affaires dans des cartons, dis-je sans réfléchir. Jamais de la vie.

Toby se roule sur le côté, la main en visière pour me regarder tout en évitant le soleil et, à ma vive surprise, répond : « Bien sûr que non. »

Je hoche la tête et il acquiesce à son tour, après quoi je m'allonge sur l'herbe en croisant les bras au-dessus de mon visage pour ne pas lui faire voir le petit sourire qui s'est dessiné sur mes lèvres.

Quand je rouvre les yeux, le soleil s'est caché derrière une montagne et cette montagne n'est autre que la silhouette d'oncle Big, planté juste devant nous. Toby et moi avons dû piquer un somme.

– Je me sens comme Glinda la Gentille Sorcière découvrant Dorothy, l'Épouvantail et deux Toto dans le champ de coquelicots à la sortie d'Oz. – Quelques fleurs somnifères ne font pas le poids face à la grosse voix tonitruante de Big. – Si vous ne vous réveillez pas, je vais devoir vous envoyer la neige.

Je lui adresse un sourire groggy. L'imposante moustache en guidon de vélo qui foisonne au-dessus de ses lèvres fait l'effet d'une Déclaration d'Excentricité Générale à elle seule. Il transporte une glacière rouge comme s'il tenait un attaché-case.

« Comment se passe la distribution ? » je lui demande en tapotant la glacière du bout de mes orteils. Nous avons en ce moment un sérieux problème de jambon. Après l'enterrement, tout Clover semblait s'être passé le mot pour venir nous offrir des jambons. Il y en avait partout : empilés dans le frigo et le congélateur, alignés le long des plans de travail, sur la cuisinière, jusque dans l'évier ou à l'intérieur du four. Oncle Big faisait office de portier quand les gens venaient présenter leurs condoléances. Avec Manou, on l'entendait déclarer de sa voix de stentor : « Oh, un jambon ! Quelle touchante pensée, merci, entrez donc. » Au fil des jours, Big s'est mis à en rajouter pour notre plus grand plaisir. Chaque fois qu'il s'exclamait : « Un jambon! », je croisais le regard de Manou et on devait se retenir de ne pas pouffer de rire. À présent, Big s'est fixé comme mission de distribuer un sandwich au jambon par jour à chacun des habitants de cette ville dans un rayon de trente kilomètres.

Il pose sa glacière sur la pelouse et me tend la main pour me hisser. « Il est fort possible que cette maison soit débarrassée de son stock de jambons d'ici quelques jours. »

Une fois que je suis debout, Big m'embrasse le sommet du crâne avant de tendre la main à Toby. Puis il le serre entre ses bras et Toby, malgré sa carrure, se retrouve avalé par cette étreinte de géant.

– Alors, tu tiens le coup, cow-boy?

– Pas vraiment, avoue-t-il.

Big le relâche, une main sur son épaule, et pose son autre main sur la mienne. Il nous regarde, l'un après l'autre. « Le seul moyen de survivre à ça, c'est d'y faire face... et ça vaut pour chacun d'entre nous. » Il prononce ces mots tel Moïse et nous opinons du chef comme si nous venions d'être touchés par la sagesse infinie. « Et toi, allons te trouver du white-spirit. » Il me fait un clin d'œil. Big est un véritable pro du clin d'œil – ses cinq mariages le prouvent. Après le départ de sa cinquième femme, qu'il adorait, Manou a insisté pour qu'il vienne habiter avec nous, arguant : « Votre pauvre oncle se laissera mourir de faim s'il reste comme ça plus longtemps. Un cœur qui pleure, c'est du poison dans votre assiette. »

Les faits lui ont donné raison, mais à ses propres dépens. Tout ce qu'elle cuisine a un goût de cendres.

Toby et moi suivons oncle Big à l'intérieur de la maison, où il s'arrête devant le portrait de sa sœur, ma mère disparue : Paige Walker. Avant qu'elle parte, il y a seize ans de cela, Manou avait commencé à la peindre et elle n'a jamais pu finir le tableau, mais l'a quand même accroché au mur. Il trône dans le salon au-dessus de la cheminée, une moitié de mère, avec de longs cheveux verts flottant comme de l'eau autour d'un visage inachevé.

Manou a toujours affirmé que notre mère finirait par rentrer. « Elle va revenir », disait-elle, comme si maman était juste partie faire des courses ou un plongeon dans la rivière. Elle le répétait si souvent et avec une conviction telle que pendant longtemps, avant d'en savoir un peu plus, nous l'avons crue sur parole et passé un temps fou à attendre que le téléphone sonne, que quelqu'un frappe à la porte ou que le facteur nous apporte une lettre.

Je tapote doucement la main de Big, lequel regarde fixement la Moitié de Maman comme s'il était plongé avec elle dans une conversation muette et douloureuse. Il soupire, passe un bras autour de mes épaules, un autre autour de Toby, et nous nous dirigeons ensemble vers la cuisine en un gros bloc de chagrin tricéphale à six pattes.

Le dîner, sans surprise, consiste en un ragoût de cendres au jambon auquel personne ne touche.

Après quoi Toby et moi nous installons par terre dans le salon pour écouter la musique de Bailey et feuilleter des montagnes d'albums photo, ce qui bien sûr nous met le cœur en miettes.

Je lui coule sans arrêt des regards en coin à travers la pièce. J'imagine Bailey lui fonçant dessus, surgissant par-derrière et jetant ses bras autour de son cou comme elle en avait l'habitude. Elle lui murmurait à l'oreille toutes sortes de trucs affreusement gênants, et il la taquinait, tous les deux à se comporter comme si je n'étais pas là.

« Je sens Bailey », finis-je par déclarer, submergée par la sensation de sa présence. « Dans cette pièce, avec nous. »

Toby lève les yeux de l'album photo posé sur ses

genoux, l'air surpris. « Moi aussi. C'est exactement ce que je me dis depuis tout à l'heure.

– Qu'est-ce que ça fait du *bien* », dis-je, laissant jaillir mon soulagement à travers ces mots.

Il me sourit et plisse les yeux comme s'il avait le soleil en pleine figure. « Tu as raison, Len. » Je me souviens que Bailey m'avait dit un jour que Toby ne parlait pas beaucoup aux humains, mais qu'il était capable d'apaiser les chevaux affolés du ranch par de simples paroles. Comme saint François, lui avais-je répliqué, et à présent je comprends d'où cela vient – sa voix est un lent bercement, doux et rassurant, pareil au murmure des vagues qui viennent s'échouer la nuit sur la plage.

Je reviens à la photo de Bailey, déguisée en Wendy pour la représentation de *Peter Pan* à l'école primaire. Aucun de nous deux ne revient sur le sujet, mais la sensation de sa présence continue de me réchauffer pendant le reste de la soirée.

Plus tard, Toby et moi sortons dans le jardin pour nous dire au revoir. Le parfum ivre et vertigineux des roses nous enveloppe.

« Content d'avoir passé du temps avec toi, Lennie. Ça m'a fait du bien.

– Moi aussi, dis-je en arrachant un pétale couleur lavande. Beaucoup de bien, même. » Je prononce ces mots tout bas, en direction du rosier, sans trop savoir si j'ai envie que Toby les entende, mais quand je relève les yeux vers lui son visage est doux, ses traits léonins moins lion, plutôt lionceau.

« Ouais », dit-il en m'observant, ses yeux sombres à la fois brillants et tristes. Il lève le bras et, l'espace d'un instant, je crois qu'il va poser sa main sur ma joue, mais non, il enfonce seulement ses doigts dans le méli-mélo ensoleillé qui lui sert de chevelure.

Nous parcourons au ralenti les derniers mètres jusqu'à la rue. Dès que nous quittons la pelouse, Lucy et Ethel surgissent de nulle part et se précipitent sur Toby, qui s'agenouille pour leur dire au revoir. Il tient son skate-board d'une main, de l'autre caresse et ébouriffe les deux chiennes tout en chuchotant des mots inintelligibles dans leur fourrure.

« Tu es vraiment saint François, hein ? » J'ai un faible pour les saints, les miracles, pas les mortifications.

« On me l'a déjà dit, oui. » Un petit sourire remonte le long de son visage pour achever sa course dans ses yeux. « Surtout ta sœur. » Le temps d'un quart de seconde, j'ai envie de lui dire que cette idée venait de moi, et non de Bailey.

Il termine sa séance d'adieux, se relève, puis jette son skate-board au sol et l'immobilise du pied. Il ne monte pas dessus tout de suite. Les années passent.

« Je devrais y aller, dit-il sans faire mine de partir.

– Oui. » Encore quelques années.

Avant de sauter enfin sur sa planche, il me prend dans ses bras pour me dire au revoir et nous restons si serrés l'un contre l'autre sous le ciel triste et dépourvu d'étoiles que pendant un instant, nos deux cœurs brisés semblent ne faire plus qu'un.

Mais alors, tout à coup, je sens quelque chose de dur contre ma hanche. Lui. *Ça.* Hein ? *Merde !* Je me recule précipitamment, lui dis salut et repars en courant vers la maison.

Je ne sais pas s'il sait que j'ai senti.

Je ne sais plus rien.

Un membre de la troupe de théâtre de Bailey
a crié bravo à la fin de l'enterrement
et tout le monde s'est levé
pour applaudir.
Je me souviens avoir pensé que le toit allait s'effondrer
sous le tonnerre qui crépitait entre nos mains,
que le deuil était une pièce remplie
d'une lumière vorace et désespérée.
Nous avons applaudi dix-neuf années
d'un monde avec Bailey,
n'avons pas cessé d'applaudir
quand le soleil s'est couché, quand la lune s'est levée
quand les gens ont envahi notre maison
avec leur nourriture et leurs condoléances frénétiques
n'avons pas cessé d'applaudir
jusqu'à l'aube
quand nous avons refermé la porte
sur Toby
condamné à rentrer tristement chez lui, seul —
Je sais que nous avons dû nous arracher à cet endroit
nous laver, dormir, manger
mais, dans ma tête, Manou, oncle Big et moi
sommes restés là pendant des semaines
les yeux rivés sur cette porte close
avec rien d'autre
que du vide
entre nos mains.

(Trouvé sur un morceau de page de cahier emporté par le
vent sur Main Street)

4.

Voilà ce qui se passe quand Joe Fontaine entame son premier solo de trompette lors de la répétition : je réagis la première, m'évanouissant devant Rachel qui télescope Cassidy Rosenthal, qui titube vers Zachary Quitnner qui lui-même s'écroule sur Sarah qui vacille en direction de Luke Jacobus – jusqu'à ce que tous les membres de l'orchestre se retrouvent affalés par terre en un tas émerveillé. Alors, le toit s'envole, les murs s'effondrent et, quand je jette un œil au-dehors, je m'aperçois qu'on vient de déraciner un bosquet de séquoias non loin de là et que celui-ci traverse actuellement la cour vers la salle de musique, porté par une horde de bûcherons géants. Depuis peu, la Rain River a tendance à sortir de son lit et à emprunter toutes sortes de détours à gauche et à droite avant de rejoindre la salle de musique du lycée de Clover pour nous inonder – bref, c'est dire à quel point Joe est bon.

Une fois que nous autres, simples musiciens mortels, avons suffisamment recouvré nos esprits pour terminer le morceau, la répétition se poursuit. Mais lorsque nous reposons nos instruments à la fin de la répète, il règne dans la pièce un silence digne d'une église déserte.

Mr James, qui regardait fixement Joe comme le ferait une autruche, finit par retrouver l'usage de la parole et déclare : « Eh bien... Comme disent les jeunes d'aujourd'hui, quelle daube! » Tout le monde part d'un grand éclat de rire. Je me tourne vers Sarah pour voir ce qu'elle en pense. C'est à peine si j'aperçois son œil sous son bonnet rasta géant. *J'hallucine*, articule-t-elle en silence. Je coule un regard en direction de Joe. Il est en train d'essuyer sa trompette, le visage tout rouge à cause de l'effort fourni ou de la réaction générale à son solo, difficile à dire. Lorsqu'il lève la tête, nos regards se croisent et il hausse les sourcils d'un air interrogateur, comme si la tempête qui venait de jaillir du cornet de sa trompette m'était personnellement dédicacée. Mais pourquoi en serait-il ainsi? Et comment se fait-il que je surprenne sans arrêt son regard sur moi pendant que je joue? Ce n'est pas par intérêt – je veux dire, par *ce* genre d'intérêt, je le sais. Il m'observe d'un air clinique, concentré, comme Marguerite en cours lorsqu'elle s'efforçait de comprendre ce qui clochait dans mon interprétation.

« Laisse tomber, me lance Rachel. Ce trompettiste est déjà pris. De toute manière, tu es hors concours, Lennie. À quand remonte la dernière fois où tu étais avec un mec? Oups, j'oubliais : jamais. »

Je rêve de mettre le feu à ses cheveux.

Je rêve de méthodes de torture médiévales : le chevalet, notamment.

Je rêve de lui raconter ce qui s'est vraiment passé pendant l'audition, l'automne dernier.

Au lieu de quoi je l'ignore superbement, comme je l'ai déjà fait toute l'année, et j'entreprends d'essuyer ma clarinette en me disant que je préférerais penser à Joe Fontaine qu'à ce truc avec Toby. Chaque fois que je me remémore la sensation de son corps pressé contre le mien, je me mets à frissonner – pas vraiment la façon normale de réagir à l'érection du petit ami de sa propre sœur ! Et le pire, c'est que dans mes pensées les plus secrètes, je ne me recule pas comme je l'ai fait mais reste au contraire lovée entre ses bras sous le ciel immobile, et cela me fait rougir de honte.

J'enferme ma clarinette dans son étui en regrettant de ne pas pouvoir faire la même chose avec ces images de Toby. Je parcours la salle du regard – tous les joueurs de la section des instruments à vent sont réunis autour de Joë, comme si la magie était contagieuse. Je n'ai pas échangé un seul mot avec lui depuis le jour de mon retour. Pas vraiment échangé un mot avec qui que ce soit dans ce lycée, d'ailleurs. Pas même avec Sarah.

Mr James tape des mains pour réclamer le silence. De sa voix éraillée et exaltée, il commence à nous parler des sessions de répétition de l'orchestre pendant l'été étant donné que l'année scolaire s'achève dans une semaine. « Pour ceux qui ne partent pas en vacances, les répétitions reprennent à partir du mois de juillet. Nous choisirons le répertoire en fonction de ceux qui seront là. J'ai des envies de jazz... dit-il en claquant des doigts tel un danseur de flamenco. Pourquoi pas du *hot jazz* espagnol... mais je reste ouvert aux suggestions. »

Il lève les bras à la manière d'un prêtre devant sa congrégation. « Trouvez le rythme et gardez-le, mes amis. » C'est toujours comme ça qu'il termine ses cours. Mais au bout d'un moment, il tape à nouveau dans ses mains. « J'allais oublier, je veux voir une forêt de bras se lever pour désigner les volontaires à la prochaine audition de l'orchestre régional. » Oh non ! Je lâche mon crayon et me penche pour éviter scrupuleusement toute collision du regard avec Mr James. Quand

36

j'émerge de ma minutieuse inspection du sol, mon portable se met à vibrer dans ma poche. Je me tourne vers Sarah, dont le seul œil visible est écarquillé comme une soucoupe. Je sors discrètement mon téléphone et découvre son texto :

Ta pa leV la m1 ???
Le solo ma fé penC à toi – l'autre jour !
Tu vi1 ce soir ?

Je me retourne vers elle pour articuler : «Non.»
Elle saisit l'une de ses baguettes et fait semblant de se la planter dans le ventre à deux mains. Je sais que son hara-kiri dissimule une souffrance grandissante, mais je n'ai pas de solution. Pour la toute première fois de notre existence, je me sens coupée d'elle, isolée dans un lieu inaccessible, et ne dispose d'aucune carte susceptible de lui indiquer la route à suivre pour me rejoindre.

Je réunis rapidement mes affaires pour l'éviter, ce qui ne va pas être très difficile puisque Luke Jacobus vient de lui mettre le grappin dessus. Tout en m'activant, je repense à cette fameuse journée qu'elle mentionnait dans son texto. C'était au début de notre année de troisième, on venait toutes les deux d'intégrer l'orchestre. Mr James, particulièrement mécontent de notre performance générale, avait bondi sur une chaise en hurlant : « C'est quoi, votre problème ? Vous vous prenez pour des musiciens ? Mais pour ça, il faut sauter sans parachute, bande de morveux ! » Avant d'ajouter : « Allez, suivez-moi. Ceux qui peuvent, emmenez vos instruments. »

Nous étions sortis de la salle de musique pour emprunter le sentier de la forêt : la rivière grondait, bouillonnait. On était tous là, plantés sur la berge pendant que Mr James montait sur un rocher pour s'adresser à nous.

« Maintenant, ouvrez vos oreilles et apprenez à jouer. Juste à *jouer*. Faites du *bruit*. Faites *quelque chose*. Faites de la MUSIQUE. » Là-dessus, il a commencé à diriger la rivière, le vent, les oiseaux dans les arbres, comme un chef d'orchestre timbré. Une fois le fou rire général passé, un par un, ceux qui avaient leurs instruments avec eux se sont mis à jouer. Contre toute attente, j'étais l'une des premières à démarrer et au bout d'un moment, la rivière, le vent, les oiseaux, les clarinettes, les flûtes et les hautbois se sont mêlé les uns aux autres en une cacophonie magistrale et Mr James a détourné son attention de la forêt pour nous écouter, debout à se balancer sur son rocher, les bras oscillant de gauche à droite, en répétant : « Voilà. C'est ça. Vous y *êtes* ! »

Et on y était.

De retour dans la salle, Mr James était venu vers moi et m'avait tendu la carte de visite de Marguerite St. Denis. « Appelle-la, m'avait-il ordonné. Sans délai. »

Je repense à la performance de Joe, tout à l'heure. Je la sens dans mes doigts, et je serre les poings. J'ignore quelle était cette chose que Mr James nous avait emmenés trouver au fond des bois, ce jour-là, s'agissait-il d'abandon, de passion, d'innovation ou simplement de courage, mais ce qui est sûr, c'est que Joe l'a.

Lui, il ose sauter sans parachute. Moi, je reste seconde clarinette.

5

Lennie ?

Ouais ?

T'es réveillée ?

Ouais.

On l'a fait.

Fait quoi ?

Toby et moi, on a couché ensemble hier soir.

Je croyais que vous l'aviez déjà fait, genre 10 000 fois.

Ben non.

Et alors...

C'était incroyable.

Tant mieux pour vous...

Pfff, pourquoi tu peux jamais te réjouir pour Toby et moi ?

J'en sais rien.

C'est quoi le problème, t'es jalouse ?

J'en sais rien... désolée.

C'est pas grave. Oublie, dors.

Parles-en si ça te fait plaisir.

J'ai plus envie.

OK.

OK.

(*Trouvé sur un gobelet en carton le long des berges de la Rain River*)

Je sais que c'est lui, j'aurais préféré ne pas le savoir. J'aurais préféré penser immédiatement à n'importe qui d'autre au monde qu'à Toby en entendant un caillou heurter ma fenêtre. Je suis assise dans le placard de Bailey, en train d'écrire un poème sur la cloison en essayant de calmer la panique qui m'assaille de l'intérieur comme une comète emprisonnée.

J'ôte le tee-shirt de Bailey que j'avais enfilé par-dessus le mien, pose la main sur la poignée de la porte et me hisse pour regagner Le Sanctuaire. Quand je marche jusqu'à la fenêtre, mes pieds nus s'enfoncent dans les trois tapis bleus élimés répartis à travers la chambre, ces fragments de ciel bleu vif piétinés par des années de concours de danse acharnés censés départager laquelle de nous deux saurait se montrer la plus grotesque sans éclater de rire. Je ne gagnais jamais car Bailey avait dans son arsenal la Face de Ferret qui, combinée avec son imparable Chorégraphie du singe, constituait une arme mortelle ; lorsqu'elle sortait le grand jeu (ce qui nécessitait de sa part bien plus d'autodérision que ce dont j'étais capable), j'étais fichue, à tous les coups, condamnée au fou rire sans plus pouvoir m'arrêter.

Je regarde à la fenêtre et aperçois Toby, comme je m'y attendais, debout sous la lune presque pleine. Je n'ai pas réussi à étouffer la mutinerie sauvage qui fait rage à l'intérieur de moi. Je prends une grande inspiration, puis je descends lui ouvrir la porte.

« Salut, qu'est-ce que tu fais là ? je lui demande. Tout le monde dort. » Ma voix crisse et grince comme si une nuée de chauves-souris s'échappait de ma bouche. Je l'observe attentivement à la lumière du porche. Son visage est ravagé par le chagrin. J'ai l'impression d'être face à un miroir.

« J'ai pensé qu'on pourrait aller faire un tour », dit-il.

Voilà ce que j'entends, moi, dans ma tête : trique, trique, gaule, érection, bander, trique, trique, trique – « J'ai quelque chose à te dire, Len, je ne sais pas à qui d'autre en parler. » L'urgence dans sa voix me donne des frissons. Le signal rouge qui clignote au-dessus de sa tête ne pourrait pas être plus visible, mais je ne peux me résoudre à lui dire non. N'ai pas envie de lui dire non. « Entrez, m'sieur. »

Il me touche le bras de manière amicale, fraternelle, lorsqu'il passe devant moi et ce geste me rassure, peut-être les garçons ont-ils tendance à bander tout le temps, sans raison... Je suis la nullité incarnée, question basique sur l'érection. Je n'ai embrassé en tout et pour tout que trois mecs, c'est dire si je n'ai aucune expérience des vrais garçons de la vraie vie alors que ceux des livres n'ont aucun secret pour moi, surtout Heathcliff qui lui n'a jamais d'érection – mais minute, maintenant que j'y repense il doit *sans arrêt* en avoir avec Cathy dans la lande. Ce doit même être le champion de la trique toutes catégories.

Je referme la porte derrière Toby et lui fais signe de ne pas faire de bruit tandis qu'il m'emboîte le pas dans l'escalier jusqu'au Sanctuaire, lequel a été spécialement insonorisé pour épargner au reste de la maison des années d'exercices de clarinette bêlante et glapissante. Manou aurait une attaque si elle savait que Toby passait me voir à deux heures du matin ou presque, un soir de semaine. *Et même n'importe quel soir, Lennie!* Ce n'était sûrement pas ce qu'elle avait en tête lorsqu'elle m'a incitée à lui tendre la main.

Une fois refermée la porte du Sanctuaire, je mets de la musique, le genre de truc indie glauque-suicidaire que j'écoute en ce moment, et m'assois par terre à côté de Toby, tous deux adossés contre le mur, les jambes étendues devant nous. Nous restons immobiles sans rien dire, comme deux stèles en pierre. Plusieurs siècles s'écoulent.

Quand je n'en peux franchement plus, je lui sors sur le ton de la blague :

– Écoute, tu as peut-être pris cette histoire de silence un peu trop au sérieux.

– Ah, désolé. Il secoue la tête, embarrassé. Je fais ça sans m'en rendre compte.

– Quoi donc ?

– Ne pas parler…

– Vraiment ? Et là, tu fais quoi ?

Il penche la tête, esquisse un sourire en coin, adorable.

– J'essayais d'imiter le chêne dans le jardin.

Je ris.

– Alors tu fais très bien le chêne.

– Merci… Je crois que ça rendait Bailey marteau, mes longues phases de silence.

– Non, ça lui plaisait. Elle me l'a dit. Moins d'occasion de se disputer… et plus de temps de parole pour elle.

– C'est vrai… Il se tait un moment. Puis, d'une voix tremblante : On était tellement différents.

– Je sais, dis-je tout bas.

Ils étaient radicalement à l'opposé l'un de l'autre, Toby serein et placide (excepté à cheval ou sur son skate) tandis que Bailey, elle, se chargeait du reste : marcher, parler, penser, rire, faire la fête, le tout à la vitesse de la lumière et avec le même éclat.

– Tu me fais penser à elle, dit-il.

Je manque de lui répliquer : *Quoi !? Toi qui t'es toujours comporté envers moi comme si j'étais une patate cuite !* Mais je me contente de répondre :

– Merci. Mais pas vraiment. J'ai pas les bonnes piles.

– Au contraire… C'est moi qui manque sérieusement de batterie, dit-il, l'air étonnement penaud.

– Pas pour elle… dis-je. À ces mots, son regard s'illumine – et ça me tue. Que faire de tout cet amour ?

Il secoue la tête, incrédule. « J'ai eu du bol. Ce bouquin sur le chocolat… »

L'image me revient d'un coup : Bailey bondissant au bas de son rocher lorsque Toby était réapparu sur son skate, le jour de leur rencontre. « Je savais que tu reviendrais », s'était-elle exclamée en jetant son livre en l'air. « Comme dans mon roman. J'en étais sûre ! »

Mon petit doigt me dit que Toby est en train de se repasser le même souvenir, parce que nos aimables taquineries se sont brusquement interrompues – tous ces verbes conjugués au passé qui s'amoncellent comme pour mieux nous écraser.

Je vois le désespoir envahir chaque centimètre de son visage exactement comme il doit envahir le mien.

J'examine l'intérieur de notre chambre, sa joyeuse peinture orange que nous avions étalée par-dessus le bleu soporifique qui occupait nos murs depuis des années. Elle avait déclaré : « Si ça ne change pas notre vie, alors rien ne le fera – ceci, Lennie, est *la couleur de l'extraordinaire*. » Je me souviens avoir songé que je ne voulais pas que nos vies changent, et ne pas comprendre pourquoi elle y tenait tant. Je me souviens avoir songé que j'aimais bien le bleu.

Je soupire. « Je suis contente que tu sois venu, Toby. Depuis des heures, j'étais planquée dans le placard de Bailey à psychoter comme une malade.

– Tant mieux. Si tu es contente de me voir, je veux dire. J'ai hésité à venir t'embêter, mais je ne trouvais pas le sommeil non plus… J'ai été faire le mariole sur mon skate, j'aurais pu y laisser ma peau, et puis j'ai atterri ici et je suis allé m'asseoir sous le prunier pendant une heure avant de me décider.

Le timbre riche de sa voix me fait soudain prendre conscience de l'*autre* voix présente dans la chambre, le chanteur qui beugle dans mes amplis comme s'il était au mieux en train de se faire étrangler. Je me lève pour aller mettre un truc plus mélodique. Quand je me rassois, j'ose lui faire une confidence : « Au lycée, personne ne me comprend, même pas Sarah… »

Toby appuie l'arrière de sa tête contre le mur. « Je ne sais pas si c'est possible de comprendre une chose pareille avant de la vivre, comme nous. Je n'aurais jamais imaginé…

– Moi non plus, dis-je et soudain j'ai envie de le serrer très fort dans mes bras, soulagée de ne plus avoir à affronter ça toute seule, cette nuit.

Il a le regard baissé vers ses mains, sourcils froncés, comme s'il cherchait les mots justes pour dire quelque chose. J'attends.

Encore et encore.

J'attends toujours. Comment Bailey faisait-elle pour affronter ce silence radio ?

Quand il relève la tête, son visage n'est plus que compassion, tout lionceau. Les mots jaillissent maladroitement hors de sa bouche.

– Je n'ai jamais connu deux sœurs aussi liées… J'ai tant de peine pour toi, Lennie, tant de tristesse. Je pense sans arrêt à toi, privée d'elle.

– Merci, dis-je dans un murmure. J'ai soudain envie de le toucher, de caresser sa main, qu'il a posée sur sa cuisse à quelques centimètres de la mienne.

Je l'observe à la dérobée, si proche de moi que je peux sentir l'odeur de son shampoing, et une pensée terrible,

44

effroyable, me saisit : ce garçon est vraiment beau, dange-reusement beau. Comment ai-je pu ne jamais le remar-quer ?

La réponse est toute trouvée : c'est le mec de Bailey, Lennie. Tu es folle ?

Cher cerveau, j'écris d'un doigt sur mon jean, *on se calme.*

Je demande mentalement pardon à ma sœur. Je ne fais pas exprès de penser à lui comme ça. Je lui assure que ça ne se reproduira pas.

C'est juste qu'il est le seul à me comprendre, ajouté-je. *Oh Seigneur !*

Après une longue pause, Toby sort une bouteille de tequila de sa poche et l'ouvre.

– T'en veux ? me demande-t-il.

Génial. Il ne manquait plus que ça !

– Bien sûr.

Je ne bois jamais d'alcool ou presque, mais ça m'aidera peut-être à me secouer et à chasser toute cette absurdité de ma tête. Je tends la main vers la bouteille et nos doigts s'effleurent un tout petit trop longtemps – je décide qu'il s'agit seulement du fruit de mon imagination, presse le goulot contre mes lèvres, avale une bonne rasade et, avec délicatesse, la recrache copieusement sur nous deux.

– *Eurk*, c'est atroce. Je m'essuie la bouche avec ma manche. *Wouah !*

Il éclate de rire, tend les bras pour me montrer l'éten-due des dégâts sur ses vêtements.

– Il faut de l'entraînement pour s'habituer.

– Désolée. Je ne savais pas que c'était aussi costaud.

En guise de réponse, il brandit la bouteille et boit une gorgée. J'ai bien l'intention de réessayer, cette fois sans nous arroser. Je reprends la bouteille, l'incline contre mes lèvres et laisse le liquide me brûler l'intérieur de la gorge, avant d'avaler une autre gorgée, plus franche celle-ci.

– Mollo, dit Toby en récupérant la bouteille. J'ai un truc à te confier, Len.

– Vas-y !

Je me sens délicieusement réchauffée de partout.

« J'ai demandé Bailey en mariage… » Il prononce ces mots si vite que je ne comprends pas, au début. Il m'observe pour guetter ma réaction – et c'est un énorme HEIIIIN QUUUOI ?

« En mariage ? Tu rigoles ! » Sans doute pas la réponse qu'il espérait, j'imagine, mais je suis sous le choc. Il aurait tout aussi bien pu m'annoncer que ma sœur voulait devenir cracheuse de feu. Ils n'avaient que dix-neuf ans et Bailey était une phobique du mariage, en prime.

« Qu'est-ce qu'elle a dit ? » D'avance, j'ai peur de la réponse.

« Elle a dit oui. » L'espoir et le désespoir se mêlent dans sa phrase, la promesse de ce bonheur encore si vivace au fond de lui. *Elle a dit oui.* Je soulève la bouteille de tequila, bois une gorgée sans même sentir le goût ou la brûlure de l'alcool. Je suis stupéfaite que Bailey ait accepté, vexée à l'idée qu'elle ait pu accepter, et ultra-vexée qu'elle ne m'en ait jamais parlé. J'aimerais savoir ce qui lui est passé par la tête. Le pire, c'est que je ne pourrai même pas lui poser la question. Jamais. J'examine Toby, l'honnêteté qui palpite dans son regard ; on dirait un petit animal tout doux.

« Je suis désolée », dis-je en m'efforçant de ravaler mon incrédulité et ma consternation, mais c'est plus fort que moi. « J'ignore pourquoi elle ne me l'a pas dit.

– On comptait tous les deux vous l'annoncer la semaine d'après. Je venais de lui faire ma demande… » L'emploi de ce *on* m'achève. *On*, ç'avait toujours été

Bailey et moi, pas Bailey et Toby. Je me sens brusquement exclue d'un futur qui n'arrivera jamais.

– Et le théâtre ? dis-je au lieu de : *Et moi, dans tout ça ?*

– Elle continuait le théâtre...

– Oui, mais... » Je me tourne vers lui. « Tu vois ce que je veux dire. » Je comprends alors à son expression qu'il ne voit absolument pas de quoi je parle. Certaines filles rêvent de beaux mariages ; Bailey, elle, rêvait d'entrer à Juilliard : la prestigieuse Juilliard School de New York. J'ai un jour lu la description officielle sur Internet : *Apporter un enseignement artistique de la plus haute excellence aux musiciens, danseurs et comédiens de talent de tous les pays, afin qu'ils atteignent pleinement leur potentiel en tant qu'artistes, éclaireurs et citoyens du monde.* Bien sûr, quand son dossier avait été refusé, elle s'était inscrite à l'université de Clover, l'automne dernier, la seule autre fac à laquelle elle avait postulé, mais j'étais certaine qu'elle retenterait le coup pour Juilliard. Comment aurait-il pu en être autrement ? C'était son rêve.

Le débat semble clos. Le vent s'est levé et commence à s'insinuer par rafales cinglantes à travers la maison. Un courant d'air glacé me submerge. J'attrape une couverture sur le fauteuil à bascule et la déploie sur mes jambes. La tequila me donne l'impression de me fondre dans le néant, je voudrais tant, tant disparaître. Il me prend l'envie subite d'écrire sur les murs orange – j'ai besoin d'un alphabet composé de dernières phrases de livres, d'aiguilles arrachées aux horloges, de pierres glacées, de chaussures vides remplies uniquement par le vent. J'appuie ma tête sur l'épaule de Toby. « On est les deux personnes les plus misérables au monde.

– Ouais », dit-il en pressant mon genou quelques secondes. J'ignore délibérément les frissons que me procure son toucher. *Ils étaient sur le point de se marier.*

– On fait comment, maintenant ? dis-je dans un souffle. Jour après jour après jour sans elle ?

– Oh, Len ! Il se tourne vers moi et lisse mes cheveux autour de mon visage.

J'attends le moment où il finira par ôter sa main, par se radosser contre le mur, mais ce moment n'arrive pas ; il ne retire ni sa main, ni son regard posé sur moi. Le temps ralentit. Quelque chose se modifie dans la chambre, entre nous. Je me plonge dans le chagrin de son regard, lui dans le mien, je réalise alors *elle lui manque autant qu'à moi* et c'est à cet instant précis qu'il m'embrasse – sa bouche : douce, brûlante, tellement vivante, un gémissement m'échappe. J'aimerais pouvoir affirmer que je lui résiste, mais c'est faux. Je lui rends son baiser et je ne voudrais que ça s'arrête pour rien au monde parce que j'ai le sentiment que lui et moi, bizarrement, ensemble, nous avons rattrapé le passé pour en ramener Bailey.

Il a un mouvement de recul et se lève. « Je ne comprends pas, là. » Il semble à deux doigts de la crise de la panique, tourne et vire comme un lion en cage.

– Bon sang, il faut que je parte, il faut *vraiment* que je parte.

Mais il ne part pas. Il s'assoit sur le lit de Bailey, me regarde fixement et soupire comme s'il s'abandonnait au pouvoir d'une force invisible. Il prononce mon prénom d'une voix si rauque, si hypnotique qu'elle me fait me remettre debout et franchir des océans de culpabilité et de honte jusqu'à lui. Je ne veux pas aller vers lui, et pourtant je le veux aussi. Je ne sais plus quoi faire mais je traverse quand même la chambre, un peu vacillante sous l'effet de la tequila. Il me prend la main, m'attire délicatement.

– J'ai juste envie d'être près de toi, murmure-t-il. C'est le seul moment où son absence ne me flingue pas.

– Pareil. J'effleure les taches de rousseur sur sa joue. Les larmes lui montent aux yeux, bientôt les miens s'humectent aussi. Je m'assois à côté de lui et nous nous allongeons sur le lit de Bailey, emboîtés en cuillère. Ma dernière pensée avant de m'endormir entre ses bras lourds et protecteurs est que j'espère ne pas avoir remplacé par les nôtres les derniers vestiges du parfum de ma sœur que distillent encore ses draps.

Quand je me réveille, je suis face à lui, nos deux corps pressés l'un contre l'autre, nos souffles mêlés. Il me regarde.

– Tu es très belle, Len.

– Non. Un mot, un seul, s'échappe alors de ma gorge nouée : Bailey.

– Je sais, dit-il. – Mais il m'embrasse quand même. – C'est plus fort que moi.

Il le chuchote juste entre mes lèvres.

C'est plus fort que moi, aussi.

J' aimerais
que
mon
ombre
se
lève
et
marche
à
mes
côtés.

(Trouvé au dos d'un contrôle de français dans un bac à plantes, lycée de Clover)

6.

Il était une fois deux sœurs qui partageaient
la même chambre,
les mêmes fringues,
les mêmes pensées au même moment.
Ces deux sœurs n'avaient pas de mère,
mais elles étaient là l'une pour l'autre.
L'aînée marchait devant la cadette,
si bien que cette dernière savait toujours
dans quelle direction aller.
L'aînée emmenait la cadette à la rivière
où elles faisaient la planche
comme deux cadavres
L'aînée disait:
Enfonce ta tête de quelques centimètres,
puis ouvre les yeux et regarde le soleil
La cadette:
Je vais avoir de l'eau dans le nez
L'aînée:
Allez, vas-y!
Alors la cadette a obéi
et son monde s'est gorgé de lumière.

Judas, Brutus, Benedict Arnold[1] et moi.

Et le pire c'est que chaque fois que je ferme les yeux, je revois Toby et son visage de lion, ses lèvres à un souffle des miennes, et j'en frissonne de la tête aux pieds, non pas de honte, comme je devrais, mais de désir – et là, dès que je me laisse aller à revivre la scène de notre baiser, je vois Bailey, les traits déformés par le choc et l'humiliation, nous observer d'en haut : son petit ami, son *fiancé* en train d'embrasser sa traîtresse de sœur *sur son propre lit. Agh!* La honte ne me lâche pas d'une semelle.

Je suis en exil délibéré, recroquevillée entre les branches cassées de mon arbre préféré dans la forêt, derrière le bahut. Je viens me réfugier ici tous les midis, jusqu'à ce que la sonnerie retentisse, pour graver des mots dans le bois avec la pointe de mon stylo et laisser mon âme se fendre en toute intimité. Je ne sais rien cacher – tout le monde au lycée peut lire en moi.

Je plonge la main dans le sachet repas en papier kraft que m'a préparé Manou quand j'entends un craquement de brindilles, juste en dessous. Oh, oh! Baissant les yeux, j'aperçois Joe Fontaine. Je n'ai aucune envie de le voir – Lennie Walker : malade-mentale-qui-déjeune-dans-un-arbre. Il tourne vaguement en rond comme s'il cherchait quelqu'un. J'ose à peine respirer mais il ne s'en va pas, semble avoir pris racine juste à la droite de mon arbre. Je commets alors l'erreur de froisser mon sachet en papier et il lève les yeux.

– Salut, lui dis-je comme s'il s'agissait du lieu le plus naturel pour aller déjeuner.

---

[1] Général d'armée qui pendant la guerre d'Indépendance aux États-Unis trahit son pays pour passer dans le camp anglais ennemi. (*Toutes les notes sont de la traductrice.*)

– Ah, te voilà… » Il s'interrompt aussitôt, tente de rectifier le tir. « Je me demandais ce que c'était, vu de là-bas. » Il jette un regard circulaire. « L'endroit idéal pour installer une maison en pain d'épices. Ou une fumerie d'opium.

– Trop tard. Tu t'es déjà trahi. » Mon culot me stupéfie moi-même.

– OK… je plaide coupable. Je t'ai suivie. » Il me sourit – toujours ce sourire – *wow*, pas étonnant que j'ai pensé…

– Et j'imagine que tu tiens à rester seule, ajoute-t-il. Tu ne dois pas venir jusqu'ici grimper dans un arbre par amour de la conversation avec ton prochain.

Il m'observe d'un air plein d'espoir. Et j'avoue que son charme opère, malgré mon état de nerfs désastreux, malgré ce truc avec Toby qui me ronge et malgré le fait que Cruella Denfer a fait main basse sur lui.

– Tu veux grimper ? Je lui tends une branche et il monte me rejoindre en à peu près trois secondes. Puis il se fait une place confortable à côté de moi et bat des cils dans ma direction. J'avais totalement oublié le pouvoir de ses cils. *Wow* puissance 10.

– Qu'est-ce qu'on mange ? Il désigne le sachet.

– Tu veux rire ? D'abord tu t'incrustes, maintenant tu joues les pique-assiettes. Où est-ce qu'on t'a éduqué ?

– À Paris, me rétorque-t-il. Ce qui fait de moi un pique-assiette *raffiné**.

Pfiou… heureusement que *j'étudie le français**. Et la vache, pas étonnant que tout le lycée parle de lui. Pas étonnant que j'ai eu envie de l'embrasser. L'espace d'un instant, je pardonne même Rachel de se balader partout aujourd'hui avec cette baguette de pain débile qui dépasse de son sac à dos.

– Mais je suis né en Californie, précise-t-il. J'ai vécu à San Francisco jusqu'à l'âge de neuf ans. Ça fait près de un an qu'on est rentrés ici. Maintenant, on vit ici. Mais je ne sais toujours pas ce qu'il y a dans ce sachet...

– Tu ne devineras jamais. Moi non plus, d'ailleurs. Ma grand-mère s'amuse comme une petite folle à mettre toutes sortes de trucs bizarres dans nos... dans mon déjeuner. Je ne sais jamais à quoi m'attendre : un poème de E. E. Cummings, des pétales de fleurs, une poignée de boutons. Elle semble avoir oublié la fonction initiale du sachet repas.

– Ou alors... elle considère qu'il faut s'intéresser à d'autres formes de nourriture.

– C'est exactement ça, rétorqué-je avec étonnement. Bon, à toi l'honneur ? Je lui tends le sac en papier.

– J'ai peur, tout à coup... tu es sûre qu'il n'y a rien de vivant, là-dedans ?

Cils. Cils. Cils. OK, je risque de mettre encore un peu de temps à m'immuniser contre les battements de cils de ce garçon.

– On ne sait jamais, dis-je en me faisant violence pour ne pas trop avoir l'air de me pâmer devant lui. Il prend le sachet, plonge sa main à l'intérieur d'un geste théâtral et en sort... une pomme.

– Une pomme ? Bonjour la déception ! » Il me la jette. « Tout le monde a une pomme pour son déjeuner. »

Je lui conseille de mieux chercher. Il recommence et exhume cette fois un exemplaire des *Hauts de Hurlevent*.

– Mon roman préféré, dis-je. Il m'apaise. Je l'ai lu vingt-trois fois. Elle me le glisse toujours avec.

– *Les Hauts de Hurlevent* ? Vingt-trois fois ? C'est le bouquin le plus déprimant de tous les temps ! Comment fais-tu pour rester normale ?

– Au cas où tu l'aurais oublié, je mange mon déjeuner dans un arbre.

– Ah oui! c'est vrai. » Il fouille à nouveau dans le sachet et en ressort une pivoine mauve, sans tige. Son parfum riche nous submerge aussitôt. « *Wow!* dit-il en inspirant à pleins poumons. J'ai l'impression que je vais me mettre à léviter. » Il approche la fleur sous mon nez. Je ferme les yeux et tente de m'imaginer que sa riche senteur m'emporte, moi aussi. J'ai alors comme une révélation.

« Joe est le nom de mon saint préféré. Joseph de Cupertino. Il lévitait. Chaque fois qu'il pensait à Dieu, il flottait dans les airs, en proie à l'extase. »

Il penche la tête et me dévisage d'un air sceptique, les sourcils levés. « N'importe quoi. »

J'insiste d'un hochement de tête :

– Il y a des témoins à la pelle. Ça lui arrivait tout le temps. En pleine messe.

– OK, je suis carrément jaloux. Je suis une vraie bille en lévitation.

– Dommage. J'aurais tant aimé te voir survoler Clover en jouant de la trompette.

– Carrément! s'exclame-t-il. Je pourrais même t'emmener, tu n'aurais qu'à t'accrocher à ma cheville.

Nous échangeons un regard scrutateur, chacun de nous cherchant à sonder l'autre, surpris par la simplicité de nos échanges – rien qu'un instant, à peine perceptible, comme une coccinelle qui se pose sur votre bras.

Il pose la fleur sur ma jambe et je sens le frôlement de ses doigts contre mon jean. Le sachet en papier kraft est vide, cette fois. Il me le rend, et nous gardons le silence un moment, attentifs au bruissement du vent alentour et au soleil dont la lumière filtre à travers les séquoias en faisceaux brumeux, incroyablement épais, exactement comme dans les dessins d'enfants.

Qui est ce garçon? J'ai échangé plus de mots avec lui dans cet arbre qu'avec n'importe qui au lycée depuis le jour de mon retour. Mais comment a-t-il pu lire *Les Hauts de Hurlevent* et quand même se laisser séduire par Rachel Monstrogarce ? Peut-être est-ce parce qu'elle a déjà été en Fraaaance. Ou qu'elle prétend écouter de la musique que personne d'autre ne connaît, comme les furieusement tendance chanteurs diphoniques de Mongolie.

– Je t'ai vue l'autre jour, déclare-t-il en reprenant ma pomme pour jongler avec à deux mains. Près de la Grande Prairie. Je jouais de la guitare dans l'herbe. Tu étais de l'autre côté de la route. On aurait dit que tu rédigeais une lettre ou je ne sais quoi contre la carrosserie d'une voiture, mais tu as lâché le papier par terre…

– Tu m'espionnes ou quoi ? je lui demande, m'efforçant de masquer mon soudain émerveillement à cette idée.

– Peut-être, oui. Il cesse de jouer avec la pomme. Et je suis peut-être intrigué, aussi.

– Intrigué par quoi ?

Il ne répond pas. Il commence à arracher de la mousse sur une branche. Je remarque ses mains, ses longs doigts bosselés de durillons par les cordes de sa guitare.

– Intrigué par quoi ? j'insiste, dévorée de curiosité à l'idée de savoir pourquoi il m'a suivie jusque dans cet arbre.

– C'est la façon dont tu joues de la clarinette…

Mon émerveillement retombe comme un soufflé.

– Ah oui ?

– Ou plutôt… la façon dont tu n'en joues pas.

– Tu insinues quoi, au juste ? Je sais pertinemment ce qu'il insinue.

– Tu as beaucoup de technique. Ton doigté est rapide, ta langue aussi, l'étendue de tes gammes est incroyable… mais ça s'arrête là. Je ne comprends pas. Il éclate de rire, visiblement inconscient de la bombe qu'il vient de lâcher. C'est comme si tu étais une joueuse somnambule.

Mes joues s'enflamment. Moi, joueuse somnambule! Je me sens prise au piège, comme un poisson dans un filet. J'aurais dû plaquer l'orchestre comme j'en avais l'intention. Je promène mon regard en direction des séquoias, chacun dressé vers le ciel et uniquement entouré de sa solitude. Joe me dévisage, je le sens, il guette une réponse de ma part mais il n'obtiendra rien de moi – zone interdite.

– Écoute, se reprend-il avec prudence, réalisant enfin qu'il a un peu trop présumé de son charme. Je t'ai suivie jusqu'ici pour te proposer de faire un duo avec moi.

– Pourquoi? Le ton de ma voix est plus vif que je ne l'aurais souhaité. Je sens une panique familière me gagner, tout doucement.

– Parce que je veux entendre John Lennon jouer en live! C'est le rêve de tout le monde, non?

Sa blague tombe à plat.

– Très peu pour moi, dis-je à l'instant où la sonnerie retentit.

– Attends que…

Mais je ne le laisse pas finir.

– Je n'ai pas envie de faire un duo avec toi, c'est clair?

– D'accord. Il jette la pomme en l'air. Avant même qu'elle rebondisse sur le sol et qu'il commence à redescendre de l'arbre, il ajoute: « Ce n'était pas mon idée, de toute manière! »

7

Je me réveille au son du Klaxon d'Ennui, la Jeep de Sarah, beuglant à plein volume dans la rue – un kidnapping se prépare. Je me roule sur le côté, jette un œil par la fenêtre et la vois bondir hors de voiture dans sa robe noire vintage et ses boots platform préférées, ses cheveux redevenus blonds attachés en un chignon, une cigarette coincée entre ses lèvres rouge sang et le visage plâtré blanc livide. Rapide vérif en direction de mon réveil : 7 h 05. Sarah lève les yeux vers ma fenêtre et agite son bras comme un moulin dans une tornade.

J'enfouis ma tête sous mes draps, prête à affronter l'inévitable.

– Je suis venue boire ton sang, déclare-t-elle quelques instants plus tard.

Je jette un œil de sous ma couette :

– Tu ferais une excellente vampire.

– Je sais. Elle se penche devant le miroir de ma coiffeuse et, du bout de son ongle noir, gratte le rouge à lèvres qui a débordé sur ses dents.

– Ce look me va bien... Heidi des montagnes en gothique.

Sans son déguisement, Sarah pourrait passer pour Boucle d'Or. Elle possède un pur physique de Californienne, qu'elle camoufle délibérément sous son attirail de grunge-punkhippierockeuseheavymetalemoco-refashionista-geeknymphorasta. Elle traverse la chambre, se plante juste au-dessus de moi, puis soulève le coin de ma couette et s'incruste dans mon lit, bottes aux pieds et tout le bazar.

– Tu me manques, Len. Ses yeux bleus, brillants et immenses, sont braqués sur moi, si sincères et incongrus par contraste avec son accoutrement :

– Allons prendre le petit dej' ensemble avant les cours. Dernier jour de notre année de Première! C'est ma tradition.

– D'accord, dis-je. Avant d'ajouter : Pardonne-moi d'avoir été aussi horrible.

– Ne dis pas ça. C'est moi qui ne sais pas quoi faire pour toi. Je n'imagine pas une seconde… » Elle n'achève pas sa phrase, examine l'intérieur du Sanctuaire. Je vois l'effroi l'envahir. « C'est tellement insupportable… » Ses yeux s'arrêtent sur le lit de Bailey. « Tout est resté comme elle l'a laissé. La vache, Len…

– Ouais. » Ma voix s'accroche au fond de ma gorge. « Je vais m'habiller. »

Sarah se mord la lèvre pour ne pas fondre en larmes. « Je t'attends en bas. J'ai promis à Manou de papoter avec elle. » Elle sort du lit et se dirige vers la porte, sa démarche bondissante d'il y a quelques instants réduite à un glissement feutré. Je tire à nouveau la couette au-dessus de ma tête. Je sais que cette chambre est un mausolée. Je sais que tout le monde (à l'exception de Toby, qui semble n'avoir rien remarqué) m'en veut, mais je tiens à ce que tout reste en l'état. Ça me donne l'impression que ma sœur est encore là, ou qu'elle peut encore revenir.

Pendant notre trajet vers le centre-ville, Sarah me raconte son nouveau plan pour rencontrer enfin un mec capable de lui parler de Jean-Paul Sartre, son existentialiste préféré. Le problème, c'est sa folle passion pour les surfeurs décérébrés, lesquels (sans vouloir être insultante) ne sont pas forcément les meilleurs spécialistes en littérature et philosophie françaises, si bien que son principal critère de sélection masculine – Doit-Savoir-Qui-Est-Sartre-Ou-Au-Moins-Avoir-Lu-DH-Lawrence-Ou-Au-Pire-L'une-Des-Sœurs-Brontë-Emily-De-Préférence – est totalement incompatible avec eux.

– Il y a un symposium cet été à la fac sur le féminisme français, m'explique-t-elle. C'est un après-midi. Je vais y aller. Tu m'accompagnes ?

J'éclate de rire : Le lieu idéal pour rencontrer des garçons, clair !

– Détrompe-toi. Les mecs vraiment cool n'ont pas peur d'être féministes, Lennie. – Je me tourne vers elle. Elle essaie de souffler des ronds de fumée, mais n'exhale que de gros pâtés.

J'ai la trouille de lui parler de Toby, mais il faut bien que je le fasse, non ? Sauf qu'étant une vraie poule mouillée, je commence par une info moins risquée :

– J'ai déjeuné avec Joe Fontaine, l'autre jour.

– Arrête !

– Si.

– Je te crois pas.

– Je te jure.

– Hmm hmm…

– Hmm hmm !

– Incroyable.

– Mais vrai.

Nous sommes imbattables au jeu du ni oui ni non.

« Espèce de sale canard ! Sale canard jaune à plume ! Et

c'est seulement maintenant que tu me le dis? » Quand Sarah s'enflamme pour quelque chose, des noms d'animaux improbables lui viennent spontanément à la bouche comme si elle était atteinte du syndrome de Tourette version *30 millions d'amis*. « Et alors, il est comment?

– OK, dis-je d'un ton distrait en regardant par la fenêtre. Je me demande qui a eu cette idée qu'on fasse un duo ensemble, lui et moi. Mr James, peut-être? Mais pourquoi? En plus, *argh !* bonjour l'humiliation.

– Allô Lennie? Ici la Terre! Je te parle de Joe Fontaine et tu me réponds *OK?* Mais *ouah chiwawa !* ce mec est un dieu vivant total-grave-hallucinant! Et il paraît qu'il a deux frères aînés : *ouah chiwawa* puissance trois, non?

– *Ouah chiwawa !* Batgirl.

Sarah se met à glousser, ce qui cadre mal avec son maquillage Batgoth. Elle tire une dernière bouffée de sa cigarette et la jette dans une cannette de soda.

– Il a un petit faible pour Rachel, dis-je. Ça signifie quoi, à ton avis?

– Juste qu'il possède un chromosome Y », me répond-elle en enfournant un chewing-gum dans sa bouche, toujours bloquée qu'elle est au stade oral. « Mais franchement, ça m'étonnerait. Paraît qu'il ne s'intéresse qu'à la musique, or elle joue comme un pied. C'est peut-être à cause de ses satanés chanteurs diphoniques de Mongolie dont elle parle sans arrêt... du coup, il s'imagine qu'elle a des goûts pointus ou je ne sais quoi. » Décidément, les grands esprits se rencontrent... Soudain, Sarah s'agite sur son siège comme si elle était en plein pogo. « Oh, Lennie, fais-le! Affronte-la pour être première clarinette. Aujourd'hui! Vas-y. Ça serait trop beau – du jamais vu dans l'histoire de l'orchestre, un défi de soliste le dernier jour de cours! »

Je fais non de la tête.

– Même pas en rêve.

– Mais pourquoi ?

Je ne lui réponds pas. Je ne saurais pas comment.

Un certain après-midi de l'été dernier me revient en mémoire. Je venais d'arrêter les cours privés avec Marguerite et je traînais avec Bailey et Toby au torrent de l'Homme Volant. Toby était en train de nous expliquer que les chevaux pur-sang avaient des poneys de compagnie qui les suivaient partout et je me souviens avoir songé, c'est moi, je suis un poney de compagnie, et les poneys de compagnie ne jouent pas les solistes. Ils ne deviennent pas première clarinette, ne postulent pas à l'orchestre régional, ne s'inscrivent pas à des concours nationaux et ne visent certainement pas le conservatoire de New York comme Marguerite m'avait toujours poussée à le faire.

Non, ils ne font rien de tout ça.

Sarah soupire en garant sa voiture :

– Bah, je crois que je vais devoir m'amuser autrement pour fêter ce dernier jour.

– T'as tout compris.

Nous sortons d'Ennui, entrons dans le salon de thé de Cecilia et commandons une quantité de pâtisseries obscène dont Cecilia, la patronne, nous fait cadeau avec ce même air chagriné qui me poursuit où que j'aille. Je crois qu'elle me donnerait tous les gâteaux de sa boutique si je le lui demandais.

Nous allons ensuite nous asseoir sur notre banc fétiche près de *Chez Maria*, le traiteur italien où j'occupe chaque été depuis l'âge de quatorze ans le poste de responsable en chef des lasagnes. Je reprends d'ailleurs mon job demain. Le soleil a explosé en un million de fragments éparpillés sur Main Street. C'est une journée magnifique. Tout scintille, hormis mon cœur alourdi par la culpabilité.

– Sarah, j'ai un aveu à te faire.

Une ombre inquiète passe sur son visage :

– Je t'écoute.

– Il s'est passé un truc avec Toby, l'autre soir.

Son inquiétude cède la place à autre chose, exactement ce que je redoutais. Sarah vit selon un code de l'amitié ultra-strict en matière de garçons. Son mot d'ordre est solidarité féminine avant tout.

– Un truc, genre, juste un truc ? Ou un truc... *truc* ?

Son sourcil a décollé pour la planète Mars.

Je sens mon ventre se nouer.

– Un truc... *truc*. On s'est embrassés.

Ses yeux s'élargissent et ses traits se déforment sous l'effet de l'incrédulité – ou de l'horreur. Voici le visage de ma honte, pensé-je en l'examinant. *Comment ai-je pu embrasser Toby ?* me demandé-je pour la millième fois.

– *Wow !* Commente-t-elle. Ce mot retombe sur le sol comme une pierre. Elle ne cherche même pas à dissimuler son mépris. J'enfouis ma tête entre mes mains, position crash aérien – je n'aurais jamais dû lui dire.

– Ça semblait si naturel sur le moment, Bailey nous manque à tous les deux, il comprend ce que je ressens, comme s'il était le seul capable de le faire... et j'étais bourrée. » Tout ça, je l'explique à mon jean.

« Bourrée, toi ? » Sa stupéfaction est totale. C'est tout juste si j'accepte de boire une bière aux soirées où elle me traîne. D'une voix plus douce, elle ajoute : « Donc, Toby est la seule personne capable de te comprendre ? »

Oh, oh !

– C'est pas ce que je voulais dire. Je relève la tête pour croiser son regard, mais c'est un mensonge. C'est exactement ce que je voulais dire, et je vois à son expression qu'elle le sait aussi. « Sarah... »

Elle déglutit, détourne les yeux puis change rapidement de sujet pour revenir à celui de ma disgrâce.

– Ça peut arriver, j'imagine. Noyer son chagrin dans le sexe. Ils en parlaient dans l'un des bouquins que j'ai lus.

Je perçois encore l'ombre d'un jugement dans le ton de sa voix, mais avec cette fois un petit quelque chose en plus.

– On n'a pas couché ensemble. Je suis toujours la dernière vierge en activité.

Elle soupire et passe son bras autour de moi, maladroitement, comme si elle se sentait obligée de le faire. J'ai l'impression de subir une clé de bras. Aucune de nous ne sait comment gérer les non-dits entre nous, ni tout ce qui a été dit pour de bon.

– T'inquiète, Len. Bailey comprendrait. Elle ne me paraît pas convaincante du tout. « Et puis, c'est pas comme si ça allait se reproduire, hein ?

– Bien sûr que non, dis-je. J'espère ne pas mentir.

Et j'espère que si.

Tout le monde m'a toujours dit que je ressemblais
à Bailey,
mais c'est faux.
J'ai les yeux gris, les siens sont verts,
un visage ovale, alors qu'elle l'a en forme de cœur,
Je suis plus petite, plus rabougrie, plus pâle,
plus plate, plus banale, plus fade.
Notre seul point commun : nos boucles folles
que j'emprisonne en queue-de-cheval
et qu'elle laisse cascader
en furie
autour de sa tête.
Je ne chantonne pas dans mon sommeil,
ne mange pas les pétales des fleurs,
ne cours pas sous la pluie au lieu de m'en abriter.
Je ne suis que le modèle débranché,
la sœur d'accompagnement,
recroquevillée dans un coin de son ombre.
Les mecs la suivaient partout :
ils remplissaient les banquettes du restaurant
où elle était serveuse,
s'agglutinaient autour d'elle à la rivière.
Un jour, j'ai vu un garçon surgir derrière elle
et tirer une mèche de ses longs cheveux.
Je le comprenais
— Je ressentais la même chose.
Sur les photos de nous,
elle regarde toujours vers l'objectif
et moi, vers elle.

(Trouvé sur un morceau de papier plié et à demi enfoui sous les
aiguilles de pin sur le sentier de la Rain River)

8

Je suis assise au bureau de Bailey avec saint Antoine :
patron des objets perdus. Il n'a rien à faire ici. La place
que je lui ai toujours attribuée est sur le rebord de la
cheminée, devant la Moitié de Maman, mais Bailey a dû
le déplacer et j'ignore pourquoi. Je l'ai trouvé planqué
derrière l'ordinateur, devant l'un de ses vieux dessins
qu'elle avait accroché au mur à l'aide de pâte fixante
– celui qu'elle a fait le jour où Manou nous a expliqué
que notre mère était une exploratrice (catégorie Christophe Colomb). J'ai tiré les rideaux et malgré la tentation qui me ronge, je m'interdis d'aller voir à la fenêtre
si Toby est posté sous le prunier – de même que je ne me
laisserai pas aller à m'imaginer ses lèvres égarées et
presque sauvages pressées contre les miennes. Non, je
m'imagine plutôt des igloos, de beaux igloos arctiques
et parfaitement frigides. J'ai promis à Bailey que ce qui
s'était passé cette nuit-là ne se reproduirait pas.

C'est le premier jour des vacances d'été et tous les
gens de mon lycée sont au bord de la rivière. Je viens de
recevoir un coup de fil éméché de Sarah m'informant
que ni un ni deux mais les trois *totalement-grave-*

hallucinants frères Fontaine sont censés arriver d'un instant à l'autre au torrent, qu'ils vont jouer en plein air, qu'elle vient juste de découvrir que les deux aînés font partie d'un groupe génial de LA, là où ils vont à la fac, et que je ferais bien de me bouger les fesses pour venir contempler toute cette splendeur de mes yeux. Je lui ai répondu que je restais chez moi mais qu'elle n'avait qu'à contempler leur splendeur de ma part, ce qui m'a aussitôt valu un : « Me dis pas que t'es avec Toby, hein, Lennie ? »

Argh !

Je coule un regard en direction de ma clarinette, abandonnée sur ma chaise dans son étui. Dans un cercueil, me dis-je, avant de chasser immédiatement cette pensée. Je me lève pour aller ouvrir l'étui. Je n'ai jamais douté un instant de mon choix d'instrument. Quand toutes les filles de mon cours de musique ont opté pour la flûte en cinquième, je me suis ruée sur la clarinette. Ça me ressemblait davantage.

Je plonge ma main dans la poche où je conserve mon chiffon et cherche le morceau de papier plié. J'ignore pourquoi je l'ai gardé (depuis plus d'un an !), pourquoi j'ai été l'exhumer dans la poubelle, ce jour-là, après que Bailey s'en est débarrassée en lâchant d'un ton désinvolte : « Eh bien ! vous voilà coincés avec moi, maintenant », avant de se jeter dans les bras de Toby comme si ça ne comptait pas. Mais je savais, moi, qu'elle faisait semblant. Bien sûr que ça comptait. C'était Juilliard.

Sans même la lire une dernière fois, je froisse la lettre de refus de Bailey en boule, la jette dans la corbeille à papier, puis me rassois à son bureau.

Je me tiens exactement à l'endroit où j'étais ce soir-là quand le téléphone a retenti à travers la maison, à travers le monde innocent qui ne se doutait encore de rien. Je bossais mes devoirs de chimie, haïssant comme d'habitude chaque minute de ce calvaire. Les lourdes senteurs d'origan de la fricassée de poulet de Manou flottaient jusque dans notre chambre et je voulais juste que Bailey se dépêche de rentrer pour qu'on puisse se mettre à table parce que j'étais morte de faim et que je détestais les isotopes. Comment est-ce possible ? Comment pouvais-je penser fricassée et molécules de carbone alors qu'à l'autre extrémité de la ville, ma sœur venait de rendre son dernier soupir ? Dans quel monde vivons-nous ? Et comment surmonte-t-on une chose pareille ? Comment faire quand la pire chose que vous pouviez imaginer au monde vous tombe dessus pour de bon ? Quand vous recevez *ce* coup de fil ? Que la voix sonore de votre sœur vous manque tellement que vous pourriez démolir la maison à coup d'ongle ?

Voilà comment je fais, moi : je sors mon portable et j'appelle son numéro. Dans un moment d'égarement total l'autre jour, j'ai appelé pour lui demander à quelle heure elle comptait rentrer, et réalisé que son abonnement n'avait pas encore été désactivé.

Salut, c'est Bailey, Juliette pour ce mois-ci, alors, Ô mon Roméo, qu'as-tu à me dire ? N'as-tu point une parole joyeuse à me transmettre ? Une parole réconfortante…

Je raccroche à la fin du message et je la rappelle, encore et encore et encore et encore, comme si j'avais le pouvoir de l'extraire du téléphone. Puis, à un moment, je ne raccroche pas.

« Pourquoi tu ne m'as pas dit que tu allais te marier ? » chuchoté-je dans le combiné avant de refermer mon téléphone et de le poser sur son bureau. Parce que je ne comprends pas. Est-ce qu'on ne se disait pas tout ? *Si ça ne transforme pas nos vies, Len, rien ne le fera*, m'avait-elle dit lorsqu'on repeignait nos murs. Était-ce le changement auquel elle aspirait? Je soulève la statuette de saint Antoine en plastique ringard. Et lui, dans tout ça? Pourquoi l'a-t-elle déplacé ici? J'examine plus attentivement le dessin contre lequel il était appuyé. Il est accroché au mur depuis si longtemps que le papier a jauni et s'est écorné, depuis si longtemps que je ne faisais même plus attention à lui. Bailey devait avoir onze ans quand elle l'a dessiné, à l'époque où elle avait commencé à questionner Manou avec une férocité insatiable à propos de notre mère.

Ça durait depuis des semaines.

« Comment tu sais qu'elle reviendra? » lui avait-elle demandé pour la millionième fois. Nous étions dans l'atelier, elle et moi allongées par terre en train de crayonner avec des pastels tandis que Manou peignait l'une de ses dames vertes préférées sur une toile placée dans un coin, le dos tourné. Elle avait passé la journée à esquiver les questions de Bailey en changeant habilement de sujet, mais ça ne marchait plus, cette fois. J'ai vu son bras retomber le long de son corps, et son pinceau a projeté d'optimistes gouttelettes de vert tendre sur le sol déjà moucheté de peinture. Elle a lâché un gros soupir, long et solitaire, puis s'est tournée vers nous.

« Je crois que vous êtes assez grandes, les filles », a-t-elle déclaré. Nous avons levé la tête, immédiatement reposé nos pastels et écouté d'une oreille avide. « Votre mère est... voyons... j'imagine que la meilleure manière de la décrire serait... hmm... laissez-moi réfléchir... » Bailey m'a jeté un regard oblique, sous le choc – nous ne l'avions jamais vue buter sur les mots.

– Quoi, Manou? a demandé Bailey. Maman est quoi?

– Hmmm... Manou s'est mordillé la lèvre, puis, avec hésitation, a déclaré : Je crois que la meilleure définition serait... Vous savez, certaines personnes possèdent des tendances naturelles : moi, je peins et je jardine, par exemple, pour Big c'est l'arboriculture, toi Bailey tu rêves de devenir comédienne...

– Je vais entrer à Juilliard, a-t-elle affirmé.

Manou a souri :

– Oui, nous le savons tous, Miss Hollywood. Ou plutôt Miss Broadway.

– Et maman ? leur ai-je rappelé avant que la discussion ne dévie à nouveau sur cette maudite école. J'espérais qu'on pourrait s'y rendre à pied, si Bailey partait faire ses études là-bas. Ou que c'était suffisamment proche pour que je puisse au moins aller la voir tous les jours à vélo. J'avais trop peur de poser la question.

Manou a pincé les lèvres :

– Bon, très bien. Votre maman est différente, voilà. Un peu... exploratrice.

– Comme Christophe Colomb, tu veux dire ? a voulu savoir Bailey.

– Voilà, exactement, mais sans la *Niña*, la *Pinta* et la *Santa Maria*. Juste une femme seule, une carte, et le monde. Une artiste solo. Et sur ces mots, elle a quitté la pièce, sa technique imparable pour clore une conversation.

Bailey et moi nous sommes regardées. Au fil de nos inlassables conjectures pour tenter de comprendre où se trouvait notre mère et pourquoi elle nous avait quittées, nous n'avions jamais rien imaginé d'aussi génial. Je me suis élancée à la poursuite de Manou pour en savoir plus, mais Bailey est restée finir son dessin.

On y voit une femme debout au sommet d'une montagne, le regard dans le lointain, le dos tourné. Manou, Big et moi – nos noms sont inscrits à nos pieds – adressons un signe de la main à la créature solitaire depuis le bas de la montagne. Sous le dessin, en lettres vertes, on peut lire : *Exploratrice*. Bizarrement, Bailey ne s'est pas représentée sur cette image.

Je presse saint Antoine contre ma poitrine. J'ai besoin de lui en ce moment. Mais pourquoi Bailey en avait-elle besoin, elle ? Qu'avait-elle perdu ?

Qu'avait-elle besoin de retrouver ?

J'enfile ses vêtements.
Je boutonne l'un de ses chemisiers fantaisie sur
mon tee-shirt.
Ou j'enroule un, parfois deux,
parfois tous ses foulards de diva autour de mon
cou.
Ou bien je me déshabille pour passer ma tête
dans l'une de ses petites robes,
et laisser le tissu
glisser sur ma peau comme de l'eau.
Je me sens toujours un peu mieux,
comme si elle me tenait dans ses bras.
Puis je touche tous les objets
qui n'ont pas bougé depuis sa mort:
des dollars froissés
extirpés d'un fond de poche,
les trois flacons de parfum à jamais remplis au
même niveau,
la pièce de Sam Shepherd,
Fool for Love,
avec son marque-page qui n'ira jamais plus loin.
Je l'ai lu à sa place, deux fois déjà,
remettant chaque fois le marque-page à sa
place – ça me tue
de savoir
qu'elle ne connaîtra
jamais
la fin.

(Trouvé à l'intérieur de la couverture des Hauts de Hurlevent, bibliothèque du lycée de Clover)

9.

Manou passe la nuit
devant la Moitié de Maman.
Je l'entends pleurer – triste
pluie
interminable
Assise en haut des marches,
je sais qu'elle touche
la joue froide et plate de ma mère
en lui disant : je suis désolée
Tellement désolée
Je me dis une chose horrible.
Je me dis : tu as bien raison de l'être.
Je me dis : Comment as-tu pu laisser arriver
une chose pareille ?
Comment as-tu pu les laisser me quitter
toutes les deux ?

(Trouvé écrit au mur des toilettes du salon de thé de Ceci-lia)

Les cours sont terminés depuis deux semaines. Manou, Big et moi avons tous les trois perdu les pédales et dévalons la pente en route libre, chacun dans une direction différente.

Pièce à conviction A : Manou me poursuit à travers la maison avec une théière. La théière est pleine. Je vois la vapeur sortir par le trou. De son autre main, Manou tient deux mugs. Le thé était notre rituel à toutes les deux, autrefois. On s'asseyait à la table de la cuisine en fin d'après-midi. On sirotait notre thé et on papotait avant que les autres ne rentrent à la maison. Mais je n'ai pas envie de boire le thé avec Manou pour la bonne raison que je n'ai pas envie de lui parler, chose qu'elle sait pertinemment mais qu'elle a encore du mal à digérer. C'est la raison pour laquelle elle m'a suivie dans l'escalier et se tient à présent sur le seuil du Sanctuaire, avec sa théière.

Je saute sur mon lit, prends mon bouquin et fais semblant de lire.

« Pas de thé pour moi, Manou », dis-je en levant le nez de mon exemplaire des *Hauts de Hurlevent* que je tiens à l'envers d'ailleurs, lequel détail lui a, je l'espère, échappé.

Ses traits s'affaissent. Un affaissement épique.

« D'accord. » Elle pose mon mug par terre, remplit le sien et boit une gorgée de thé. Je vois bien qu'elle se brûle la langue, mais elle fait comme si de rien n'était. « D'accord, d'accord, d'accord », chantonne-t-elle en avalant une deuxième gorgée.

Elle me parle comme ça depuis la fin des cours. Normalement, l'été est pour elle la période la plus chargée de l'année en tant que gourou du jardinage, mais elle a expliqué à ses clients qu'elle faisait un break jusqu'à l'automne. Bref, au lieu de jouer les gourous, elle s'incruste *Chez Maria* pendant que je suis au travail, ou à la bibliothèque pendant que je suis en pause, ou alors elle me suit jusqu'au torrent et fait les cent pas sur le sentier pendant que je me laisse flotter sur le dos et que mes larmes se répandent dans l'eau.

Mais le rituel du thé est pire que tout.

« Chou, ce n'est pas très sain… » Sa voix s'est disloquée en un torrent d'angoisse familier. Je crois qu'elle veut parler de mon isolement, mais quand je relève les yeux je réalise qu'il s'agit de son autre sujet de conversation préféré. Elle regarde fixement le placard de Bailey, les emballages de chewing-gum éparpillés un peu partout, la brosse avec sa boule de cheveux noirs emmêlés. Je suis la direction de son regard jusqu'aux robes de Bailey, posées en tas sur le dossier de sa chaise, la serviette jetée sur sa tête de lit, son panier à linge sale encore débordant de vêtements…

– Nous devrions remplir quelques cartons.

– Je t'ai dit que je m'en occuperai moi-même, marmonné-je pour ne pas hurler *je promets de le faire, Manou, si tu arrêtes de me harceler et si tu me fiches la paix*.

– OK, Lennie.

Pas besoin de lever les yeux vers elle pour savoir que je l'ai blessée.

Mais quand je regarde à nouveau, elle est partie. J'ai aussitôt envie de lui courir après, de lui prendre sa théière des mains, de m'en verser une tasse et de m'asseoir avec elle pour lui dire absolument tout ce que je pense et ce que j'ai sur le cœur.

Sauf que je ne le fais pas.

J'entends le bruit de la douche. Manou passe un temps fou sous la douche ces temps-ci et je sais que c'est parce qu'elle croit pouvoir y pleurer toutes les larmes de son corps sans qu'on l'entende, Big et moi. Sauf qu'on l'entend.

Pièce à conviction B : Je me rallonge sur le dos et il ne me faut pas longtemps pour presser mon oreiller contre ma poitrine et embrasser l'air avec une ardeur grotesque. Ça ne va pas recommencer, me dis-je dans mon for intérieur. Qu'est-ce qui cloche, chez moi ? Comment une fille normale peut-elle avoir envie d'embrasser tous les garçons qu'elle croise à un enterrement, ou d'étriper un mec dans un arbre après être sortie avec le petit ami de sa sœur la nuit d'avant ? *Et d'ailleurs, comment une fille normale peut-elle sortir avec le petit ami de sa sœur tout court ?*

Qu'on me débranche mon cerveau, par pitié, parce que je n'y comprends plus rien. Je ne pensais quasiment jamais au sexe, avant, et encore moins activement. Trois mecs à trois soirées en quatre ans : Casey Miller, qui avait un goût de hot-dog ; Dance Rosencrantz, dont les mains se baladaient partout sous mon tee-shirt comme s'il farfouillait dans un seau de pop-corn au ciné. Et enfin Jasper Stolz, en quatrième, parce que Sarah m'avait obligée à jouer au jeu de la bouteille. Chaque fois, je m'étais sentie comme un tas de jelly à l'intérieur. Rien à avoir avec Heathcliff et Cathy, avec lady Chatterley et Oliver Mellors, avec Darcy et Elizabeth Bennet. Bien sûr, j'ai toujours cru dans la théorie du Big Bang de la passion, mais comme quelque chose de théorique, justement, quelque chose qui n'arrive que dans les romans qu'on peut refermer et poser sur une étagère, quelque chose dont je pourrais avoir secrètement envie mais que je ne pourrais m'imaginer connaître dans la vraie vie. Quelque chose qui n'arrive qu'aux héroïnes comme Bailey, aux nanas qui n'ont pas froid aux yeux et qui occupent les premiers rôles. Mais là, j'ai pété un fusible et j'embrasse tout ce qui me tombe sous la main : oreillers, fauteuils, chambranles de portes, miroirs, toujours en m'imaginant la seule personne à laquelle je n'ai pas le droit de penser, la personne que j'ai promis à ma sœur de ne plus jamais embrasser. La seule personne avec laquelle je me sente un tout petit moins effrayée.

La porte d'entrée claque, m'arrachant à la pensée des bras interdits de Toby. C'est Big. Pièce à conviction C : Je l'entends se ruer d'un pas lourd dans la salle à manger où, il y a seulement deux jours, il a ôté le drap qui recouvrait ses pyramides. Toujours un mauvais signe. Il les a construites il y a des années, en s'inspirant de formules mathématiques secrètes liées à la géométrie des pyramides égyptiennes. (Après tout, ce type parle aux arbres, aussi.) D'après lui, ses pyramides, comme celles du Moyen-Orient, possèdent des propriétés extraordinaires. Il a toujours été persuadé que ses maquettes avaient le pouvoir de prolonger la vie des fleurs coupées et des fruits, ou encore de ressusciter les insectes, et conservait soigneusement des spécimens de chaque pour les besoins de ses travaux d'observation permanents. Lors de ses phases pyramides, Big, Bails et moi passions des heures à fouiller la maison en quête de cadavres de mouches ou d'araignées, puis nous précipitions le lendemain matin dans l'espoir d'assister à une résurrection. Nous n'avons jamais eu cette chance. Mais quand Big en a gros sur le cœur, le nécromancien qui sommeille en lui se réveille – et ses pyramides avec par la même occasion. Cette fois-ci, il s'y est remis avec ardeur, sûr de son succès, persuadé qu'il avait uniquement échoué par oubli d'un élément clé : une bobine avec charge électrique qu'il a désormais placée sous chacune des pyramides.

Peu après, un oncle Big passablement défoncé traverse le couloir devant ma porte ouverte. Il fume tellement d'herbe, ces derniers temps, que lorsqu'il est à la maison, on croirait qu'il plane au-dessus de nous comme un gros ballon dirigeable – chaque fois que je le croise, j'ai envie de l'attacher à une chaise.

Il revient sur ses pas et s'arrête sur le seuil.

« Je vais rajouter quelques papillons de nuit, demain », m'annonce-t-il, comme s'il poursuivait une conversation déjà entamée.

J'opine du chef. « Bonne idée. »

Il acquiesce à son tour, puis repart en planant vers sa chambre et, selon toute probabilité, directement à travers la fenêtre.

Voilà, c'est nous. Deux mois après les faits. En direct de l'asile psychiatrique.

Le lendemain matin, une Manou fraîchement douchée et séchée prépare un petit déjeuner à base de cendres pendant que Big passe un coup de balai pour récupérer les papillons de nuit morts à mettre sous ses pyramides et que je m'efforce de ne pas rouler une pelle à ma cuillère, quand quelqu'un frappe à la porte. Nous nous figeons net, soudain affolés à l'idée qu'un témoin extérieur assiste au silencieux spectacle de notre contrition. Je me dirige vers la porte sur la pointe des pieds, histoire de faire croire qu'il n'y a personne, et regarde par le judas. C'est Joe Fontaine, l'air aussi animé que d'habitude, comme si la porte lui racontait des blagues. Il a une guitare à la main.

« Cachez-vous, tout le monde », chuchoté-je. Je préfère les garçons bien rangés dans les recoins de mon cerveau d'obsédée sexuelle, et non debout sur le porche de notre maison en plein naufrage. Surtout ce ménestrel.

Je n'ai pas sorti ma clarinette de son étui depuis la fin des cours. Je n'ai nullement l'intention de me rendre aux répétitions estivales de l'orchestre.

– Ridicule, déclare Manou en s'avançant vers la porte vêtue de son boubou en serviette-éponge violet vif et de son turban en serviette rose. Qui est-ce ? me demande-t-elle en un murmure plus sonore de cent décibels que sa voix normale.

– Le nouveau de l'orchestre, Manou... c'est au-dessus de mes forces.

J'agite les bras d'avant en arrière pour tenter de la chasser vers la cuisine.

J'ai oublié comment me servir de ma bouche pour faire autre chose qu'embrasser les meubles. Je n'ai aucune conversation en moi. Je n'ai revu personne du lycée, et je n'y tiens pas, je n'ai même pas rappelé Sarah qui s'est mise à m'envoyer de longs e-mails (des dissertations) pour m'expliquer qu'elle ne me jugeait pas pour ce qui s'est passé avec Toby, ce qui ne fait que me prouver à quel point elle me juge pour ce qui s'est passé avec Toby. Je repars vers la cuisine, me réfugie dans un coin et prie pour devenir invisible.

« Ça alors, un troubadour », déclare Manou en ouvrant la porte. De toute évidence, elle a remarqué le kaléidoscope vivant qui lui sert de visage et commencé à flirter avec lui. « Et moi qui croyais que nous étions au vingt et unième siècle... » Elle en ronronnerait presque. Il est temps pour moi de voler à son secours.

À contrecœur, je sors de ma cachette et rejoins Swâmi Séductrice Manou. J'observe Joe attentivement. J'avais oublié à quel point il était lumineux, comme s'il appartenait à une race d'humains qui aurait non pas du sang mais de la lumière dans les veines. Tout en parlant à Manou, il fait tourner son étui de guitare comme une toupie. Il ne semble guère avoir besoin qu'on vole à son secours. Au contraire, il a plutôt l'air amusé.

« Salut, John Lennon. » Il me sourit de toutes ses dents, à croire que notre petite mésaventure dans l'arbre ne s'est jamais produite.

Qu'est-ce que tu fabriques ici? pensé-je si fort que ma tête pourrait bien exploser.

« Ça fait un moment qu'on ne t'a pas vu », dit-il. La timidité envahit ses traits l'espace d'un instant – j'en ai des papillons au creux du ventre. Hum, je crois que je ferais mieux de réclamer une mesure d'éloignement de tous les garçons tant que je n'aurai pas réussi à maîtriser cette toute nouvelle fixette masculine.

« Entre donc, l'ami, déclare Manou comme si elle s'adressait à un chevalier. J'étais justement en train de préparer le petit déjeuner. » Il m'interroge du regard, me demande mon avis. « Tu pourrais nous jouer une chanson, histoire de remonter le moral des troupes. » Je lui souris, car c'est impossible de ne pas le faire, et lui adresse un geste de bienvenue. Comme nous entrons dans la cuisine, j'entends Manou chuchoter à Big, toujours dans son délire moyenâgeux : « Ma foi, ce jeune messire m'a coulé langoureuse œillade en battant de ses longs cils. »

Nous n'avons pas vraiment eu d'invités depuis les semaines qui ont suivi l'enterrement, et nous ne savons plus trop comment faire. Oncle Big semble avoir flotté jusqu'au ras du sol, et il s'appuie sur le balai qu'il était en train d'utiliser pour récolter les morts. Manou reste debout, spatule à la main au beau milieu de la cuisine, un immense sourire aux lèvres. Je parie qu'elle a oublié ce qu'elle avait sur le dos. Quant à moi, je suis assise droite comme un *I* sur ma chaise. Personne ne dit rien, et nous fixons tous les trois Joe du regard comme une télévision dont on attendrait qu'elle s'allume toute seule.

Et ça marche.

– Votre jardin est incroyable, je n'ai jamais vu de fleurs pareilles! J'ai bien cru que vos roses allaient me couper le cou et me mettre dans un vase. Il secoue la tête, émerveillé, et ses cheveux retombent dans ses adorables mirettes: On se croirait dans le jardin d'Éden.

– Gare au jardin d'Éden. Trop de tentations. La voix tonitruante de Big me prend au dépourvu. Il était mon compagnon de mutisme ces derniers temps, au grand dam de Manou. « Respirer les fleurs de Manou est le plus sûr moyen d'attraper toutes sortes de maladies de cœur.

– Vraiment? demande Joe. Quel genre?

– Elles sont nombreuses. Par exemple, le parfum de ses roses garantit à lui seul l'épanouissement d'un amour fou. » Au même instant, les yeux de Joe se posent sur moi, rien qu'une fraction de seconde – ouh! lala! À moins que ce ne soit uniquement dans ma tête? Parce qu'à présent, son regard est de nouveau tourné vers Big, lequel poursuit son petit laïus. « J'y crois, d'après mon expérience personnelle. Et cinq mariages à la clé. » Il sourit à Joe. « Mon nom est Big, au fait. Je suis l'oncle de Lennie. Tu dois être nouveau par ici, sans quoi tu saurais déjà tout ça. »

Traduction, il saurait déjà que Big est le plus grand coureur de jupons de cette ville. Certains affirment qu'à l'heure du déjeuner, partout dans Clover, des femmes préparent des paniers pique-niques pour aller chercher son arbre, dans l'espoir qu'il les invite à déjeuner dans sa cahute au sommet des branches. D'après la légende, aussitôt le repas terminé, leurs vêtements tombent à terre comme des feuilles.

Je regarde Joe prendre la mesure du gigantisme de mon oncle, de sa moustache démesurée. Il doit aimer ce qu'il voit, car son sourire illumine aussitôt la cuisine de quelques watts supplémentaires.

– Ouais, ça fait deux mois qu'on a emménagé ici. Avant, on était à Paris…

Hmm. Il n'a pas dû lire l'avertissement sur la porte concernant l'emploi du mot « Paris » dans un rayon de moins de un kilomètre de Manou. Trop tard. La voilà déjà lancée dans une rhapsodie francophile, mais Joe semble partager son fanatisme.

Il se lamente :

– Mince, *si seulement* on vivait encore…

– Allons, allons, l'interrompt-elle en agitant son index comme pour le sermonner. Oh non ! Ses mains ont trouvé leur place habituelle sur ses hanches. C'est reparti. Elle fredonne : « *Si j'avais des roulettes aux fesses, je serais un Caddie de supermarché.* » Son grand refrain chaque fois que je commence mes phrases par si seulement. Je suis consternée, mais Joe éclate de rire.

Manou est sous le charme. Je ne peux pas l'en blâmer. Elle l'a pris par la main pour lui faire une visite guidée de la maison et lui montrer ses femmes fantomatiques, qui semblent réellement faire forte impression sur Joe à en juger par ses exclamations *en français*, me dois-je de préciser. Big n'a plus qu'à reprendre ses explorations en quête d'insectes, et moi à remplacer mentalement ma cuillère par les lèvres de Joe Fontaine. Je les entends depuis le salon et je sais qu'ils se tiennent devant la Moitié de Maman, car tous les gens qui viennent chez nous ont la même réaction.

– C'est hypnotisant, dit Joe.

– Hmm… oui. Ma fille, Paige. La mère de Lennie et Bailey. Elle est partie il y a très, très longtemps. » Je n'en crois pas mes oreilles. Manou ne parle quasiment jamais d'elle de son plein gré. « Un beau jour, j'achèverai ce tableau. Il n'est pas encore terminé. » Manou dit toujours qu'elle le finira quand maman reviendra et posera pour elle.

« Allez, à table. » J'entends le chagrin dans la voix de Manou à travers l'épaisseur des trois murs. L'absence de ma mère se fait davantage ressentir pour elle depuis la mort de Bailey. Je les surprends sans arrêt, Big et elle, à contempler la Moitié de Maman avec un regard implorant, à vif, presque désespéré. Son absence ressort davantage pour moi aussi. Maman était notre jeu préféré, à Bailey et moi, avant de nous coucher, quand on jouait à s'imaginer où elle se trouvait et ce qu'elle faisait. J'ignore comment penser à ma mère sans elle.

Je griffonne un poème sur la semelle de ma chaussure lorsqu'ils reviennent dans la cuisine.

« Plus de papier pour écrire ? » me lance Joe.

Je repose mon pied au sol. Argh ! C'est quoi ta matière principale, Lennie ? Ah oui, c'est vrai : la Bouffonologie.

Joe s'assoit à table, tout en grâce et en longueur, un vrai poulpe.

Nous le fixons du regard, encore un peu perturbés par la présence de cet étranger parmi nous. L'étranger, lui, semble parfaitement à l'aise en notre compagnie.

« Qu'est-il arrivé à cette plante ? » Il désigne la malheureuse plante d'intérieur Lennie, qui trône au milieu de la table. On la croirait atteinte de la lèpre. Tout le monde se tait : comment expliquer que cette plante est mon dopplegänger ?

– C'est Lennie, elle est en train de crever. Très franchement, on ne sait plus quoi faire, finit par déclarer Big de sa voix de baryton. La pièce elle-même semble lâcher un long soupir embarrassé et, au même moment,

Manou, Big et moi éclatons de rire – Big assénant de grands coups sur la table en bêlant comme un phoque ivre, Manou s'étouffant à moitié adossée au plan de travail et moi, pliée en deux sur ma chaise, à renifler bruyamment quand j'essaie de respirer, tous les trois pris d'un fou rire hystérique comme nous n'en avons pas connu depuis des mois.

« Tante Gooch ! Tante Gooch ! » s'exclame Manou. Tante Gooch est le surnom que nous avions donné à son rire, Bailey et moi, car il débarquait toujours sans crier gare, à la manière d'une vieille tante un peu fofolle qui surgirait sur le pas de la porte avec les cheveux roses, une valise pleine de ballons et sans la moindre intention de repartir.

« Moi qui la croyais disparue pour de bon ! » ajoute-t-elle en hoquetant.

Joe semble plutôt bien vivre cette explosion d'hilarité. Calé contre le dossier de sa chaise, il se balance sur les pieds arrière ; il a l'air de s'amuser, comme s'il assistait au spectacle de... eh bien ! de trois personnes accablées par le deuil en train de perdre la boule. Je réussis à me calmer suffisamment pour lui expliquer l'histoire de cette plante, entre mes larmes et mes derniers ricanements compulsifs. S'il ne pensait pas encore avoir mis les pieds dans la maison de fous du quartier, je crois qu'il en est convaincu, à présent. À ma grande surprise, il ne cherche pas un prétexte pour décamper et prend au contraire ce drame végétal très au sérieux, comme s'il se souciait réellement du sort de cette plante souffreteuse condamnée à une mort certaine.

Après le petit déjeuner, nous sortons tous deux sur le porche, qui se trouve encore plongé dans la brume matinale. À peine la porte s'est-elle refermée derrière nous qu'il me lance : « Juste un morceau », comme si le temps s'était mis sur pause depuis notre discussion dans l'arbre.

Je marche jusqu'à la balustrade pour m'y appuyer et croise les bras contre ma poitrine :

– Toi, tu joueras. Moi, je t'écouterai.

– Je ne comprends pas. C'est quoi, le truc ?

– Le truc, c'est que c'est non.

– Mais pourquoi ? Tu choisiras ce que tu veux, ça m'est égal.

– Pour la millième fois, je ne…

Il éclate de rire. « *Pfiou*, j'ai l'impression de vouloir te forcer à coucher avec moi ou je ne sais quoi. » La moindre goutte de sang présente dans mon corps afflue en direction de mes joues. « Allez, quoi. Je sais que ça te fait envie… » dit-il d'un ton taquin, les sourcils levés, comme un mauvais dragueur. Ce dont j'ai surtout envie, c'est de me cacher sous le porche, mais sa tête me fait trop rire. « Je parie que tu aimes Mozart, dit-il en s'agenouillant pour ouvrir l'étui de sa guitare. Tous les clarinettistes l'adorent. À moins que tu ne sois fan de la musique sacrée de Bach ? » Il m'observe, les yeux mi-plissés. « Nan, ça m'étonnerait. » Il s'assoit sur le rebord de la table basse, sa guitare sur ses genoux. « Je sais. Aucune joueuse de clarinette digne de ce nom ne peut résister au jazz manouche. » Il gratte quelques notes envoûtantes. « J'ai pas raison ? Attends, j'ai une autre idée ! » Il commence à battre le rythme avec sa paume sur le coffre de sa guitare tout en tapant du pied. « Dixieland ! »

Ce type se shoote à la vie. À côté de lui, Candide est le pire des rabat-joie. Est-ce qu'il sait que la mort existe, au moins ?

– Alors, qui a eu l'idée ? je lui demande.

Il interrompt son set de percussion improvisé :

– Quelle idée?

– Qu'on joue ensemble, toi et moi. Tu as dit que...

– Ah, ça. Marguerite St. Denis est une vieille amie de la famille – à mes yeux l'unique responsable de mon exil jusqu'ici. Elle a dû me dire quelque chose comme *Lennie Walker joue de la clarinette comme un rêve**. » Il agite la main en l'air, à la Marguerite. « *Elle joue à ravir, une merveille**. »

Je sens quelque chose d'indescriptible monter en moi, en réalité plusieurs choses à la fois, panique, fierté, culpabilité, nausée – le tout d'une telle force que je dois m'agripper à la balustrade. Je me demande ce qu'elle lui a dit d'autre.

« *Quelle catastrophe**, poursuit-il. Vois-tu, je croyais être le seul de ses élèves à jouer comme un rêve. » Je dois avoir l'air perdu, parce qu'il reprend aussitôt : « En France. Elle enseignait très souvent au conservatoire, l'été. »

Le temps que j'assimile le fait que *ma* Marguerite est aussi celle de Joe, je vois Big passer en trombe derrière la fenêtre, d'abord dans un sens, puis dans l'autre, le balai au-dessus de sa tête, à la recherche de créatures à ressusciter. Joe ne semble pas l'avoir remarqué, ce qui est sans doute une bonne chose.

– Je plaisantais, à propos de la clarinette, ajoute-t-il. Ça n'a jamais été mon fort.

– Ce n'est pas ce que j'ai entendu dire. Il paraît que tu es faaabuleux.

– Rachel n'a pas vraiment l'oreille pour ça », répond-il d'un ton égal, sans la moindre nuance de mépris dans sa voix. Ce prénom glisse un peu trop facilement entre ses lèvres, comme s'il le prononçait tout le temps, sûrement juste avant de l'embrasser. Je me sens de nouveau rougir. Les yeux baissés, j'examine mes chaussures.

Pourquoi est-ce que je réagis comme ça ? Sérieusement. Il veut juste qu'on répète des morceaux ensemble, comme n'importe quel musicien.

Alors j'entends : « J'ai pensé à toi... »

Je n'ose pas le regarder, de peur d'avoir seulement imaginé ces paroles si douces, si hésitantes. Mais si c'est le cas, je dois déjà être en train d'en imaginer d'autres. « J'ai pensé à quel point tu étais dingue de tristesse, et... »

Il s'est tu. *Et quoi ?* Je relève la tête pour voir s'il étudie ses chaussures, lui aussi. « J'avoue, déclare-t-il à l'instant où nos regards se croisent. J'avais cette image de nous deux nous tenant par la main, genre à la Grande Prairie ou ailleurs, et nous envolant dans les airs. »

Wouah ! – je ne m'attendais pas à un truc pareil, mais ça me plaît bien. « Comme saint Joseph ? »

Il acquiesce :

– Je crois que je me suis laissé emballer par cette idée.

– Quel type de décollage ? Le genre fusée ?

– Pas du tout. Plutôt un décollage sans effort, à la Superman. Il lève un bras et, de l'autre, serre sa guitare contre lui. « Tu vois, quoi. »

Je vois, en effet. Je vois surtout que j'ai le sourire aux lèvres rien qu'à la regarder. Que ce qu'il vient de me dire est en train de dénouer quelque chose à l'intérieur de moi. Que l'épais voile de brume qui flotte autour du porche nous coupe du reste du monde.

J'ai envie de lui dire.

« Ce n'est pas que je n'ai pas envie de jouer avec toi, dis-je très vite pour ne pas me dégonfler. C'est juste que... j'en sais rien. C'est différent, de jouer. » Je me fais violence pour dire la suite. « Je ne voulais pas être première clarinette, je ne voulais pas des solos, je ne voulais rien de tout ça. Le jour de l'audition, j'ai tout foiré... exprès. » C'est la première fois que je l'avoue à voix haute, devant quelqu'un, et le soulagement qui m'envahit est de dimension planétaire. Je continue. « Je déteste les solos, même si tu as sûrement du mal à le comprendre. C'est trop... » Je décris un vague geste du bras, incapable de trouver les mots. Alors je désigne la direction du torrent. « C'est comme sauter de rocher en rocher au milieu de la rivière, mais avec ce brouillard, tout seul, et chaque pas devient alors...

– Devient alors quoi ? »

Je réalise brusquement à quel point je dois paraître ridicule. Je raconte n'importe quoi, vraiment n'importe quoi. « Laisse tomber », dis-je.

Il hausse les épaules. « Des tas de musiciens ont peur de se planter. »

J'entends le clapotis régulier de la rivière comme si la brume venait de s'ouvrir pour laisser passer le son. Ce n'est pas qu'une question de trac. C'est ce que croyait Marguerite, aussi. Elle est persuadée que c'est la raison pour laquelle j'ai tout arrêté – *Tu dois apprendre à contrôler ta nervosité, Lennie* – mais le problème est bien plus vaste, en réalité. Quand je joue, je me sens recroquevillée, claquemurée et apeurée au fond de moi-même, comme un diable à ressort, mais sans le ressort. Et ça fait plus d'un an que ça dure.

Joe se penche en avant pour feuilleter les partitions qu'il conserve dans son étui, écrites à la main pour la plupart. « Essayons juste pour voir, dit-il. Guitare et clarinette, ça ferait un joli duo. Et ça a rarement été tenté. »

De toute évidence, il ne prend pas ma grande révélation très au sérieux. C'est un peu comme de se rendre enfin au confessionnal pour découvrir que le prêtre s'est mis des bouchons dans les oreilles.

– Peut-être, lui dis-je dans l'espoir qu'il change de sujet.

– *Wow!* dit-il en souriant. Voilà qui est encoura-
geant.

Après ça, c'est comme si je n'existais pas. Il est penché sur sa guitare, en train de l'accorder avec une
concentration telle que j'ai presque le sentiment que je
devrais détourner le regard, mais je ne peux pas. À vrai
dire, je l'observe avec des yeux écarquillés en me
demandant quel effet ça doit faire d'être quelqu'un
d'aussi cool, bien dans ses baskets, intrépide, passionné
et tellement VIVANT, comme lui – et le temps d'une
microseconde, j'ai envie de jouer avec lui. Envie de
déranger les oiseaux.

Un peu plus tard, tandis qu'il gratte sur sa guitare,
encore et encore, et que la brume s'est entièrement dis-
sipée, je réalise qu'il a raison. Il a exactement mis le
doigt dessus – je suis dingue de tristesse et, tout au fond
de moi, je voudrais m'envoler.

10

Le deuil est comme une maison
où les chaises
auraient oublié comment nous porter
les miroirs comment nous réfléchir
les murs comment nous soutenir
Le deuil est comme une maison qui disparaît
chaque fois qu'on frappe à la porte
ou qu'on presse la sonnette
une maison qui se volatilise
dès le premier souffle de vent
et s'enfouit en profondeur sous la terre
pendant que tout le monde dort
Le deuil est comme une maison où nul ne peut
vous protéger
où la plus jeune des deux sœurs
deviendra plus vieille que son aînée
où les portes
ne vous laissent plus ni entrer
ni sortir

(Trouvé sous une pierre dans le jardin de Manou)

Comme d'habitude je ne trouve pas le sommeil et je suis assise au bureau de Bailey, la statuette de saint Antoine entre les mains, et terrifiée à l'idée d'emballer ses affaires. Ce soir, en rentrant à la maison après ma journée lasagnes chez le traiteur, j'ai trouvé des cartons vides posés à côté de son bureau. Je n'ai pas encore ouvert un seul tiroir. Je ne peux pas. Chaque fois que je touche les poignées en bois, je repense à elle, qui ne fouillera plus jamais ce bureau à la recherche d'un carnet, d'une adresse, d'un stylo, et je me retrouve soudain comme privée d'oxygène avec ces seuls mots à l'esprit : *Bailey est dans cette boîte suffocante...*

Non. J'enfouis cette pensée au fond de ma tête dans un placard dont je claque la porte d'un coup sec. Je ferme les yeux, inspire une fois, deux fois, trois fois. Quand je les rouvre, je tombe à nouveau sur le dessin de l'exploratrice. J'effleure le papier fragile, sens la texture graisseuse des crayons pastel sous mes doigts à mesure que je les fais glisser sur sa silhouette aux couleurs fanées. Son équivalent humain a-t-il la moindre idée que l'une de ses filles est morte à dix-neuf ans? A-t-elle eu soudain très froid ou très chaud, était-elle juste en train de manger son petit déjeuner ou de nouer ses lacets comme s'il s'agissait d'un banal instant ordinaire de son extraordinaire vie nomade?

Manou nous a dit que c'était une exploratrice parce qu'elle ne trouvait pas d'autre moyen de nous expliquer que notre mère possédait ce que des générations entières de Walker ont appelé le « gène de la bougeotte ». D'après Manou, ce mal a toujours hanté notre famille, surtout les femmes. Celles qui en sont affligées ne tiennent pas en place, elles vont de ville en ville, d'un continent à l'autre, d'un amour à l'autre – ce qui expliquait pourquoi, dixit Manou, notre mère ignorait l'identité de nos pères respectifs, et nous aussi – jusqu'à ce qu'elles s'épuisent et rentrent à la maison. Manou nous avait raconté que sa tante Sylvie et une lointaine cousine prénommée Virginia étaient atteintes de ce mal, elles aussi, et qu'après des années passées à courir le globe, elles avaient fini, comme tant d'autres avant elles, par prendre le chemin du retour. Leur destin les pousse à partir, avait-elle conclu, mais il les pousse également à revenir.

– Et les garçons, ils ne l'ont pas? avais-je demandé à Manou du haut de mes dix ans, à une époque où je commençais lentement à comprendre cette histoire de « maladie ». Nous étions en chemin pour aller nager à la rivière.

– Bien sûr que si, chou.

Puis elle s'est arrêtée net, a pris ma main dans la sienne et poursuivi son petit discours avec une gravité inhabituelle: J'ignore si tu es en mesure de saisir tout cela à ton âge, Lennie, mais les choses se passent ainsi. Quand les hommes l'ont, personne ne le remarque, ils deviennent astronautes, pilotes, cartographes, criminels ou poètes. Ils ne s'attardent jamais assez longtemps pour savoir s'ils ont engendré des enfants. Quand les femmes l'ont, c'est compliqué… disons que c'est différent.

– Pourquoi? ai-je voulu savoir. Pourquoi est-ce que c'est différent?

– Eh bien, par exemple, une mère n'est pas censée rester sans voir ses filles pendant tant d'années, non?

Ce n'était pas faux.

– Ta maman est née comme ça. Elle a quasiment bondi hors de mon ventre pour atterrir dans le vaste monde. Dès le premier jour, elle n'a pas cessé de courir, toujours et encore.

– Courir pour fuir?

– Non, chou, jamais pour *fuir*, sache-le. » Elle a pressé ma main. « Toujours pour aller de l'avant. »

Mais jusqu'où? m'interrogé-je en me levant de la chaise de bureau de Bailey. Vers quoi courait ma mère, à l'époque? Vers quoi court-elle encore aujourd'hui? Bailey, c'était quoi pour elle? Et moi, je suis quoi?

Je vais à la fenêtre, entrouvre le rideau et vois Toby assis sous le prunier, sous les étoiles scintillantes, sur la pelouse, au milieu du monde. Lucy et Ethel sont étendues en travers de ses jambes – c'est incroyable, ces bêtes n'accourent que lorsqu'il est là.

Je sais que je devrais éteindre la lumière, me coucher et penser à Joe Fontaine, mais ce n'est pas ce que je fais.

Je rejoins Toby au pied de l'arbre et nous nous enfonçons dans les bois jusqu'à la rivière, sans un mot, comme si nous avions déjà planifié cela depuis des jours. Lucy et Ethel nous emboîtent le pas sur quelques mètres avant de faire demi-tour pour rentrer chez elles après un indéchiffrable échange avec lui.

Je mène une double vie : Lennie Walker le jour, Hester Prynne[2] la nuit.

Je me jure de ne pas l'embrasser, quoi qu'il advienne.

La nuit est douce, sans le moindre souffle d'air, la forêt immobile et solitaire. Nous marchons côte à côte en silence, une grive laisse échapper ses notes flûtées. Même dans le silence du clair de lune, Toby semble gorgé de soleil et ébouriffé par le vent, comme s'il voguait sur un bateau.

– Je sais que je n'aurais pas dû venir, Len.

– Sans doute pas.

– Je m'inquiétais pour toi, dit-il tout bas.

Je lui réponds : « Merci », et tombe aussitôt le masque

---

[2] Héroïne du roman de Nathaniel Hawthorne, *La Lettre écarlate*. Hester Prynne est condamnée à porter un A rouge cousu sur sa robe car elle a eu un enfant né d'une relation adultère avec un homme dont elle refuse de révéler l'identité.

de fausse bravoure derrière lequel je me cache habituellement en présence des autres.

Le chagrin palpite de plus en plus fort entre nous à mesure que nous avançons. Je m'attends presque à voir les arbres abaisser leurs branches sur notre passage, les étoiles nous donner un peu de lumière. Je hume le parfum puissant des eucalyptus, l'odeur lourde et sucrée des pins, consciente de chaque bouffée d'air que j'inspire et des quelques secondes de vie supplémentaires sur cette terre que m'accorde chacune d'elles. Je goûte la saveur de cette nuit d'été sur ma langue et me sens prise d'une soudaine envie de la boire, de l'absorber, de l'engloutir à l'intérieur de moi – dans ce corps vivant qui est le mien, ce corps qui respire et dont le cœur bat.

– Toby ?

– Hmm ?

– Est-ce que tu te sens plus vivant depuis… J'ai peur de lui poser cette question, comme si je m'apprêtais à révéler un secret honteux, mais je veux savoir s'il éprouve la même chose.

Il n'a pas la moindre hésitation. « Je me sens plus *tout* depuis. »

C'est exactement ça, me dis-je. Comme si on venait d'appuyer sur l'interrupteur de l'univers et que tout venait de s'allumer, moi y compris, avec tout ce que j'ai à l'intérieur – le bon et le mauvais – monté à la puissance maximum.

Il arrache un rameau d'une branche et le brise entre ses doigts. « Je continue à faire l'imbécile sur mon skate la nuit, dit-il, des trucs débiles de flambeurs qui veulent épater la galerie, sauf que je le fais tout seul… même complètement défoncé, deux ou trois fois. »

Toby fait partie de la petite poignée de skateurs de cette ville dont la spécialité consiste à régulièrement défier, et de manière spectaculaire, les lois basiques de la gravité. S'il reconnaît lui-même se mettre en danger, il doit être en mode 100 % kamikaze.

« Elle n'aimerait pas ça, Toby. » Je ne peux masquer le ton suppliant de ma voix.

Il soupire, contrarié. « Je sais… je sais. » Il se remet en marche, comme pour laisser ce qu'il vient de dire loin derrière lui.

« Elle me tuerait sur place. » Ces mots, il les prononce avec une telle fatalité et une telle emphase que je me demande s'il parle du skate ou de ce qui s'est passé entre nous deux.

– Je ne le referai plus, insiste-t-il.

– Tant mieux, dis-je, toujours aussi incertaine de ce à quoi il fait allusion, mais s'il s'agit de nous deux, il n'a aucune raison de s'inquiéter, n'est-ce pas ? J'ai laissé les rideaux fermés. J'ai promis à Bailey que ça ne se reproduirait plus jamais.

Mais tout en me disant cela, je me surprends à le dévorer du regard, son torse large, ses bras puissants, ses taches de rousseur. Je me souviens de sa bouche affamée pressée contre la mienne, de ses mains dans mes cheveux, le feu qui s'était répandu à travers moi, ce que j'avais ressenti…

– C'est juste… une telle folie… dit-il.

– Ouais. Ma voix est un peu trop haletante.

– Len ?

Qu'on me donne des sels, vite.

Il me regarde d'un drôle d'air, mais je crois qu'il vient de lire le fond de mes pensées dans mes yeux car les siens soudain s'écarquillent et pétillent avant de se détourner, très vite.

RESSAISIS-TOI, LENNIE.

Nous poursuivons notre chemin en silence à travers

bois et un déclic salvateur s'opère en moi. Les étoiles et la lune sont presque entièrement masquées par la cime des arbres. J'ai l'impression de nager dans le noir, mon corps absorbe l'air comme si c'était de l'eau. J'entends le bruissement de la rivière se rapprocher à chaque pas et ce bruit me rappelle Bailey, jour après jour, année après année, nous deux sur ce même sentier, perdues dans nos bavardages, le plongeon tant attendu dans l'eau et nos jeux interminables sur les rochers au soleil…

– J'ai du mal à suivre, murmuré-je.

– Moi aussi. Sa voix s'enroue. Il n'ajoute rien de plus, ne me regarde même pas ; il se contente de me prendre la main et de la serrer dans la sienne pour ne plus la lâcher tandis qu'au-dessus de nos têtes le feuillage se fait de plus en plus dense et que l'obscurité s'épaissit.

– Je me sens coupable, dis-je tout bas, en priant presque pour que la nuit étouffe mes paroles avant que Toby les entende.

– Moi aussi, répond-il dans un souffle.

– Mais à propos d'autre chose, aussi…

– Quoi donc ?

Dans cette pénombre qui m'enveloppe, ma main pressée au creux de sa paume, je me sens enfin capable de le dire :

– Coupable d'être encore là…

– Non. Surtout pas, Lennie.

– Mais elle a toujours été tellement… plus…

– Non. Il ne me laisse même pas finir ma phrase. Elle détesterait t'entendre dire ça.

– Je sais.

Alors cette chose que je me suis toujours interdit de penser, et encore plus de formuler, m'échappe malgré moi. « Elle est dans un cercueil, Toby. » Je lâche ces mots d'une voix forte, presque en un cri – ils me donnent le tournis, me rendent claustrophobe, comme un besoin urgent de sortir de mon propre corps.

Je l'entends avaler l'air entre ses dents. Lorsqu'il reprend la parole, c'est d'une voix si faible que je l'entends à peine par-dessus le bruit de nos pas :

– Non. Tu as tort.

Je le sais aussi. Je sais les deux en même temps.

Il presse ma main encore plus fort.

Une fois au torrent, le ciel nocturne nous inonde à travers la trouée du feuillage. Nous nous asseyons sur un rocher plat. La pleine lune baigne la rivière avec un tel éclat que l'eau ressemble à de la lumière pure en mouvement.

– Comment le monde peut-il continuer à briller autant ? dis-je en m'allongeant sous le firmament ivre d'étoiles.

Toby ne répond pas. Il secoue la tête et s'étend à côté de moi, si près qu'il pourrait m'enlacer d'un bras et que je pourrais poser ma tête sur son torse. Mais il n'en fait rien, et moi non plus.

Puis il se remet à parler et ses murmures s'évaporent dans la nuit comme de la fumée. Il me raconte que Bailey voulait organiser leur mariage ici, au bord du torrent, afin qu'ils puissent sauter dans l'eau juste après avoir prononcé leurs vœux. Je me redresse sur mes coudes et visualise la scène au clair de lune comme si je regardais un film, je vois Bailey, hilare, dans sa robe de mariée orange et trempée, ouvrant la marche devant ses invités pour regagner la maison, si belle que sa beauté insouciante, écrasante, devait la précéder de quelques pas pour s'annoncer. Je vois dans le film projeté par les mots de Toby à quel point elle aurait été heureuse et je me demande soudain où va aller tout ce bonheur, maintenant, le sien, le nôtre, alors je commence à pleurer et le visage de Toby se matérialise juste au-dessus du mien, ses larmes s'écoulent sur mes joues jusqu'à ce que je ne puisse plus faire la différence entre les siennes et les miennes, je sais seulement que le bonheur s'en est allé et qu'à nouveau, nous nous embrassons.

Quand je suis avec lui,
il y a quelqu'un avec moi
dans ma maison du deuil,
quelqu'un qui connaît
son architecture
aussi bien que moi,
capable d'y errer avec moi,
d'une pièce triste à l'autre
si bien que la structure oscillante
de vent et de vide
n'est plus aussi effrayante et solitaire
qu'avant.

(*Trouvé sur une branche d'arbre devant le lycée de Clover*)

11 .

Joe Fontaine frappe à la porte. Je suis déjà réveillée dans mon lit, occupée à planifier mon déménagement d'urgence en Antarctique pour fuir tout ce truc avec Toby. Je me redresse sur un coude et regarde dehors, dans la lueur blafarde du petit jour.

Joe est notre coq. Chaque matin, depuis sa première visite il y a un peu plus d'une semaine, il se pointe au lever du jour avec sa guitare, un sachet de croissants au chocolat de la boulangerie et une poignée d'insectes morts pour Big. Si nous ne sommes pas levés, il entre dans la maison, prépare un café épais comme du goudron et s'installe dans la cuisine en grattant quelques accords mélancoliques sur sa guitare. De temps à autre, il me demande si j'ai envie de jouer, ce à quoi je lui réponds « Non », ce à quoi il me répond « OK ». Un échange poli. Il n'a plus jamais fait allusion à Rachel, et ça me va très bien comme ça.

Le plus bizarre, là-dedans, c'est que ça n'a rien de bizarre du tout, pour aucun d'entre nous. Même Big, qui n'est pas vraiment du matin, descend l'escalier en pantoufles, salue Joe d'une vigoureuse tape dans le dos et, après avoir inspecté ses pyramides (que Joe a déjà inspectées lui-même), il reprend leur conversation de la veille à propos de son *obsession du jour** : les gâteaux explosifs.

Big a entendu parler d'une habitante de l'Idaho qui préparait un gâteau d'anniversaire pour son mari quand la farine a pris feu. La région connaissait une sécheresse intense, si bien qu'il y avait beaucoup d'électricité statique dans l'air. La malheureuse était entourée d'un nuage de farine, lequel a brusquement explosé à cause d'une étincelle provoquée par une charge statique dans sa main : une bombe de farine accidentelle. À présent, Big s'efforce de convaincre Joe de reproduire l'incident ensemble, histoire de faire progresser la science. Pour des raisons évidentes, Manou et moi y sommes farouchement opposées. « Nous avons eu assez de catastrophes, Big », a déclaré Manou hier en tapant du pied. À mon avis, la quantité de joints que fume oncle Big rend cette idée de gâteaux explosifs beaucoup plus drôle et fascinante à ses yeux qu'elle ne l'est en réalité. Mais, contre toute attente, Joe semble lui aussi très excité par ce concept.

C'est dimanche, je suis attendue au restaurant dans quelques heures. La cuisine bouillonne d'énergie quand j'y entre d'un pas traînant.

– Salut, John Lennon ! déclare Joe en levant le nez de sa guitare pour me décocher un sourire à tomber par terre... Mais qu'est-ce qui me prend de sortir avec Toby, le Toby de Bailey ? me dis-je en rendant son sourire au dieu vivant total-grave-hallucinant – *ouah chiwawa !* – qui vient manifestement d'emménager dans notre cuisine. Tout est tellement compliqué : le garçon qui devrait m'embrasser se comporte avec moi comme un frère et celui qui devrait se comporter comme un frère n'arrête pas de m'embrasser. *Tsss !*

– Salut, John Lennon! Me lance à son tour Manou.

Je rêve. Ils ne vont pas tous s'y mettre, quand même.

– Seul Joe a le droit de m'appeler comme ça, marmonné-je.

– John Lennon! Big, qui vient de faire irruption dans la cuisine, me prend dans ses bras pour m'emmener danser tout autour de la pièce. « Comment va ma demoiselle préférée, aujourd'hui?

– Pourquoi est-ce que tout le monde est de bonne humeur? J'ai l'impression d'être Scrooge.

– Je ne suis pas de bonne humeur », me rétorque Manou avec un sourire jusqu'aux oreilles, pareil à celui de Joe. Je note que ses cheveux sont secs. Pas de douche aux sanglots, ce matin. Une première. « Une idée m'est venue hier soir. C'est une surprise. » Joe et Big coulent un regard dans ma direction et haussent les épaules. Les idées de Manou rivalisent souvent avec celles de Big en termes de loufoquerie, mais cette fois je doute qu'il s'agisse d'explosion ou de nécromancie.

« On n'en sait pas plus que toi, trésor! » s'exclame Big d'une voix sonore qui est tout sauf la bienvenue à huit heures du matin. « En parlant de scoops, Joe a eu une révélation ce matin : il a mis la plante Lennie sous l'une des pyramides. Dire que je n'y avais jamais pensé moi-même. » Incapable de contenir son enthousiasme, il sourit à Joe tel un père rempli de fierté. Je me demande comment Joe s'est glissé dans ce rôle et je me dis que c'est peut-être parce qu'il ne l'a jamais connue, elle, qu'il n'a pas le moindre souvenir d'elle et qu'il est comme le monde sans notre douleur...

La sonnerie de mon portable retentit. Je jette un œil sur l'écran. C'est Toby. Je le laisse basculer directement sur ma messagerie en éprouvant aussitôt une culpabilité terrible car le simple fait de voir son nom s'afficher me ramène à la nuit dernière, et mon ventre se met à papillonner. Comment ai-je pu laisser faire une chose pareille ?

Quand je lève les yeux, tous trois ont le regard braqué sur moi, visiblement intrigués par le fait que je ne décroche pas. Il faut que je sorte de cette cuisine.

– Envie de faire un peu de musique, Joe ? dis-je en montant chercher ma clarinette.

– *Wow*, putain ! l'entends-je s'exclamer dans mon dos suivi d'une ribambelle d'excuses à l'attention de Manou et de Big.

Une fois sur le porche, je déclare : « Toi d'abord. Je te suis. »

Il approuve d'un hochement de tête et commence à jouer une série de jolis accords en si bémol. Mais je me sens trop tendue pour les jolies choses, trop nerveuse pour la douceur. Je n'arrive pas à oublier le coup de fil de Toby, de ses baisers. Je n'arrive pas à oublier les cartons, les flacons de parfum inutilisés, les marque-pages immobiles, les statuettes de saint Antoine qui se déplacent toutes seules. Je n'arrive pas à oublier que Bailey, onze ans, s'est exclue d'un dessin représentant notre famille et je me sens soudain si bouleversée que j'en oublie même que je suis en train de jouer de la musique et que Joe se tient juste là, à côté de moi.

Je me mets à penser à toutes les choses que je n'ai pas dites depuis la mort de Bailey, tous ces mots enfermés au fond de moi, dans notre chambre orange, ces mots qu'on ne prononce jamais quand quelqu'un meurt parce qu'ils sont trop tristes, trop enragés, trop dévastés, trop coupables pour être formulés à voix haute – et ces mots commencent à fourmiller partout en moi comme un torrent incontrôlable. J'inspire tout l'oxygène dont je suis capable jusqu'à ce qu'il n'y ait sans doute plus le moindre souffle d'air disponible à Clover, et je souffle dans ma clarinette comme une déflagration retentissante. J'ignore si un son aussi épouvantable est déjà sorti d'une clarinette mais je ne peux plus m'arrêter, les années rejaillissent les unes après les autres – Bailey et moi dans la rivière, dans l'océan, pelotonnées bien au chaud dans notre chambre, sur des banquettes arrière de voitures, dans des baignoires, courant à travers bois, courant des jours, des nuits, des années entières sans notre mère – je brise des fenêtres, franchis des murs, brûle le passé, repousse Toby, m'empare de cette stupide plante Lennie pour la jeter dans la mer...

J'ouvre les yeux. Joe me fixe avec des yeux ronds, hébété. Les chiens du voisin sont en train d'aboyer.

« Hé beh! dit-il. Je crois que c'est moi qui te suivrai, la prochaine fois. »

J'avais passé des JOURS à prendre des décisions.
J'ai choisi la tenue QUE Bailey porterait pour tou-
JOURS -
Une Robe noire moulante - pas du tout convenable -
et qu'elle adorait.
J'ai choisi un pull pour aller par-dessus,
des boucles d'oreilles, un bracelet, un collier,
ses spartiates préférées.
J'ai réuni tout son maquillage pour le donner
aux pompes funèbres, avec une photo récente -
Je croyais que c'était moi qui l'habillerais;
Je n'aimais pas l'idée qu'un inconnu la voie nue,
touche son corps
lui rase les jambes
la maquille
mais c'est arrivé quand même.
J'ai aidé Manou à choisir le cercueil, l'emplacement
au cimetière.
J'ai changé quelques phrases dans la nécrologie
rédigée par Big.
J'ai écrit sur une feuille de papier
mon idée
pour sa pierre tombale.
Tout cela je l'ai fait sans dire un mot.

Pas un seul mot, des jours entiers,
jusqu'au moment où j'ai vu Bailey avant l'enterrement
et ça m'a rendue dingue.
Je n'avais jamais réalisé que lorsqu'on dit
« Untel a craqué »
c'est exactement ça qui se passe –
J'ai commencé à la secouer –
je croyais pouvoir la réveiller
et la sortir de cette maudite boîte.
Voyant qu'elle ne se réveillait pas,
j'ai hurlé « Dis-moi quelque chose »
Big m'a soulevée entre ses bras,
m'a emmenée hors de la pièce, hors de l'église,
sous la pluie qui tombait à verse
jusqu'à la crique
où nous avons pleuré ensemble
sous le manteau noir que nous tenions au-dessus
de nos têtes
pour nous protéger du déluge.

(*Trouvé sur un morceau de partition vierge roulé en boule
près de l'entrée du sentier*)

. 12

J'aimerais avoir ma clarinette, pensé-je pendant le trajet retour du restaurant. Si je l'avais sur moi, je foncerais directement dans les bois, là où personne ne peut m'entendre, et je me défoulerai comme je l'ai fait sur le porche ce matin. *Joue de la musique, pas de ton instrument*, disait toujours Marguerite. Et Mr James : *Laissez l'instrument jouer de vous.* Jusqu'à aujourd'hui, je n'avais jamais compris le sens de ces deux phrases. Je m'imaginais toujours que la musique était enfermée à l'intérieur de ma clarinette, non à l'intérieur de moi. Et si la musique était ce qui s'échappe du cœur lorsqu'il se brise ?

Je tourne dans notre rue et aperçois oncle Big qui lit en marchant, trébuchant lui-même sur ses énormes pieds et saluant ses arbres préférés au passage. Vision qui n'a rien de vraiment inhabituel, si l'on excepte les fruits volants. Quelques semaines par an, lorsque toutes les circonstances sont réunies, si le vent souffle assez fort ou que les prunes sont suffisamment lourdes, les pruniers autour de chez nous deviennent franchement hostiles à l'égard des humains et nous utilisent comme cibles de tir.

Big agite joyeusement le bras d'est en ouest, évitant de justesse un jet de prune en pleine tête.

Je le salue aussi. Une fois arrivée devant lui, je lui titille sa moustache, qu'il a cirée et peignée à la perfection, et que j'avoue ne pas avoir vue aussi coquette (traduction : aussi flippante) depuis un moment.

« Tu as de la visite à la maison », dit-il en m'adressant un clin d'œil. Sur ces mots, il plonge son nez dans son livre et reprend sa promenade. Je sais qu'il veut dire Joe, mais je pense à Sarah et mon estomac se serre. Elle m'a écrit un SMS aujourd'hui : *J'envoie une équipe de secours à la recherche de notre amitié.* Je n'ai pas répondu. J'ignore où est passée notre amitié, moi aussi.

Quelques secondes plus tard, j'entends Big ajouter : « Oh, Len, Toby a appelé pour toi, il veut que tu le rappelles tout de suite. »

Il a encore cherché à me joindre sur mon portable pendant que j'étais au boulot. Je n'ai même pas écouté son message. Je réitère le serment que je me suis répété toute la journée de ne plus jamais revoir Toby Shaw de ma vie, puis je supplie ma sœur de m'adresser un signe de pardon – *inutile de la jouer trop subtilement, Bails, un tremblement de terre suffira.*

À mesure que je me rapproche de la maison, je constate que tout est sens dessus dessous – des tonnes de choses sont entreposées sur la pelouse, livres, meubles, masques, poêles et casseroles, boîtes, antiquités, tableaux, assiettes, bric-à-brac – et j'aperçois soudain Joe en compagnie de quelqu'un qui lui ressemble comme deux gouttes d'eau, mais en plus large, et en encore plus grand, sortir de la maison avec notre canapé.

– Où est-ce qu'on vous le pose, Manou ? lance Joe comme si transbahuter ce canapé sur la pelouse était l'acte le plus naturel au monde. Ça doit être la fameuse surprise de Manou. On déménage dans le jardin. Génial !

– Où vous voudrez, les garçons, répond Manou avant de me voir. Lennie !

Elle vient à ma rencontre, la démarche flottante.

– J'ai l'intention de découvrir d'où provient notre malheur, explique-t-elle. C'est l'idée qui m'est venue pendant la nuit. Nous allons sortir tous les éléments suspicieux de la maison, procéder à un rituel, brûler de la sauge, et faire en sorte de ne rien ramener à l'intérieur qui puisse nous porter malheur. Joe a eu la gentillesse d'aller chercher son frère pour qu'il nous donne un coup de main.

– Hum…

Je suis un peu prise de court, mais je regrette de ne pas avoir été là pour voir la tête de Joe quand Manou lui a fait part de ce projet ABSURDE le plus sérieusement du monde. Au moment où je m'éloigne, Joe s'élance quasi-ment au galop dans ma direction. Je vous jure, le roi de la déprime.

– Un jour comme les autres à l'asile de fous, hein ? dis-je.

– Ce qui me rend perplexe, dit-il en pointant son index d'un air professoral en direction de ses sourcils, c'est la manière dont Manou détermine ce qui porte le bonheur ou la poisse. Je n'ai pas encore réussi à déchif-frer son code.

Je m'avoue impressionnée par la vitesse avec laquelle il a compris que lorsque Manou s'envole dans l'un de ses délires, il n'y a rien d'autre à faire que de s'accrocher à l'une de ses ailes.

Son frère nous rejoint et pose négligemment sa main sur l'épaule de Joe, le transformant aussitôt par ce geste en petit frère – violente déchirure dans mon cœur – *Je*

107

ne suis plus la petite sœur de personne. Même plus une sœur tout court.

Joe peine à masquer son adoration pour son frère et ça me fait l'effet d'un coup de marteau sur la tête. C'était pareil pour moi : quand je présentais Bailey à quelqu'un, j'avais l'impression de faire découvrir l'œuvre d'art la plus rock'n roll au monde.

– Marcus est revenu pour l'été, il étudie à l'université de Los Angeles. Mon autre grand frère et lui font partie d'un groupe.

Des frères, encore des frères, toujours des frères.

– Bonjour, dis-je à ce garçon au sourire radieux. Décidément, pas besoin d'ampoules électriques chez les Fontaine.

– Paraît que t'assures à la clarinette, me dit Marcus. J'en rougis, si bien que Joe rougit lui aussi et que Marcus éclate de rire en assénant une tape sur le bras de son frère. Je l'entends lui souffler : « Eh, Joe, t'es mordu, vieux. » Sur ces mots, Joe s'enflamme encore plus, si tant est que cela soit possible, et se précipite à l'intérieur de la maison pour aller chercher une lampe.

Je me demande pourquoi il ne fait pas le premier pas, s'il est soi-disant mordu. Même juste l'ombre d'un premier pas. Je sais, je sais… Je suis une féministe, je pourrais faire le premier pas moi-même, mais *primo* je n'ai jamais fait le premier pas avec qui que ce soit dans ma vie, par conséquent j'ignore le mode d'emploi, *secondo* j'ai été accaparée ces derniers temps par l'irruption intempestive d'un pois sauteur à l'intérieur de mon cerveau, et *tertio* Rachel – d'accord, il passe toutes ses matinées chez nous, mais qui me dit qu'il ne passe pas ses soirées chez elle?

Manou s'est totalement entichée des frères Fontaine. Elle gambade à travers le jardin, leur répète sans arrêt à quel point ils sont charmants et leur demande si leurs parents ont déjà songé à les revendre. « Je parie qu'ils gagneraient une fortune. Quel dommage de donner des cils comme les vôtres à des garçons! Tu ne trouves pas, Lennie? Tu n'aimerais pas avoir des cils comme ça? » Je suis morte de honte, même si elle a raison sur ce point. Marcus ne cligne pas des yeux, lui non plus; tous les deux, ils battent des cils.

Manou l'envoie avec Joe chercher leur troisième frère, convaincue que la fratrie Fontaine au grand complet se doit d'assister au rituel. Il est clair qu'ils ont tous deux succombé à son pouvoir. Elle n'aurait sans doute aucun mal à les convaincre d'aller dévaliser une banque pour elle.

« Ramenez vos instruments! leur crie-t-elle. Toi aussi, Lennie. »

J'obéis et vais récupérer ma clarinette dans l'arbre où je l'ai rangée parmi d'autres affaires personnelles. Puis Manou et moi nous emparons d'une partie des casseroles et des poêles qu'elle estime réintégrables dans la catégorie « porte-bonheur », et les ramenons dans la cuisine pour préparer le dîner. Elle s'occupe du poulet pendant que je coupe les pommes de terre et y ajoute de l'ail et du romarin. Une fois le plat mis au four, nous sortons cueillir des prunes en vue de la confection d'une tarte. Manou étend la pâte au rouleau pendant que je découpe tomates et avocats pour la salade. Chaque fois qu'elle passe devant moi, elle me tapote la tête ou me pince le bras.

– Je trouve ça chouette qu'on cuisine à nouveau ensemble, hein, chou?

Je lui souris.

– Moi aussi, Manou. Enfin, c'était encore vrai il y a trente secondes jusqu'à ce qu'elle se mette à me fixer du regard genre Lennie-il-faut-qu'on-parle. La Manou-conférence est sur le point de démarrer.

– Lennie, je me fais du souci pour toi.

Nous y voilà.

– Tout va bien.

– Il est plus que temps. Tu pourrais au moins ranger la chambre, laver son linge, ou me laisser le faire. Je peux m'en occuper pendant que tu es au travail.

– Je le ferai moi-même, répliqué-je comme chaque fois. Et j'ai réellement l'intention de m'y mettre. J'ignore juste à quel moment.

Ses épaules s'affaissent en un mouvement théâtral.

– Je me disais qu'on pourrait faire un tour en ville, un jour de la semaine prochaine, pour déjeuner ensemble et…

– Ça ira.

Je baisse le regard et me concentre activement sur la tache qui m'occupe. Je n'ai pas envie de voir sa déception.

Elle pousse un long soupir, sonore et désolé, avant de retourner à sa pâte à tarte. Par télépathie, je lui adresse mes excuses. Je lui explique que je suis incapable de me confier à elle pour le moment, que le petit mètre qui nous sépare me fait l'effet d'une année-lumière et que j'ignore comment franchir un tel gouffre.

Par télépathie, elle me répond que je viens d'achever de lui briser le cœur.

Quand les garçons reviennent, ils nous présentent l'aîné des Fontaine, lui aussi de retour de LA pour les vacances d'été.

– Voici Doug, nous informe Marcus en même temps que Joe déclare : Voici Fred.

– Nos parents n'ont jamais réussi à se mettre d'accord, ajoute l'intéressé.

L'aîné des Fontaine semble particulièrement atteint par le syndrome de gaieté familial. Manou a raison : on devrait les vendre.

– Il ment, rétorque Marcus. Au lycée, Fred s'est mis en tête de devenir sophistiqué pour draguer les Françaises. Il a décrété que Fred faisait trop barbare, genre homme des cavernes, alors il a décidé de se faire appeler Doug, son deuxième prénom. Sauf qu'on s'y est jamais habitués, Joe et moi.

– Résultat, sur les deux continents, tout le monde l'appelle DougFred. Joe balance une gentille tape sur le torse de son frère, ce qui lui vaut une contre-attaque immédiate en pleines côtes. Les frères Fontaine sont un peu à l'image d'une portée de chiots géants qui se courent après, se bousculent et se chamaillent en un tourbillon d'agitation perpétuelle et de violentes démonstrations d'affection.

Je sais que c'est égoïste, mais les observer ensemble, tous les trois, me fait me sentir aussi esseulée que la lune. Je repense à Toby et moi, main dans la main, au cœur de la nuit, nous embrassant près de la rivière, cette impression qu'avec lui mon chagrin avait enfin trouvé sa place.

Nous dînons éparpillés sur ce qui est maintenant notre mobilier de jardin. Le vent s'est un peu calmé, si bien que nous pouvons manger tranquillement sans être bombardés par des fruits. Le poulet a un goût de poulet, la tarte aux prunes un goût de tarte aux prunes. Il est encore trop tôt pour ne pas y déceler un vague soupçon de cendres.

Le crépuscule éclabousse le ciel de stries roses et orangées, entamant sa langoureuse procession estivale. J'entends murmurer la rivière entre les arbres et ce son est la promesse de...

Jamais elle ne connaîtra les Fontaine.

Jamais elle n'entendra parler de ce dîner pendant le trajet jusqu'à la rivière.

Jamais je ne la reverrai demain matin, ni mardi prochain ni dans trois mois.

Jamais elle ne reviendra.

Elle est partie et le monde suit son cours sans elle – le temps d'un éclair je ne peux plus respirer ni penser ni rester assise.

Je voudrais pouvoir dire « je reviens tout de suite », mais rien ne sort, alors je me contente de tourner le dos au jardin, aux visages inquiets, et je m'élance en direction des arbres. Lorsque j'atteins le sentier de la forêt, je me mets à courir pour semer ma douleur le plus loin possible derrière moi.

Je suis sûre que Big ou Manou vont se précipiter à ma poursuite mais ce n'est ni lui ni elle : c'est Joe. Je suis essoufflée, en train d'écrire sur un bout de papier trouvé par terre, lorsqu'il me rejoint. J'enfouis le message derrière un rocher et tente d'essuyer mes larmes.

C'est la première fois que je le vois sans un sourire en embuscade sur son visage.

– Tu vas bien ? me demande-t-il.

– Tu ne la connaissais même pas. Ces mots sortent malgré moi, durs, accusateurs. Je lis la surprise sur ses traits.

– Non, dit-il.

Il n'ajoute rien de plus, mais moi je n'arrive pas à me taire. « Et tu as tous tes frères. » Asséné comme si c'était un crime.

– C'est vrai.

– Je ne comprends pas pourquoi tu es toujours fourré chez nous.

Je sens mon visage s'enflammer à mesure que la honte

me gagne – la vraie question serait pourquoi est-ce que je m'obstine à me comporter comme une folle.

– Ah non ? dit-il en me dévisageant. Les coins de sa bouche commencent à se redresser. « Je t'apprécie beaucoup, Lennie. » Il me fixe d'un air incrédule « Tu es quelqu'un de génial... » Comment peut-il penser une chose pareille ? Bailey est quelqu'un de génial. Big et Manou aussi. Sans parler de ma mère, bien sûr. Mais pas moi. Je suis le seul être humain bidimensionnel dans cette famille en 3D.

Il me sourit de toutes ses dents. « En plus, je te trouve très jolie et je suis un garçon ultra-superficiel. »

Une pensée horrible me vient à l'esprit : *Il me trouve seulement jolie et géniale parce qu'il n'a jamais connu Bailey*, suivie d'une autre, encore plus affreuse : *et c'est tant mieux.* Je secoue la tête pour effacer le contenu de mon cerveau comme une ardoise magique.

« Quoi ? » Il tend la main vers mon visage et glisse délicatement son pouce en travers de ma joue. Son geste est si tendre qu'il me fait tressaillir ; personne ne m'a jamais touchée de cette manière, personne ne m'a jamais regardée comme il le fait à cet instant précis, un regard profond. J'ai envie de le fuir et de l'embrasser en même temps.

Alors : Cils. Cils. Cils.

Je suis fichue.

Je crois qu'il a fini de jouer les grands frères avec moi.

– Je peux ? dit-il en approchant sa main de l'élastique qui retient ma queue-de-cheval.

J'acquiesce. Avec une infinie lenteur, il fait glisser l'élastique, sans me lâcher du regard. Je suis hypnotisée. C'est comme s'il déboutonnait mon chemisier. Quand il a fini, je bouge un peu la tête et mes cheveux retrouvent leur sauvage liberté.

– *Wow!* dit-il tout bas. J'avais très envie de faire ça...

Je nous entends respirer. Je crois bien qu'on nous entend jusqu'à New York.

– Et Rachel ?

– Quoi, Rachel ?

– Elle et toi ?

– Toi, me répond-il.

Je lui réponds à mon tour :

– Désolée pour ce que je t'ai dit, tout à l'heure...

Il fait non de la tête comme si cela n'avait aucune importance et, à ma vive surprise, il ne m'embrasse pas, mais m'enlace juste contre lui. Pendant un moment, serrée dans ses bras, si proche de son cœur, j'écoute le vent se lever et je me dis qu'il pourrait nous soulever de terre et nous emporter avec lui.

13

Les troncs secs des vieux séquoias émettent des craquements et des grincements sinistres au-dessus de nos
têtes.

– Minute. C'est *quoi*, ce bruit ? demande Joe avec un
brusque mouvement de recul, les yeux levés, avant de
regarder par-dessus son épaule.

– Quel bruit ? dis-je, mortifiée de constater à quel
point j'ai envie qu'il m'enlace encore. Je m'efforce
d'en rire. « Toi, tu as le chic pour gâcher les grands
moments. Je te signale que je nage en plein drame, tu
te souviens ?

– Tu as eu assez de coups de stress pour la journée,
dit-il, cette fois avec le sourire, en faisant des mouli-
nets du doigt sur sa tempe pour signifier que je suis
marteau. J'éclate de rire. Il regarde à nouveau autour
de lui, l'air pas très rassuré. « Sérieux, c'était quoi ce
bruit ?

– Aurais-tu peur de l'obscurité profonde de la forêt,
jeune citadin ?

– Bien sûr que oui. Comme la plupart des gens sains
d'esprit. Les lions, les tigres, les ours, ça ne te dit rien ?

Il agrippe ma boucle de ceinture et commence à m'entraîner sur le chemin de la maison. Puis il s'arrête net.

– *Ça*, là. Ce bruit glauque de film d'horreur qu'on entend juste avant que le meurtrier surgisse avec sa hache pour nous découper en morceaux.

– Ce ne sont que les vieux arbres. Les jours de grand vent, on dirait cent portes qui s'ouvrent et se ferment en grinçant, toutes en même temps. Plus flippant, tu meurs. Je parie que tu ne le supporterais pas.

Il passe son bras autour de moi. « Un défi ? Dès qu'il y a du vent, tope là. » Il se désigne d'un geste – « Hansel » – avant de pointer son doigt vers moi – « Gretel ».

Juste avant qu'on ressorte de la forêt, je me tourne vers lui. « Merci. De m'avoir suivie et… » Je voudrais ajouter merci d'avoir passé la journée à déplacer les meubles de Manou, merci de venir nous voir tous les matins avec des insectes morts pour Big, merci au fond d'être là pour eux alors que moi j'en suis incapable. Au lieu de quoi je lui dis juste : « J'adore t'écouter jouer, vraiment. » Ce qui est tout aussi vrai.

– Pareil.

– Tu parles. Je n'appelle pas ça jouer. Plutôt klaxonner. Le plantage total.

Il rit. « Pas du tout. J'avais bien fait d'attendre. C'est la raison pour laquelle si on me donnait le choix, je préférerais perdre l'usage de la parole plutôt que de ne plus pouvoir faire de musique. C'est de loin une forme de communication supérieure. »

Sur ce point, je suis d'accord, plantage ou pas. Notre session de ce matin ressemblait à la quête d'un nouvel alphabet – comme si nous venions de naître. Joe m'attire un peu plus près contre lui et je sens quelque chose s'épanouir au fond de moi, quelque chose qui pourrait bien ressembler à de la joie.

J'essaie d'ignorer la petite voix qui me répète avec insistance : *Comment oses-tu, Lennie ? Comment oses-tu déjà éprouver de la joie ?*

Quand nous émergeons d'entre les arbres, j'aperçois la camionnette de Toby garée devant la maison, et cette vision me liquéfie instantanément l'intérieur des os. Je ralentis le pas et me dégage de l'étreinte de Joe, qui me jette un œil intrigué. Manou a dû inviter Toby à participer à son rituel. J'envisage de feindre une nouvelle crise de panique et de repartir en courant dans la forêt pour ne pas avoir à me retrouver dans la même pièce que Joe et Toby, mais ce n'est pas moi la comédienne et je sais que ça ne marchera pas. Mon estomac se vrille à mesure que nous montons les marches du porche, et passons devant Lucy et Ethel qui, bien sûr, sont avachies de tout leur long près de l'entrée en attendant que Toby ressorte et qui, bien sûr, ne bougent pas d'un muscle en nous voyant. Nous franchissons la porte et longeons le couloir jusqu'au salon. La pièce est remplie de bougies, baignée d'une douce et entêtante odeur de sauge.

DougFred et Marcus occupent deux des dernières chaises encore disponibles au milieu du salon, en train de jouer de la guitare flamenco. La Moitié de Maman trône juste au-dessus d'eux, comme si elle écoutait les accords âpres et fougueux qui résonnent à travers la maison. Oncle Big s'avance vers la cheminée en tapant le rythme sur sa cuisse. Et Toby se tient tout au fond, à l'écart des autres, l'air aussi solitaire que je l'étais tout à l'heure… et mon cœur fait une embardée brutale dans sa direction. Il est appuyé contre la fenêtre, ses cheveux d'or et ses taches de rousseur scintillants à la lueur des bougies. Il observe notre arrivée avec un regard de faucon, à la fois intense et incongru, qui attire aussitôt l'attention de Joe et me fait frissonner des pieds à la tête. Je devine l'étonnement de Joe sans même voir son expression.

De mon côté, je m'efforce d'imaginer qu'il me pousse des racines aux pieds pour ne pas me ruer dans les bras de Toby, car j'ai un sérieux problème : même dans cette maison, ce soir, en présence de tous ces gens, en compagnie de Joe « Ouah chiwawa » Fontaine qui a enfin cessé de se comporter envers moi comme mon frère, je sens encore ce lien invisible m'attirer de l'autre côté de la pièce, en direction de Toby, et à mon corps défendant.

Je me tourne vers Joe. Je ne l'avais jamais vu comme ça : il semble désarmé, crispé, mal à l'aise, et son regard oscille entre Toby et moi. C'est comme si tout ce qui n'aurait jamais dû se produire entre nous s'animait brusquement sous les yeux de Joe.

– C'est qui, celui-là ? me demande-t-il, loin de son flegme habituel.

– Toby. Je m'exprime comme un robot.

Il me dévisage, comme pour dire : *Et qui est Toby, banane ?*

– Je vais te présenter, ajouté-je parce que je n'ai pas vraiment le choix et que je ne peux quand même pas rester plantée là comme une victime d'attaque cardiaque.

Je ne vois qu'une seule manière de décrire la situation : ÇA CRAINT.

Et pour couronner le tout, voilà que le flamenco se déchaîne tout autour de nous en un torrent crescendo de feu, de sexe et de passion. Génial ! Ils n'auraient pas pu choisir une sonate soporifique à la place ? Les valses, c'est bien aussi, vous savez. J'emboîte le pas à Joe, qui se dirige déjà vers Toby : la lune coursant le soleil à qui se crashera le premier.

Le ciel crépusculaire qui pénètre à travers la fenêtre encadre la silhouette de Toby. Joe et moi nous arrêtons à quelques pas de lui, à présent baignés tous les trois de cette lumière incertaine entre le jour et la nuit. La musique poursuit sa révolution endiablée et une autre fille à l'intérieur de moi voudrait s'abandonner à son rythme fébrile, danser en toute liberté autour de la pièce... mais hélas, cette autre fille n'est qu'en moi. Elle *n'est* pas moi. Ce que je voudrais, moi, c'est une cape d'invisibilité pour m'échapper de ce cauchemar.

Je coule un regard en direction de Joe et constate avec soulagement que les sonorités enflammées du flamenco ont provisoirement détourné son attention. Il bat la mesure contre sa cuisse et tape du pied en secouant la tête, si bien que ses cheveux lui retombent dans les yeux. Il lance de grands sourires à ses frères, lesquels arrachent à leurs guitares des accords si féroces qu'ils pourraient bien renverser un gouvernement à eux seuls. Je réalise que j'ai le sourire aux lèvres, à la Fontaine, en voyant l'effet de la musique sur Joe. Je ressens l'intensité de sa passion pour cette guitare, tout comme, brusquement, je ressens l'intensité du désir de Toby envers moi. Je lui glisse un regard furtif. Comme je m'y attendais, il était en train de m'observer observant Joe, les yeux braqués sur moi. Comment en sommes-nous arrivés là? Ça n'a rien d'une consolation, à cet instant précis, c'est autre chose. Je baisse les yeux, écris *SOS* avec mon doigt sur mon jean, et quand je relève la tête Toby et Joe se dévisagent en chiens de faïence. Un échange silencieux se déroule entre eux et je sais qu'il s'agit de moi car au même moment, chacun se tourne vers moi, l'air de dire : *Tu peux m'expliquer ça, Lennie?*

Tous mes organes internes jouent aux chaises musicales.

Joe pose sa main sur mon bras, comme pour me rappeler que je suis censée ouvrir la bouche et dire quelque chose. À ce geste, le regard de Toby se durcit. Qu'est-ce qui lui prend, ce soir ? Il se comporte comme s'il était mon petit ami et non celui de ma sœur, quelqu'un avec qui je ne serais pas uniquement sortie deux fois dans des circonstances douteuses. Et que dire de moi, de cette force inexplicable, visiblement insurmontable, qui m'attire vers lui, envers et contre tout ?

J'explique : « Joe vient d'emménager en ville. » Toby hoche poliment la tête et je m'exprime à nouveau comme un être humain. Jusqu'ici, tout va bien. Je m'apprête à ajouter « Toby était le petit ami de Bailey » – une phrase qui me répugne d'avance, à cause de son verbe être conjugué au passé et du sentiment de culpabilité qu'elle ne va pas manquer de m'inspirer.

Mais Toby me regarde bien en face et déclare : « Tu as lâché tes cheveux. » Allô ? Ce n'était pas tout à fait la bonne réplique. La bonne réplique était plutôt : « Oh, et tu viens d'où, mec ? » Ou encore : « Tu vas te plaire, ici. » Ou : « Tu fais du skate ? » Bref, n'importe quoi sauf : « Tu as lâché tes cheveux. »

Sa remarque ne semble pas perturber Joe, qui me sourit comme s'il était fier d'être l'unique responsable de la libération de mes cheveux.

Au même moment, j'aperçois Manou sur le seuil, en train de nous observer. Elle se dirige droit sur nous, son bâton de sauge à la main comme une baguette magique, puis me jauge rapidement, décrète que je suis guérie et pointe sa baguette en direction de Toby : « Permettez-moi de faire les présentations. Joe Fontaine, voici Toby Shaw. Le copain de Bailey. »

Whooosh – je le vois de mes yeux : le soulagement qui inonde le visage de Joe. Je vois aussi le dossier se refermer dans sa tête, étant donné qu'il doit penser que la question est réglée, et sans la moindre ambiguïté, car quel genre de sœur oserait franchir une telle ligne?

– Au fait, toutes mes condoléances, dit-il à Toby.

– Merci. Toby tente de sourire mais le résultat est déformé, genre rictus homicide. Joe, lui, est tellement soulagé depuis l'explication de Manou qu'il ne remarque rien et pivote sur ses talons, tout à son allégresse retrouvée, pour rejoindre ses frères, suivi de près par Manou.

– Je dois y aller, Lennie. La voix de Toby est à peine audible par-dessus la musique. Je me tourne vers Joe, à présent penché sur sa guitare, entièrement concentré sur les sonorités produites par le frottement de ses doigts sur les cordes et indifférent à tout le reste.

– Je t'accompagne, dis-je.

Toby dit au revoir à Manou, à Big et aux Fontaine, tous visiblement surpris de le voir partir si vite, surtout Manou qui, je le vois bien, commence à se poser des questions.

Je lui emboîte le pas jusqu'à sa camionnette – Lucy, Ethel et moi, toutes les trois cavalant derrière lui. Il ouvre la portière mais fait mine de monter et s'appuie contre la carrosserie. Nous voici maintenant face à face. Il n'y a plus la moindre trace de la gentillesse ou du calme que j'ai tant l'habitude de lire sur ses traits. Quelque chose de dur et d'un peu sauvage s'est installé à la place. Il a basculé dans son mode skateur hargneux quoi-qu'est-ce-que-tu-me-veux et, bien malgré moi, je trouve ça irrésistible. Je sens un courant passer entre nous et me submerger jusqu'au point de non-retour. *Que se passe-t-il?* Il observe fixement mes yeux, puis ma bouche, avant de promener lentement son regard d'un air possessif sur le reste de mon corps. *Pourquoi ne peut-*

on pas stopper cette machine ? Je me sens intrépide, témé-
raire, comme si je tournoyais avec lui dans les airs sur
son skate sans me soucier du danger ou des conséquences, mes pensées accaparées par la vitesse et le goût
du défi et cette sensation puissante, dévorante, d'être en
vie – mais je lui dis :

– Non. Pas maintenant.

– Quand ?

– Demain. Après le boulot. Au mépris de ce que me
dicte ma raison – et au mépris de la raison tout court.

Que voulez-vous manger ce soir, les filles ?
Qu'est-ce que vous pensez de mon nouveau
tableau, les filles ?
Qu'ont-elles de prévu ce week-end, les filles ?
Les filles sont déjà parties en cours ?
Je n'ai pas encore vu les filles aujourd'hui.
J'ai dit aux filles de se dépêcher !
Où diable sont donc passées les filles ?
N'oubliez pas votre déjeuner, les filles.
Soyez à la maison pour 23 heures, les filles.
Pas question d'aller nager, les filles – il fait
un froid de canard.
Est-ce que les sœurs Walker viennent à la soirée ?
Les sœurs Walker étaient à la rivière hier soir.
Allons voir si les sœurs Walker sont là.

(Trouvé écrit sur le mur intérieur du placard de Bailey)

14

Je retrouve Manou occupée à tourbillonner aux quatre coins du salon avec son bâton de sauge à la main, comme une fée surdimensionnée. Je lui dis que je suis désolée mais que je ne me sens pas très bien et que j'ai besoin de monter dans ma chambre.

Elle s'interrompt en plein geste. Je sais qu'elle n'en pense pas moins, mais elle se contente de me répondre : « D'accord, chou. » Je m'excuse auprès des autres, leur dis bonsoir le plus nonchalamment possible.

Joe me suit hors de la pièce et je me dis que ce serait peut-être le moment idéal pour rejoindre un couvent, histoire de cocooner tranquille avec les bonnes sœurs.

Il me touche l'épaule. Je me retourne face à lui.

– J'espère que ce que je t'ai dit dans les bois ne t'a pas effrayée ou je ne sais quoi… j'espère que ce n'est pas la raison pour laquelle tu…

– Non, non. L'inquiétude élargit ses yeux. – J'ajoute :

– Ça m'a rendu très heureuse, au contraire.

Ce qui est la stricte vérité, d'ailleurs, sauf qu'aussitôt après qu'il m'a fait sa déclaration j'ai fixé rendez-vous au petit ami de ma sœur morte pour aller faire *Dieu sait quoi*!

« Bien ! » Il m'effleure la joue avec son pouce et la tendresse de son geste me fait à nouveau tressaillir. « Parce que je deviens fou, Lennie. » Cils. Cils. Cils. Et d'un seul coup, d'un seul, je deviens folle, moi aussi, parce que j'ai l'impression que Joe Fontaine est sur le point de m'embrasser. Enfin !

Oublié le couvent !

Disons-le franchement : mon potentiel de super traînée, jusqu'alors inexistant, est en train d'exploser.

– J'ignorais que tu connaissais mon prénom.

– Il y a tant de choses que tu ignores sur moi, *Lennie*.

Il me sourit et pose un doigt sur mes lèvres, suffisamment longtemps pour que mon petit cœur ait le temps d'atteindre Jupiter : trois secondes, après quoi il recule, pivote sur ses talons et repart en direction du salon. Ouh ! lala – eh bien ! c'était soit le moment le plus tarte, soit le plus sexy de mon existence, mais j'opterais plutôt pour sexy en raison du fait que je reste plantée là, bouche bée et la tête qui tourne, à me demander s'il m'a embrassée ou non.

Ça devient vraiment grave.

À mon avis, ce n'est pas comme ça que les gens normaux pleurent leurs morts.

Quand je réussis à déplacer mes jambes l'une devant l'autre, je remonte jusqu'au Sanctuaire. Dieu merci, Manou ayant décrété qu'il s'agissait d'un lieu portebonheur, notre chambre a été relativement épargnée, surtout les affaires de Bailey auxquelles elle n'a miraculeusement pas touché. Je me dirige vers son bureau et m'adresse au dessin de l'exploratrice, comme on s'adressait parfois à la Moitié de Maman.

Ce soir, la femme au sommet de la montagne devra jouer le rôle de Bailey.

Je m'assois et je lui présente mes excuses, je lui

explique que je ne comprends pas ce qui m'arrive et que j'appellerai Toby demain à la première heure pour annuler notre rendez-vous. Je lui dis aussi que je ne pensais pas un mot des choses que j'ai pensées dans la forêt et que je ferais n'importe quoi pour qu'elle puisse rencontrer Joe Fontaine. N'importe quoi. Puis je lui demande à nouveau de m'adresser un signe pour me dire qu'elle m'a pardonnée avant que la liste de mes actes et de mes pensées impardonnables ne s'allonge au point de faire de moi une cause perdue.

Je coule un regard en direction des cartons. Il faudra bien que je m'y mette à un moment ou à un autre. J'inspire à fond, bannis toute considération morbide de mon esprit et pose ma main sur la poignée du premier tiroir. Pour aussitôt penser à Bailey et à mon pacte de non-espionnage. Je ne l'ai jamais transgressé, pas une fois, en dépit de mon tempérament naturel de fouineuse. Quand je suis chez les gens, j'inspecte les armoires à pharmacie, regarde derrière les rideaux de douche et ouvre les tiroirs et les portes des placards à la moindre occasion. Mais avec Bailey, j'ai respecté le pacte...

Les pactes. Il y en avait tant entre nous, tous caduques à présent. Et que dire des pactes implicites, ceux qui entraient en vigueur sans qu'il nous faille prononcer un seul mot, prêter serment en nous touchant le petit doigt, sans même qu'on s'en rende compte ? Une émotion énorme m'envahit la poitrine. Plus question de parler au dessin. Je sors mon portable, appelle le numéro de Bailey, l'écoute impatiemment faire sa Juliette en sentant le feu me monter à la tête, après quoi le bip sonore retentit. Je m'entends lui dire : « Qu'arrive-t-il à un stupide poney de compagnie quand son pur-sang lui claque entre les doigts ? » Il y a à la fois de la colère et du désespoir dans ma voix et aussitôt, de manière totalement irrationnelle, je regrette de ne pas pouvoir effacer ce que je viens de dire pour ne pas qu'elle l'entende.

J'ouvre lentement le tiroir de son bureau. J'ai un peu peur à l'idée de ce que je vais y découvrir, peur de ces autres choses qu'elle m'a peut-être cachées, peur de ce nouveau moi complètement cinglé et briseur de pactes. Mais il n'y a là que des choses banales, sans intérêts, stylos, programmes de représentations au théâtre de Clover, tickets de concerts, carnet d'adresses, vieux téléphones portables, deux ou trois cartes de visite, dont l'une de notre dentiste avec la date de son prochain rendez-vous et une autre de Paul Booth, détective privé basé à San Francisco.

Hein?

J'inspecte le petit carton. Au dos, écrit de la main de Bailey, on peut lire : 4/25, 16 h, Suite 2B. Je ne vois qu'une seule raison ayant pu pousser Bailey à rencontrer un détective privé – retrouver notre mère. Mais pourquoi faire une chose pareille? Nous savions pertinemment que Big s'y était déjà essayé, il n'y a pas si longtemps d'ailleurs, et que le détective privé lui avait répondu que c'était peine perdue.

Le jour où Big nous a parlé de cette histoire de détective privé, Bailey s'est mise dans une colère noire en faisant les cent pas dans la cuisine pendant que Manou et moi écossions les petits pois du jardin pour le dîner.

– Je *sais* que tu sais où elle est, Manou, a-t-elle déclaré.

– Comment veux-tu que je le sache, Bails?

– Ben oui, comment veux-tu qu'elle le sache, Bails? ai-je répété. Je détestais leurs disputes, et il y avait de l'orage dans l'air.

Bailey a rétorqué :

– Je pourrais très bien me lancer à sa recherche. Je pourrais la retrouver. Et la ramener.

Elle s'est emparée d'une cosse pleine et l'a avalée d'une bouchée.

– Tu ne pourras ni la retrouver ni la ramener. Big se tenait dans l'encadrement de la porte. Ses mots ont résonné à travers la pièce comme une parole biblique. J'ignorais depuis combien de temps il nous écoutait.

Ma sœur s'est tournée vers lui.

– Et comment le sais-tu ?

– Parce que j'ai déjà essayé, Bailey.

Manou et moi, on s'est arrêtées net et on l'a regardé avec des yeux ronds. Il s'est dirigé vers la table et a tiré une chaise pour s'asseoir, comme un géant au milieu d'une classe de maternelle.

– J'ai engagé un détective il y a quelques années. Un bon. Mon idée était de vous en parler s'il découvrait quoi que ce soit, mais il n'a rien trouvé. D'après lui, vouloir disparaître sans laisser de trace est un jeu d'enfant. Il pense que Paige a modifié son nom, et qu'elle doit souvent changer de numéro de sécurité sociale si elle déménage beaucoup…

Big a tambouriné nerveusement sur la table – on aurait cru le martèlement du tonnerre.

– Qui nous dit qu'elle est encore en vie ? a-t-il ajouté dans un souffle, mais ses mots nous sont parvenus aussi nettement que s'il les avait hurlés du sommet d'une montagne. Curieusement, cette possibilité ne m'avait jamais traversé l'esprit et je ne crois pas que Bailey y avait jamais songé non plus. On nous avait toujours dit que notre mère reviendrait et on y croyait, de toutes nos forces.

– Elle est vivante, c'est certain, a répondu Manou. Et elle reviendra.

À nouveau, j'ai vu le doute assombrir les traits de Bailey.

– Comment le sais-tu, Manou ? Tu dois forcément savoir quelque chose pour être aussi affirmative !

– Une mère sait ces choses-là. Un point, c'est tout.

Là-dessus, Manou a quitté la pièce.

Je remets la carte de visite dans le tiroir, prends saint Antoine avec moi et vais me coucher. Je le pose sur ma table de nuit. Pourquoi gardait-elle tant de secrets ? Et comment puis-je oser lui en vouloir pour ça, maintenant ? Lui en vouloir pour quoi que ce soit. Ne serait-ce qu'une seule seconde.

Bailey et moi, on ne parlait pas beaucoup
des « phases » de Manou,
ce qu'elle appelait ses Moments Privés,
des journées entières passées dans son studio
sans en sortir.
Ça faisait juste partie de la vie,
comme les feuilles vertes l'été
qui meurent à l'automne.
Je regardais à travers la fente de la porte,
je la voyais entourée de chevalets,
de femmes vertes à demi achevées –
la peinture encore humide et vorace.
Elle travaillait plusieurs de ses tableaux en
même temps
et très vite, elle finissait par leur ressembler,
toutes ces taches vertes sur ses vêtements,
ses mains, son visage.
Bails et moi préparions nous-mêmes
nos sachets repas, ces jours-là,
déballant nos sandwichs à midi
et haïssant ce monde si décevant,
privées de nos déjeuners-surprise à base de
foulards à pois,
de partitions ou de plumes bleutées.
Après les cours, on lui apportait une tasse de
thé,
une pomme tranchée avec du fromage,

mais nos offrandes demeuraient sur la table, intactes.
Big nous disait de ne pas faire attention — que tout le monde avait besoin d'un break loin de la routine, de temps en temps.
Alors on a fini par s'habituer.
C'était comme si Manou partait en vacances avec ses dames et, comme elles, restait coincée quelque part entre ici et là-bas.

(Trouvé sur un fragment de sachet en papier dans l'étui à clarinette de Lennie)

15

T'es réveillée, Len ?
Ouais.
Alors on joue à maman.
OK, je commence. Elle est à Rome...
C'est toujours Rome, en ce moment —
Eh bien, cette fois, c'est une célèbre piz-
zaïola, il est tard le soir, le restaurant vient
de fermer et elle boit un verre de vin en
compagnie de...
      ... Luigi, le serveur beau comme un dieu, ils
ont pris la bouteille de vin et ils se promènent
dans les rues au clair de lune, il fait chaud,
et quand ils arrivent devant une fontaine elle
enlève ses chaussures et saute dans l'eau...
      Mais Luigi n'enlève même pas ses chaus-
sures, il la rejoint dans la fontaine et
s'amuse à l'éclabousser, ils rient...

Mais debout dans la fontaine, sous la pleine lune étincelante, elle repense au torrent de l'Homme Volant, où elle allait nager la nuit avec Big...

Tu crois ça, Bails ? Tu crois vraiment qu'au beau milieu d'une fontaine à Rome, par une chaude nuit d'été, avec Luigi le serveur beau comme un dieu, elle penserait à nous ? Et à Big ?

Bien sûr que oui.

N'importe quoi.

On pense à elle, nous.

C'est différent.

Et pourquoi ?

Parce qu'on n'est pas dans une fontaine à Rome par une chaude nuit d'été avec le beau Luigi.

C'est vrai.

Bonne nuit, Bails.

(Trouvé sur un morceau de page de cahier roulé en boule dans une chaussure, à l'intérieur du placard de Lennie)

Le jour où tout arrive débute comme n'importe quel autre ces derniers temps, c'est-à-dire par les coups délicats de Joe à la porte. Je me retourne dans mon lit, regarde par la fenêtre et découvre une pelouse déserte à travers le brouillard matinal. Le reste du mobilier a dû être remporté à l'intérieur de la maison après que je suis montée me coucher.

Quand je descends, je trouve Manou assise à sa place habituelle dans la cuisine, les cheveux enturbannés dans une serviette. Elle tient un mug entre ses deux mains et regarde fixement la chaise de Bailey. Je m'assois à côté d'elle.

– Excuse-moi pour hier soir, dis-je. Je sais à quel point tu voulais accomplir un rituel pour Bailey… et pour nous.

– Ça ne fait rien, Len. Nous recommencerons. Nous avons tout le temps devant nous. Elle prend ma main, la frotte distraitement entre les siennes. « De toute façon, je crois que j'ai compris ce qui nous portait malheur.

– Ah oui ? Quoi donc ?

– Tu sais, ce masque que Big a ramené d'Amérique du Sud quand il est parti étudier les arbres, là-bas ? Je crois qu'il est maudit.

J'ai toujours détesté ce masque. Il a des faux cheveux partout, des sourcils arqués en une expression de surprise et une bouche remplie de dents luisantes comme les crocs d'un loup. « Il m'a toujours fichu la trouille. Et à Bailey, aussi. »

Manou hoche la tête mais elle semble penser à autre chose. Je n'ai pas l'impression qu'elle m'écoute vraiment. Cela ne lui ressemble guère.

– Lennie… me dit-elle d'un ton hésitant. Est-ce que tout va bien, avec Toby ?

Mon estomac se noue.

– Bien sûr, dis-je en déglutissant tout en m'efforçant de conserver une voix normale. Pourquoi cette question ?

Elle me fait son regard de hibou.

– Je ne sais pas. Vous m'aviez l'air bizarre, tous les deux, hier soir.

Hum. Hum. Hum.

– Et je me demande pourquoi Sarah ne passe plus nous voir. Vous vous êtes disputées ? ajoute-t-elle, achevant de me laminer sous l'effet de ma propre culpabilité.

Au même instant, Big et Joe font leur entrée dans la cuisine, mes sauveurs.

– On a cru voir l'araignée n°6 bouger aujourd'hui, déclare Big.

– J'aurais juré voir un mouvement, dit Joe.

– J'ai failli avoir une crise cardiaque, et Joe ici présent a quasiment décollé à travers le toit, mais ça devait juste être un courant d'air. Notre amie l'araignée est toujours aussi morte qu'avant. Et la plante Lennie continue à dépérir. Je vais devoir modifier quelques détails, peut-être rajouter une lampe à UV.

– Salut, dit Joe en venant vers moi. Il pose sa main sur mon épaule. Je lève les yeux, vois la bienveillance qui irradie de ses traits, et je lui souris. Je crois qu'il serait capable de m'arracher un sourire même pendue à un gibet, sans doute d'ailleurs ma prochaine destination. Je pose brièvement ma main sur la sienne et Manou surprend mon geste en se levant pour nous préparer notre petit déjeuner.

Je me sens un peu responsable des cendres brouillées que nous sommes contraints d'avaler, comme si j'avais d'une manière ou d'une autre fait dérailler cette maison de la voie de la guérison sur laquelle elle semblait bien engagée depuis hier matin. Joe et Big continuent à plaisanter sur le thème des insectes ressuscités et des gâteaux explosifs – sujet de conversation inépuisable – pendant que je m'applique à éviter soigneusement le regard de Manou.

« Il faut que je parte plus tôt ce matin, on prépare le buffet pour la soirée des Dwyer. » Je fais cette déclaration à mon assiette, mais Manou hoche la tête à la périphérie de mon champ de vision. Elle est déjà au courant de cette soirée pour la bonne raison qu'elle est en charge des fleurs. On lui demande souvent de s'occuper de la décoration florale pour les réceptions ou les mariages, mais elle accepte rarement car la vision des fleurs coupées l'insupporte. Nous savons tous qu'il est strictement interdit de lui tailler ses arbustes ou de se servir dans son jardin sous peine de mort. Cette fois, elle a dû faire une exception à la règle histoire de mettre le nez dehors le temps d'un après-midi. Parfois, je m'imagine tous les pauvres amateurs de cette ville privés de Manou cet été, debout dans leurs jardins, en train de se gratter la tête devant leurs glycines amorphes et leurs fuchsias moribonds.

« Je t'accompagne à ton travail, me dit Joe. Je dois aller au magasin de musique, de toute manière. » Cet été, les frères Fontaine sont censés aider leurs parents, qui viennent de transformer une ancienne étable en atelier où leur père fabrique des guitares sur mesure, mais j'ai surtout l'impression qu'ils passent leurs journées à composer des morceaux pour leur groupe, Dive.

Nous entamons le trajet (sept pâtés de maison) jusqu'au centre-ville, ce qui risque de nous prendre deux heures étant donné que Joe s'arrête chaque fois qu'il a un truc à dire, ce qui se produit environ toutes les trois secondes.

« Tu ne sais pas parler en marchant, ou quoi ? » je lui lance.

Il se fige et me répond : « Non. » Il se remet à marcher en silence pendant quelques instants, puis, n'y tenant plus, s'immobilise à nouveau, se tourne vers moi et me prend par le bras pour m'obliger à m'arrêter aussi et m'expliquer que je dois absolument visiter Paris, que nous jouerons de la musique dans le métro, gagnerons un tas d'argent, nous alimenterons exclusivement à base de croissants au chocolat et de vin rouge et resterons debout toute la nuit parce que personne ne dort jamais, à Paris. J'entends les battements de son cœur pendant qu'il me parle et je me dis soudain *Pourquoi pas ?* Je pourrais m'échapper de cette vie misérable comme on enlève une robe trop laide et m'envoler pour Paris avec Joe, franchir l'océan en avion et atterrir en France. On pourrait même le faire aujourd'hui. J'ai des économies. J'ai un béret. Un soutien-gorge noir sexy. Je sais comment on dit *Je t'aime**. J'adore le café, le chocolat et Baudelaire. Et j'ai suffisamment observé Bailey pour maîtriser l'art de nouer les foulards. On pourrait vraiment le faire, et cette possibilité me donne le tournis au point que je me sens à deux doigts d'être catapultée dans les airs. Je le lui dis. Il me prend la main et lève le bras, façon Superman.

– Tu vois, j'avais raison, dit-il avec un sourire si rayonnant qu'il pourrait à lui seul éclairer la Californie.

– Qu'est-ce que t'es beau…

Ces mots sortent tout seuls de ma bouche et je voudrais mourir sur-le-champ. Je ne peux pas croire que j'aie dit une chose pareille à voix haute, et lui non plus – il sourit tellement qu'il lui est impossible de parler.

Il s'arrête à nouveau sur le trottoir. Je crois d'abord qu'il va se remettre à parler de Paris, mais non.

Je l'observe. Son visage est grave, comme dans la forêt, hier soir.

« Lennie », murmure-t-il.

Je plonge mon regard dans le sien, dans ses yeux tellement étrangers au chagrin, et je sens s'ouvrir une porte tout au fond de moi.

Et quand il m'embrasse, je vois que derrière cette porte, il y a le ciel.

16 .

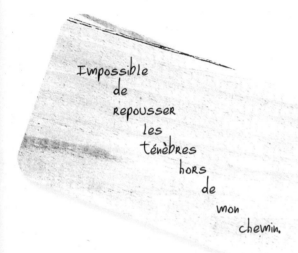

Impossible
de
repousser
les
ténèbres
hors
de
mon
chemin.

(*Trouvé écrit sur le banc
devant le traiteur italien* Chez Maria)

Je fabrique un million de lasagnes derrière la baie vitrée de la cuisine, écoute Maria cancaner client après client et rentre à la maison pour découvrir Toby étendu sur mon lit. La maison est plongée dans le silence : Manou n'est toujours pas rentrée de chez les Dwyer et Big est encore au travail. Toute la journée, j'ai composé

le numéro de Toby sur mon portable avant de raccrocher. Je voulais lui dire qu'on ne pouvait pas se revoir.
Pas après ma promesse à Bailey. Pas après mon baiser
avec Joe. Pas après l'interrogatoire de Manou. Pas après
ma séance d'introspection qui m'a valu de me découvrir
un semblant de conscience morale. Je voulais lui dire
qu'il fallait mettre un terme à cette histoire, penser à ce
que Bailey ressentirait, penser à la culpabilité qui est la
nôtre. Je voulais lui dire toutes ces choses, mais je ne
l'ai pas fait, parce que chaque fois que je m'apprêtais à
l'appeler, je revivais cet instant près de sa camionnette
hier soir et je me sentais à nouveau envahie par cette
même soif, cette témérité inexplicable, et je refermais
mon téléphone pour le poser, silencieux et inerte, sur le
plan de travail devant moi.

« Salut, toi. » Sa voix est grave, mélodieuse, elle
m'ensorcelle aussitôt.

Je m'avance vers lui, incapable de ne pas le faire, l'at-
traction est irrésistible, aussi forte que la marée. Il se
lève et vient à ma rencontre. Pendant un quart de
seconde nous restons face à face ; c'est comme plonger
dans un miroir. Alors je sens sa bouche s'écraser contre
la mienne, ses dents, sa langue, ses lèvres, son chagrin
rageur s'écrase contre le mien, notre chagrin rageur à
tous les deux se fracasse contre le monde qui nous a fait
cela. Fébrilement mes doigts déboutonnent sa chemise
et dénudent ses épaules, mes mains explorent son torse,
son dos, sa nuque, et j'ai l'impression qu'il possède
huit mains car il y en a une qui m'enlève mon chemisier, deux qui pressent mon visage pendant qu'il
m'embrasse, une autre qui s'enfonce dans mes cheveux,
deux plaquées sur mes seins, deux ou trois autres qui
attirent mes hanches contre les siennes et la dernière
qui défait le bouton de mon pantalon et descend la

fermeture Éclair et nous voilà sur le lit, il se fraie un chemin entre mes jambes et c'est alors que j'entends claquer la porte d'entrée...

Nous stoppons net et nos regards se croisent – collision mortifiée en plein vol, le choc explose à l'intérieur de moi. C'en est trop. J'enfouis mon visage entre mes mains et m'entends gémir. Qu'est-ce que je suis en train de faire ? Qu'avons-nous failli faire ? Je veux presser la touche Rembobiner. La presser encore et encore et encore. Mais je ne peux penser à cela pour l'instant car ma seule obsession est de ne pas me faire surprendre sur ce lit avec Toby.

« Vite », dis-je, et le déclic s'opère car nous semblons instantanément retrouver nos esprits.

Il bondit sur ses pieds et je me mets à ramper au sol tel un crabe en panique, enfile ma chemise et lui jette la sienne. Nous nous rhabillons à la vitesse de la lumière.

« Plus jamais ça », dis-je en me débattant avec les boutons de mon chemisier. Je me fais l'effet d'une criminelle abominable, envahie par le dégoût et la honte. « Je t'en prie. »

Il remet les draps en place, tapote frénétiquement les oreillers, le visage rouge, affolé, ses cheveux blonds s'agitent dans tous les sens. « Désolé, Len...

– Ça ne rend pas son absence moins cruelle, plus maintenant. » La résolution et la terreur se mêlent dans ma voix. « Ça la rend encore pire. »

Il interrompt son geste et hoche la tête. Plusieurs émotions se bousculent sur son visage mais il semblerait bien que ce soit la douleur qui l'emporte. Oh non ! je ne veux pas le blesser, mais je ne peux plus continuer comme ça. Impossible. Et continuer *quoi*, d'ailleurs ? Sa présence ne me fait plus l'effet apaisant qu'elle m'inspirait au début – cette fois, c'était différent, désespéré, comme deux êtres qui s'efforcent de reprendre leur souffle.

« John Lennon, lance une voix depuis le rez-de-chaussée, tu es là? »

Dites-moi que c'est un cauchemar. Il ne m'arrivait jamais rien, avant, il ne m'était jamais rien arrivé en dix-sept ans d'existence et d'un coup d'un seul voilà que tout me tombe dessus tout en même temps. Joe chante quasiment mon prénom d'en bas, il semble au septième ciel, probablement encore sous le charme de notre baiser, ce baiser sublime à en décrocher les étoiles pour les faire tomber au creux de vos mains, un baiser comme ceux que Cathy et Heathcliff ont dû échanger dans la lande, sous le soleil puissant, enivrés par la force du vent et le champ des possibles. Un baiser si différent de l'ouragan incontrôlable qui se déchaînait entre Toby et moi il y a encore quelques secondes.

Toby est rhabillé, assis sur le lit. Sa chemise dépasse de son pantalon. Je me demande pourquoi il ne la remet pas à l'intérieur, avant de comprendre qu'il tente de masquer son odieuse érection – Oh, Dieu du ciel, que suis-je devenue? Comment ai-je pu laisser la situation déraper à ce point? Et pourquoi ma famille est-elle incapable d'adopter ces gestes normaux du quotidien tels qu'utiliser des clés de maison ou verrouiller la porte?

Je vérifie mes boutons et ma fermeture Éclair. Je lisse ma chevelure et m'essuie les lèvres avant d'ouvrir la porte de la chambre et de passer ma tête à travers l'entrebâillement. Joe est déjà dans le couloir. Il a le sourire jusqu'aux oreilles, l'incarnation vivante de l'amour fou qui aurait enfilé un jean, un tee-shirt noir et une casquette de base-ball à l'envers.

« Viens chez moi ce soir. Ils vont tous en ville assister à un concert de jazz. » Il est hors d'haleine – je parie

141

qu'il a couru pendant tout le trajet. « J'avais trop hâte… » Il prend ma main dans la sienne et aperçoit soudain Toby, assis derrière moi sur le lit. D'abord, il lâche ma main. Puis l'impensable se produit : le visage de Joe Fontaine se referme comme une huître.

« Salut ! », lance-t-il à Toby. Mais sa voix est méfiante, pincée.

« On faisait le tri dans les affaires de Bailey », dis-je précipitamment. J'ai honte de me servir d'elle pour mentir à Joe alors que j'étais en train de flirter avec son petit ami. C'est un nouveau record de bassesse, même pour une garce immorale comme moi. Je suis devenue un monstre. Lennie du Lochness. Aucun couvent ne voudrait de moi.

Joe opine du chef, quelque peu rasséréné par mon explication, mais il continue à nous fixer du regard avec suspicion. C'est comme si quelqu'un avait trouvé l'interrupteur et assombri toute sa personne d'un cran.

Toby se lève. « Il faut que j'y aille. » Il traverse la pièce, le corps voûté, la démarche incertaine et maladroite. « Content de t'avoir revu, marmonne-t-il à l'attention de Joe. À plus, Len. » Il passe devant nous, triste comme la pluie, et je me sens affreusement mal. Mon cœur le poursuit sur quelques mètres avant de rebondir sur Joe qui se tient devant moi, sans la moindre ombre de mort sur lui.

« Lennie, est-ce qu'il y a… »

Je sais pertinemment ce qu'il s'apprête à me demander, alors je fais la seule chose susceptible d'empêcher cette question de franchir le seuil de sa bouche : je l'embrasse. Et je l'embrasse *pour de vrai*, comme j'en rêvais depuis ce fameux premier jour en salle de répétition. Pas question d'un petit smack vite fait. Avec ces lèvres qui viennent de se presser contre celles d'un autre, je l'embrasse pour étouffer sa question, étouffer sa suspicion, puis finalement pour étouffer ce quelqu'un d'autre aussi, ce quelque chose qui a bien failli se produire, jusqu'à ce qu'il n'y ait plus que nous deux, Joe et moi, seuls dans cette pièce, seuls au monde et seuls dans mon cœur, qui enfle comme un dingue.

Ouah chiwawa!

J'oublie provisoirement que je suis devenue une véritable Jézabel-pétasse-catin-traînée-allumeuse-nymphette-Marie-couche-toi-là parce que je viens de prendre conscience d'une chose incroyable. *C'est donc ça* – ce truc dont tout le monde parle, ce truc qui habite chacune des pages des *Hauts de Hurlevent* – cette sensation qui m'électrise de l'intérieur tandis que nos lèvres refusent de se séparer. Qui aurait pu deviner que je n'attendais qu'un baiser pour me transformer en Cathy et en Juliette et en Elizabeth Bennet et en lady Chatterley réunies?

Il y a des années de cela, j'étais allongée sur le dos dans le jardin de Manou quand Big m'a demandé ce que je fabriquais. Je lui ai répondu que j'observais le ciel. Il m'a rétorqué : « C'est une vision de l'esprit, Lennie, le ciel est partout, il commence à tes pieds. »

En embrassant Joe, pour la première fois de ma vie, j'y crois.

Je me sens ivre de bonheur, comme sur un Joe-nuage. Je recule la tête, rouvre les yeux et découvre que son interrupteur vient d'être rallumé car il est sur son Joe-nuage, lui aussi.

– C'était... Je peine à articuler.

– Hallucinant, dit-il. Carrément *incroyable**.

Nous nous dévisageons, sous le choc.

– C'est oui, dis-je, me remémorant soudain son invitation pour ce soir.

– Oui pour quoi ?

Il me regarde comme si je lui parlais en swahili, puis il sourit et passe ses bras autour de moi « Prête ? » Il me soulève pour me faire faire l'hélicoptère et je me retrouve soudain dans la comédie romantique la plus débile de tous les temps, riant aux éclats et submergée par un bonheur si immense que j'ai honte de l'éprouver dans un monde sans ma sœur.

– C'est oui, je viens ce soir, dis-je quand tout cesse enfin de tourner et que mes pieds retrouvent le sol.

17

Ça ne va pas, Lennie ?

Si, si.

Dis-moi.

Non.

Allez, quoi, vide ton sac.

OK. Je trouve que t'as changé.

Changé comment ?

Zombifiée.

Je suis amoureuse, Len – je n'avais jamais ressenti un truc pareil.

Genre ?

Genre, pour la vie.

Pour la vie ?

Ouais, avec lui. C'est le bon.

Comment tu le sais ?

Mes orteils me l'ont dit. Les orteils savent tout.

(*Trouvé sur une serviette en papier enfoncée dans un mug au salon de thé de Cecilia*)

– Je vais chez Joe, j'annonce à Manou et Big, tous les deux rentrés du travail et retranchés dans la cuisine, l'oreille rivée au poste de radio années 1930 pour écouter un match de base-ball.

– Quelle excellente idée, commente Manou. Elle a sorti la plante Lennie de sous la pyramide, toujours dans le même état, et l'a posée près de la table pour lui fredonner des chansons où il est question de verts pâturages. « Je vais me rendre présentable et préparer mes affaires, chou. »

Elle veut rire, j'espère ?

– Je viens aussi, déclare Big, penché sur ses mots croisés. Big est le cruciverbiste le plus rapide de la galaxie mais, en jetant un coup d'œil à sa grille, je constate qu'il a choisi de remplacer les lettres par des chiffres. « Dès que j'aurais fini, en route chez les Fontaine.

– Alors là, sûrement pas.

Ils me dévisagent tous les deux, incrédules.

Big proteste :

– Comment ça, Len ! Il passe ici tous les matins, c'est normal que...

Alors, ne pouvant plus se contenir, il éclate de rire, aussitôt imité par Manou. Je suis soulagée. Je me voyais déjà montant la côte avec Big et Manou pendus à mes basques : les Munster escortant Marilyn à un rendez-vous galant[3].

– Allons, Big, elle s'est faite toute belle. Et elle a lâché ses cheveux. Regarde-la !

---

[3] Personnages de la série américaine *The Munsters* (diffusée en France sous le titre *Les Monstres*), très populaire dans les années 1960. Les membres de la famille Munster sont tous difformes et monstrueux, sauf la jeune Marilyn, la seule d'apparence normale.

C'est un problème. J'avais pourtant choisi exprès un look robe courte à fleurs, chaussures à talons, rouge à lèvres et cheveux en liberté susceptible de ne pas détonner le moins du monde avec l'uniforme jean, queue-de-cheval et zéro maquillage que je maîtrise à la perfection tous les autres jours de mon existence. Je sais que je rougis, et aussi que je ferais mieux de déguerpir avant de remonter en courant dans ma chambre et de battre le record Guinness du Nombre-de-changements-de-tenues-avant-un-rancard présentement détenu par Bailey avec un score de 37. Je n'en étais qu'à dix-huit, mais le changement de tenue est une activité exponentielle, la frénésie ne faisant que s'accroître au fur et à mesure – c'est une loi de la nature. Même le regard scrutateur de saint Antoine depuis ma table de nuit – comme pour me rappeler ce que j'avais découvert dans le tiroir la nuit dernière – ne pouvait m'arracher à ma transe. Je m'étais quand même souvenu d'un détail à son sujet. Il était comme Bailey, charismatique comme pas permis. Il devait donner ses sermons sur les places de marché, car même les églises les plus vastes ne suffisaient pas à contenir les foules venues l'écouter. À sa mort, tous les clochers de Padoue se sont mis à sonner. Les gens ont cru que les anges étaient descendus sur terre.

– Ciao, vous deux ! Dis-je à Big et Manou en me dirigeant vers la porte.

– Amuse-toi bien, Lennie... et ne rentre pas trop tard, hein ?

Je fais oui de la tête et me mets en route pour le premier vrai rancard de ma vraie vie. Mes autres soirées avec des garçons ne comptent pas, ni celles avec Toby, auxquelles je m'efforce activement de ne pas penser, ni les fêtes après lesquelles je passais toute la journée du lendemain, la semaine, le mois, l'année entière à regretter d'avoir embrassé un tel ou un tel. Mais je n'avais jamais connu rien de pareil, rien qui ne m'ait jamais fait éprouver ce que je ressens en ce moment même en gravissant la colline pour me rendre chez Joe, comme si tout au fond de mon cœur une fenêtre ouverte laissait entrer le soleil à flots.

Quand
Joe
joue
de la trompette
dans
sa
chambre
j'en   . 18
tombe
de
ma
chaise
à
genoux,
Quand
il
joue,
toutes
les
fleurs
échangent
leurs
couleurs
et
des années
des décennies
des siècles
de
pluie
retournent
vers
le
ciel.

(Trouvé au mur des toilettes dans la salle de musique du lycée)

Le sentiment que j'ai éprouvé tout à l'heure avec Joe dans Le Sanctuaire me submerge à nouveau dès l'instant où je l'aperçois, assis sur la véranda de la grande maison blanche, avec sa guitare. Penché sur ses cordes, il chantonne tout bas et le vent emporte ses mots dans l'air comme des feuilles d'arbre.

– Salut, John Lennon, dit-il en reposant sa guitare. Il se lève et enjambe le perron. « Oh, oh ! Tu es *vachement** sublime. Trop belle pour rester seule avec moi toute la nuit. » C'est à peine s'il ne vient pas vers moi en bondissant. Son taux d'émerveillement me fascine. À l'usine où on fabrique les humains, quelqu'un a dû se tromper dans les ingrédients et lui donner une dose supérieure à la normale. « J'ai réfléchi à une idée de duo, pour nous deux. Il faudra juste que je change... »

Je ne l'écoute plus. J'espère qu'il a des tonnes de conversation en stock parce que je suis incapable d'articuler le moindre mot. Je sais que l'expression « Un amour épanoui » est métaphorique, mais dans mon petit cœur, en cet instant précis, c'est bien une fleur géante qui est en train de s'épanouir, façon photographie accélérée, passant du simple bouton à l'explosion de pétales en dix secondes chrono.

– Tu te sens bien ? me demande-t-il, ses mains posées sur mes bras.

– Oui. – Comment les gens font-ils pour respirer dans ce genre de situation ? – À merveille.

– Tu *es* une merveille, dit-il en m'examinant des pieds à la tête avec des yeux de merlan frit, et me voilà aussitôt arrachée à mon hypnose amoureuse.

– *Grr*, quel naze ! Dis-je en le repoussant.

Il rit et passe son bras autour de mes épaules :

– Allez, tu entres dans le château Fontaine à tes risques et périls.

Le premier détail qui me frappe, en entrant dans le château Fontaine, c'est que le téléphone sonne mais que Joe ne semble pas s'en soucier. J'entends résonner au loin une voix féminine sur un répondeur et songe un instant que cela pourrait être celle de Rachel, avant de me dire que pas du tout. La seconde chose que je remarque, c'est que cette maison est l'exacte opposée de la nôtre. Chez nous, on se croirait dans un logis de Hobbits. Les plafonds sont bas, les boiseries sombres et noueuses, des tapis colorés et élimés parsèment le sol, les murs sont garnis de tableaux, tandis que la maison de Joe, elle, semble flotter comme une bulle parmi les nuages. Elle est percée de vastes fenêtres ouvrant sur les prés alentour, gorgés de soleil et ondulant dans le vent, sur la forêt vert sombre qui longe la rivière et surtout sur la rivière elle-même, serpentant de ville en ville dans le lointain. Ici, point de tables croulant sous des semaines entières de courrier non ouvert, de chaussures abandonnées sous les meubles, de livres ouverts oubliés sur la moindre surface plane. Joe vit dans un musée. Partout aux murs sont accrochées des guitares magnifiques, de toutes les couleurs, formes et tailles imaginables. Elles semblent étrangement vivantes, comme si elles n'avaient même pas besoin d'humains pour produire de la musique.

– Cool, hein? Mon père fabrique des instruments incroyables. Et pas seulement des guitares. Des mandolines, des luths, des dulcimers... m'explique-t-il à mesure que je les parcours du regard.

Mais ça n'a rien à voir avec l'étape qui m'attend alors : la chambre de Joe. Ou la manifestation physique de la théorie du chaos. La pièce déborde d'instruments de musique que je n'ai jamais vus de ma vie et dont j'ignore à quoi les sonorités peuvent bien ressembler, de

CD, de magazines musicaux, de livres de bibliothèque en français et en anglais, d'affiches de concerts de groupes français que je ne connais ni d'Ève ni d'Adam, de comics, de cahiers aux pages noircies d'une curieuse écriture cubique de petit garçon, de partitions, d'appareils de hi-fi branchés ou débranchés, d'amplis cassés, ouverts en deux et autres équipements de sonorisation non identifiés, d'animaux bizarroïdes en caoutchouc, de bols remplis de billes bleues, de jeux de cartes, de montagnes de vêtements aussi hautes que mon genou, sans parler des assiettes, des bouteilles, des verres... et, au-dessus de son bureau, un petit poster de John Lennon.

– Hmm! Dis-je en signe d'appréciation avant de jeter un regard circulaire au reste du décor. Je crois que ta chambre en dit long sur ton statut de psychopathe.

– Ouais. Je préférais éviter de te montrer ma caverne avant...

– Avant quoi?

– Disons... avant que tu réalises...

– Que je réalise quoi?

– J'en sais rien, Lennie.

Je vois bien qu'il est embarrassé. Étrangement, un petit malaise s'est installé entre nous.

Je reviens à la charge:

– Dis-moi. Avant que je réalise quoi?

– Rien, c'est idiot. Il regarde ses pieds, puis relève les yeux vers moi. Cils. Cils. Cils.

– Je veux savoir, dis-je.

– OK, j'avoue : avant que tu réalises que tu m'aimais bien, toi aussi.

La fleur s'épanouit à nouveau dans ma poitrine, cette fois en à peine trois secondes du bourgeon au feu d'artifice.

– C'est vrai, dis-je. Avant d'ajouter sans réfléchir : Et même beaucoup.

Quelle mouche m'a piquée ? Cette fois, je ne peux plus respirer. Une situation aggravée par la bouche qui se presse brusquement contre la mienne.

Nos langues sont tombées dingues amoureuses l'une de l'autre, se sont mariées et envolées pour Paris.

Une fois certaine d'avoir rattrapé toutes mes années de retard en matière de baisers, je lui glisse :

– Si on ne s'arrête pas, je crois que l'univers va imploser.

– Ça se pourrait bien », murmure-t-il. Il plonge ses yeux dans les miens, rêveur. Heathcliff et Cathy n'ont qu'à bien se tenir. « On peut faire un peu autre chose, pour changer. Si tu veux... » Il sourit. Cils. Cils. Cils. Je ne suis pas sûre de survivre à cette soirée.

– Ça te dirait qu'on fasse un peu de musique ?

– Oui. Mais je n'ai pas amené mon instrument.

– Je vais t'en chercher un.

Il sort de la chambre, ce qui me donne l'occasion de reprendre un peu mes esprits et de repenser à ce qui s'est passé tout à l'heure avec Toby. C'était vraiment effrayant, incontrôlable, comme si on cherchait à se briser l'un l'autre. Mais pourquoi ? Pour retrouver Bailey ? Pour nous l'arracher du cœur, ou du corps, l'un l'autre ? Ou pire encore... Étions-nous en train d'essayer de l'oublier, de l'effacer de nos souvenirs le temps d'un moment de passion ? Non, impossible. Ça ne peut pas être ça, l'explication ? Quand on est ensemble, Toby et moi, Bailey est tout autour de nous, comme l'air qu'on respire, c'était notre seule consolation jusqu'à aujourd'hui, jusqu'à ce que tout dérape. Je ne comprends plus rien. La seule chose dont je suis sûre, c'est qu'il s'agit d'elle, car même maintenant, lorsque j'imagine Toby seul avec son chagrin alors que je suis ici, avec Joe, pour tenter d'oublier le mien, je me sens coupable. Comme si je lui avais tourné le dos. Tourné le dos à mon chagrin. Et au final, tourné le dos à ma sœur.

Le téléphone retentit à nouveau, m'arrachant Dieu merci à mes pensées pour me repropulser à l'intérieur de la caverne – cette pièce où Joe dort dans ce lit défait, lit ces livres éparpillés partout et boit dans ces cinq cents verres à demi pleins, le tout manifestement en même temps. Je me sens presque grisée par le sentiment d'intimité que j'éprouve à me trouver dans cette pièce où Joe pense, où il rêve, se change et envoie voler ses vêtements aux quatre coins de la pièce, cet endroit où il est nu. *Joe, nu.* Dire que je n'ai jamais vu de vrai garçon nu de ma vie. Juste quelques trucs X sur le Net qu'on s'amusait à regarder pendant un temps avec Sarah. Rien de plus. J'ai toujours eu peur de tout voir, de voir *le truc*. La première fois que Sarah a vu un vrai sexe en érection, elle m'a dit avoir hurlé plus de noms d'animaux en une minute que pendant toute sa vie entière. Et pas le genre d'animaux auxquels on pourrait penser. Ni pythons ni anguilles. D'après elle, c'était plutôt une ménagerie au grand complet : hippopotames, éléphants, orangs-outans, tapirs, gazelles, etc.

Tout à coup, je réalise qu'elle me manque terriblement. Comment puis-je me trouver dans la chambre de Joe Fontaine sans qu'elle soit au courant ? Comment ai-je pu à ce point l'écarter de ma vie ? Je prends mon portable pour lui écrire : *Annule l'équipe de sauvetage. STP. Pardon.*

J'observe à nouveau la chambre et résiste à la tentation de fouiller les tiroirs, de jeter un œil sous le lit, de lire les cahiers ouverts à mes pieds. OK : je ne résiste qu'à deux ou trois de ces impulsions. C'est une mauvaise journée pour ma conscience. Et je n'appelle pas vraiment ça violer le journal intime de quelqu'un si le journal intime en question est ouvert devant vous, que vous n'avez qu'à baisser les yeux pour le lire et, ce faisant, que vous apercevez votre nom, enfin, votre nom écrit d'une certaine manière, au beau milieu d'une phrase disant...

Je m'agenouille et, sans toucher le cahier, me contente de lire le passage mentionnant les initiales JL. *Je n'ai jamais connu quelqu'un d'aussi triste que JL, j'aimerais l'aider à aller mieux, j'aimerais être avec elle à chaque seconde, c'est dingue, avec elle on dirait que le volume de la vie est poussé à fond, que les autres sont muets, et c'est quelqu'un d'honnête, tellement honnête, pas comme Geneviève, rien à voir avec Geneviève...* J'entends ses pas dans le couloir et me relève. Le téléphone s'est remis à sonner.

Il revient avec deux clarinettes et me les tend, une basse et une soprano en si bémol. Je choisis la soprano, fidèle à mes habitudes.

– Qu'est-ce qui se passe avec le téléphone ? dis-je, plutôt que de lui demander *Qui est Geneviève ?* Plutôt que de tomber à genoux et de confesser que je n'ai rien d'honnête, que je suis sans doute comme cette Geneviève, l'exotisme français en moins.

Il hausse les épaules.

– On reçoit beaucoup d'appels, dit-il avant de se mettre à accorder sa guitare, et le reste du monde s'efface autour de lui.

Notre duo inédit pour guitare et clarinette est maladroit, au début. Nous titubons entre les notes, nous nous marchons dessus, relevons la tête d'un air embarrassé, et recommençons. Mais petit à petit, ça commence à faire tilt. Quand l'un de nous deux ne sait pas dans quelle direction va l'autre, il s'accroche à son regard et l'écoute avec une telle intensité que l'espace d'un instant, fugace, c'est comme si nos deux âmes communiquaient directement entre elles. À un moment donné, après une impro solo de mon cru, il s'exclame : « Tu as une tonalité incroyable, tellement mélancolique, un peu comme... je sais pas... un jour sans oiseaux, par exemple. » Mais je ne me sens pas mélancolique du tout. J'ai l'impression que Bailey nous écoute.

– En tout cas, tu restes égale à toi-même, toujours John Lennon.

Nous sommes assis sur la pelouse, en train de siroter le vin que Joe a chipé dans la cave de son père. La porte de la maison est ouverte et une chanteuse française vocalise à tue-tête dans la tiédeur de la nuit. Nous nous passons la bouteille tout en grignotant une baguette et du fromage. Enfin, me voilà en France avec Joe, me dis-je, et cette pensée me fait sourire.

– Quoi ? me demande-t-il.

– Je ne sais pas. On est bien. C'est la première fois que je bois du vin.

– J'en ai bu toute ma vie. Mes parents nous le mélangeaient avec de l'eau quand on était gamins.

– Sérieux ? Les trois petits Fontaine ivres morts et se cognant contre les murs ?

Il rit.

– Ouais, exactement. C'est d'ailleurs ma théorie pour expliquer le bon comportement des enfants français. Ils sont quasiment bourrés en permanence.

Il avale une gorgée de vin avant de me tendre la bouteille.

– Tes deux parents sont français ?

– Mon père seulement. Il est né à Paris et a grandi là-bas, avec ma grand-mère française et mon ex-Pat de grand-père. Ma mère est américaine, mais mon père a trouvé le moyen de remédier à ce défaut grâce à son casting de Françaises.

Il y a de l'amertume dans sa voix, mais je n'insiste pas. Je viens à peine de me remettre des conséquences de mon indiscrétion, j'ai presque déjà oublié Geneviève et l'importance de l'honnêteté lorsqu'il me demande de but en blanc :

– Tu as déjà été amoureuse ?

Il est allongé sur le dos, les yeux plongés dans le ciel constellé d'étoiles.

Je me retiens de m'écrier : *Oui, en ce moment, de toi, idiot !* et répond simplement :

– Non. Je n'ai jamais été rien du tout.

Il s'appuie sur un coude.

– Comment ça ?

Je me redresse pour m'asseoir sur l'herbe, les genoux repliés entre les bras, les yeux tournés vers le scintillement de lumières en contrebas dans la vallée.

– C'est comme si je m'étais endormie, ou je ne sais quoi... heureuse, mais endormie, pendant dix-sept ans, et puis Bailey est morte...

Le vin a libéré ma parole, mais j'ignore si ce que je déblatère a le moindre sens. Je coule un regard en direction de Joe. Il m'observe avec attention, comme s'il voulait saisir chacun de mes mots à la volée.

– Et aujourd'hui ?

– Aujourd'hui, eh bien... je ne sais plus. Je me sens très différente. » Je ramasse un petit caillou et le jette dans l'obscurité. Avant, tout était prévisible, raisonnable. Comme moi. Mais l'inéluctabilité n'existe pas, elle n'a même jamais existé, sauf qu'à l'époque je ne le savais pas. « Je suis réveillée, je crois. Et c'est peut-être une bonne chose, mais c'est plus compliqué, aussi, parce que maintenant, je vis avec cette prise de conscience que le pire peut vous tomber dessus n'importe quand. »

Il fait oui de la tête, comme si mes propos faisaient sens pour lui. Tant mieux, car je n'ai pas la moindre idée de ce que je raconte. Je sais ce que je voulais exprimer, en revanche. L'idée que je sais désormais à quel point la mort est proche. Qu'elle nous guette. Et qui voudrait savoir une chose pareille? Qui voudrait savoir que nous sommes tous potentiellement à deux doigts de la fin? Que la personne que vous aimez le plus au monde, dont vous dépendez le plus au monde, peut disparaître à tout jamais?

Joe reprend la parole:

– Mais si tu sais que le pire peut arriver à n'importe quel moment, ça signifie que le meilleur aussi peut arriver sans crier gare, non?

Je médite ces paroles et me sens aussitôt pousser des ailes. « Oui, t'as raison. Comme ici, maintenant, avec toi... » Je dis ça sans réfléchir, avant même de pouvoir m'autocensurer, et je vois le ravissement illuminer ses traits.

– On a trop bu? je lui demande.

Il boit une autre gorgée.

– C'est bien possible.

– Bref, et toi, est-ce que t'as déjà...

– J'ai jamais vécu d'expérience comme ce que tu traverses.

– Non, je voulais dire... tu es déjà tombé amoureux? Mon estomac se noue. Je voudrais de toutes mes forces qu'il réponde par la négative, mais je sais d'avance que ce ne sera pas le cas. Et j'ai raison.

– Ouais, une fois. On peut dire ça. Il secoue la tête. Enfin je crois.

– Que s'est-il passé?

Une sirène résonne dans le lointain. Joe se redresse en position assise.

– L'été, je restais pensionnaire au lycée. Je l'ai surprise une fois avec le gars qui partageait ma chambre, et ça m'a tué. Vraiment tué, je veux dire. Je ne lui ai plus jamais adressé la parole, à lui non plus d'ailleurs. Je me suis investi à fond dans la musique, d'une manière un peu malsaine, j'ai juré de ne plus jamais m'intéresser aux filles, enfin… jusqu'à maintenant, quoi.

Il sourit, mais pas comme d'habitude. Il y a comme une vulnérabilité, une hésitation qui flotte sur son visage, jusque dans ses beaux yeux verts. Je ferme les miens pour ne pas voir ça, car la pensée horrible qui me traverse l'esprit à cet instant est qu'il a failli nous surprendre aujourd'hui, Toby et moi.

Il soulève la bouteille de vin et la porte à ses lèvres.

– Morale de l'histoire : les violonistes sont des folles. Ça doit être à cause de l'archet, un truc de dingue.

Geneviève, la sublime violoniste française. *Argh!*

– Ah ouais? Et les clarinettistes?

Il me sourit.

– Ce sont les plus belles âmes… Il fait glisser son doigt en travers de mon visage, d'abord le front, la joue puis le menton, avant de descendre dans mon cou. « Et les plus jolies créatures. » La vache, je comprends maintenant pourquoi Édouard VIII a renoncé au trône d'Angleterre par amour. Si j'avais un trône, j'abdiquerai rien que pour revivre ces trois dernières secondes.

– Et les trompettistes? je lui demande en entremêlant mes doigts aux siens.

Il secoue la tête.

– Des cinglés, point final. Le genre extrémiste, tout noir ou tout blanc, jamais de demi-mesures, surtout quand ils souffrent. » Oh, oh! « Ne jamais contrarier un joueur de trompette », ajoute-t-il avec désinvolture. Mais je ne l'entends pas avec désinvolture. Je n'arrive pas à croire que je lui ai menti, aujourd'hui. Il faut que je m'éloigne de Toby. À tout prix.

Deux coyotes se mettent à hurler au loin et un frisson me parcourt l'échine. Beau sens du timing, merci.

– J'ignorais que vous étiez de tels psychopathes, vous autres qui jouez de la trompette. » Je lâche sa main pour prendre la bouteille. « Et les guitaristes?

– À toi de me le dire.

– Hmm, voyons…

À moi d'effleurer lentement son visage, cette fois. « Repoussants et ennuyeux. Et dépourvus de talent, bien sûr. » Il éclate de rire. « Je n'ai pas fini. Mais ils compensent tous ces défauts par un torrent de passion…

– Ouh! lala, murmure-t-il en posant sa main sur ma nuque pour presser mes lèvres contre les siennes. Rien à foutre que le monde entier implose, cette fois.

Et il implose, en effet.

19

Je suis étendue sur mon lit. J'entends des voix.

– Qu'est-ce qui lui arrive, à ton avis ?

– Difficile à dire. Ce sont peut-être ces murs orange qui l'ont l'achevée. » Une pause. « Tâchons de réfléchir avec logique. Symptômes : encore au lit à midi par un dimanche ensoleillé, sourire idiot, taches sur ses lèvres ressemblant à du vin rouge, boisson qu'elle n'est d'ailleurs pas autorisée à boire mais nous en reparlerons plus tard et, pour finir, encore dans sa tenue de la veille, une robe qui plus est, et à fleurs par-dessus le marché.

– Eh bien, mon avis d'expert, qui repose sur ma longue expérience et mes cinq mariages ratés, certes, mais des mariages quand même, est que Lennie Walker, plus connue sous le nom de John Lennon, est raide amoureuse.

Big et Manou sont penchés au-dessus de moi, sourire aux lèvres. Je me sens comme Dorothy se réveillant dans son lit entourée par ses amis du Kansas après avoir emprunté la route de briques jaunes.

– Tu crois que tu te lèveras, un jour ? Assise sur mon lit, Manou me tapote la main.

– J'en sais rien. Je me roule sur le côté pour me placer face à elle. « Je voudrais rester couchée là toute ma vie et penser à lui. » Je n'ai pas encore décidé ce qui était le mieux : vivre l'expérience d'hier soir en direct, ou me repasser le film dans ma tête pour faire des pauses, des ralentis et transformer ces divines secondes en heures, répéter mes séquences préférées en boucle, histoire de sentir à nouveau le goût d'herbe suave de Joe dans ma bouche, l'odeur de cannelle sucrée de sa peau, jusqu'à sentir ses mains dans mes cheveux, partout sur ma robe, rien qu'une infime séparation entre nous, jusqu'au moment où ses mains se sont aventurées sous le tissu et où j'ai senti ses doigts sur ma peau comme de la musique – et tout cela me refait chaque fois chavirer le cœur.

Ce matin, pour la première fois, Bailey n'a pas été ma première pensée au réveil, et je m'en suis voulu. Mais ce sentiment de culpabilité n'a pas pesé lourd face à la prise de conscience soudaine que j'étais en train de tomber amoureuse. J'ai observé le brouillard matinal par la fenêtre, en me demandant si Bailey m'avait envoyé Joe exprès pour me montrer que même dans le monde où elle pouvait mourir, cela pouvait arriver, aussi.

Big intervient : « Regarde-moi dans quel état elle est. Il faut qu'on coupe ces maudits rosiers. » Ses cheveux sont particulièrement frisés et sautillants aujourd'hui, et sa moustache, non cirée, ressemble au panache d'un écureuil qui se faufilerait en travers de sa figure. Dans n'importe quel conte de fées, Big jouerait le rôle de roi.

Manou le sermonne. « Allons, tais-toi, tu n'y crois même pas. » Elle n'aime pas qu'on alimente la rumeur selon laquelle ses roses sont aphrodisiaques : à une époque, les amoureux désespérés venaient les lui piquer dans l'espoir de faire basculer le cœur de leur bien-aimée. Ça la rendait folle. Pour Manou, le taillage des rosiers est une affaire on ne peut plus sérieuse.

Mais Big ne lâche pas la partie aussi facilement.

— Je ne fais que suivre la méthode scientifique de base, insiste-t-il. Veuillez examiner la preuve exposée sur ce lit. Elle est encore pire que moi.

— Personne n'est pire que toi, tu es le Casanova de cette ville. Manou roule des yeux.

— Tu dis Casanova mais tu penses cavaleur, réplique Big en chatouillant son écureuil d'un geste théâtral.

Je me redresse dans mon lit, bien calée sur le côté pour ne pas perdre une miette de leur match de tennis verbal. À travers la fenêtre, je sens l'air de cette journée d'été me réchauffer délicieusement le dos. Mais quand mon regard se pose sur le lit de Bailey, je redescends sur terre. Comment un événement si important peut-il m'arriver sans elle ? Et que dire des suivants ? Comment pourrai-je les vivre, les uns après les autres, sans elle ? Peu m'importe qu'elle m'ait caché des choses — je veux lui raconter tout ce qui s'est passé hier soir, je veux qu'elle partage tout ce qui m'arrivera dans la vie ! Je me mets à pleurer avant même de comprendre pourquoi, mais je ne veux surtout pas contaminer les autres, alors je ravale mes larmes, encore et encore, et concentre mes pensées sur la nuit dernière, sur moi amoureuse. J'aperçois ma clarinette à l'autre bout de la chambre, à demi cachée par le foulard à motif cachemire de Bailey que j'ai récemment commencé à porter.

— Joe n'est pas venu ce matin ? je demande. J'ai de nouveau envie de jouer, envie de laisser mes émotions s'engouffrer à l'intérieur de ma clarinette.

— Non, répond Big. Et je te parie un million de dollars qu'il est exactement au même endroit que toi, mais avec sa guitare. Tu lui as déjà demandé s'il dormait avec?

– C'est un génie de la musique, dis-je. Je sens les papillons revenir. Voilà qui ne fait plus aucun doute, je suis devenue bipolaire.

– Ouh! lala. Viens, Manou. Je crois qu'elle est perdue pour la science. Big m'adresse un clin d'œil et se dirige vers la porte.

Manou reste assise à côté de moi et m'ébouriffe les cheveux, comme une gamine. Elle m'observe attentivement, un peu trop longtemps. Oh, oh! Moi sur mon petit nuage, je réalise seulement maintenant que je n'ai pas vraiment parlé avec elle ces temps-ci et que cela fait des semaines qu'on ne s'est pas retrouvées en tête à tête.

– Len.

Elle a son ton de Manouconférence officiel, mais je ne pense pas qu'il va s'agir de Bailey. Ni du besoin d'exprimer ce que je ressens. Ni des affaires de Bailey à ranger. Ni de déjeuner en ville. Ni de mes devoirs. Ni de toutes ces choses que je n'ai pas eu envie de faire.

– Oui?

– Nous avons parlé de la contraception, des maladies, tout ça... *Pfiou!* Cette chanson-là, je la connais par cœur. C'est tranquille.

– Oui, genre un million de fois.

– Très bien. J'espère juste que tu n'as pas déjà tout oublié.

– Non.

– Tant mieux. Elle me tapote à nouveau la main.

– Manou, on n'en est pas encore là, OK? Je me sens rougir comme une pivoine en lui faisant cet aveu, mais je préfère la rassurer sur la question plutôt que de subir un interrogatoire permanent.

– Alors c'est encore mieux, dit-elle avec une note de

soulagement manifeste dans sa voix. Cela me fait réfléchir. Les choses avec Joe hier soir étaient intenses, mais pas précipitées. Tout l'inverse d'avec Toby. Je panique un peu à l'idée de ce qui aurait pu se passer si nous n'avions pas été interrompus. Aurais-je eu la présence d'esprit de tout arrêter ? Et lui ? Ce que je sais, c'est que tout s'est enchaîné si vite que je ne me contrôlais plus et que les capotes étaient bien le dernier truc que j'avais en tête. Mon Dieu ! Comment est-ce arrivé ? Comment les mains de Toby Shaw ont-elles pu se retrouver sur ma poitrine ? Les mains de Toby ! Et à peine quelques heures avant celles de Joe. Je voudrais me cacher sous mon lit, y établir ma résidence permanente. Comment suis-je passée du rat de bibliothèque et de la musicienne ringarde à une allumeuse-qui-s'envoie-deux-garçons-le-même-jour ?

Manou sourit, loin de s'imaginer le dégoût au fond de ma gorge, le nœud dans mon ventre. Elle m'ébouriffe à nouveau les cheveux. « Au milieu de tout ce malheur, tu grandis, chou, et je trouve ça merveilleux. »

Grrr !

20

« Lennie! Lennie! Lennnnnnnie! La vache, tu m'as trop manqué! » J'éloigne mon portable de mon oreille. Comme elle n'avait pas répondu à mon texto, j'étais persuadée qu'elle m'en voulait à mort. C'est d'ailleurs ce que je lui dis, mais elle me rétorque aussitôt : « JE t'en veux à mort, parfaitement! Et d'abord, je ne te parle plus! » avant de me déballer les derniers potins des vacances. Je ne relève pas, mais je décèle néanmoins une pointe de vitriol dans ses propos. Je suis sur mon lit, éreintée d'avoir répété l'*Adagio et Tarentelle* de Cavallini pendant deux heures d'affilée – une expérience incroyable, comme de transformer l'oxygène en couleurs. Ça m'a rappelé cette citation de Charlie Parker qu'adore nous répéter Mr James : *Si vous ne vivez pas la note, elle ne pourra jamais sortir de votre trompette.* Ça m'a aussi donné envie de participer aux répétitions estivales de l'orchestre, tout compte fait.

Sarah et moi nous donnons rendez-vous au torrent de l'Homme Volant. J'ai hâte de lui raconter pour Joe. Pas pour Toby. D'ailleurs, si je ne lui en parle pas, je peux prétendre que ça n'est jamais arrivé.

Elle est allongée sur un rocher au soleil, en train de lire *Le Deuxième Sexe* de Simone de Beauvoir – histoire, j'imagine, de se préparer à sa très prometteuse chasse aux garçons à l'occasion du Symposium sur la littérature féministe organisé à la fac. Elle se relève d'un bond en me voyant arriver et me serre entre ses bras jusqu'à l'asphyxie, malgré le fait qu'elle soit nue comme un ver. Nous avons notre petite piscine privée et nos mini-chutes secrètes juste derrière le torrent, où on se retrouve depuis des années. Le port de vêtements y est optionnel, et nous votons le plus souvent contre.

– *Pfiou*, ça faisait des siècles, dit-elle.

– Pardonne-moi, Sarah, dis-je en la serrant très fort à mon tour.

– C'est pas grave. Je crois que tu as droit à l'immunité diplomatique, sur ce coup-là. Alors tu... Elle se recule un instant et m'examine.

– Minute, papillon. Qu'est-ce qui t'arrive ? T'as l'air bizarre. Je veux dire, vraiment bizarre.

Je ne peux pas m'empêcher de sourire. Je dois ressembler à un Fontaine.

– Quoi, Lennie ? Qu'est-ce qui se passe ?

– Je crois que je suis amoureuse.

À la seconde où ces mots sortent de ma bouche, je me sens rougir de honte. Je suis censée pleurer la mort de ma sœur, pas tomber amoureuse. Sans parler de toutes les autres choses que j'ai faites, aussi.

– QUOI !? Mais c'est carrément génialdechezgénialdechezgénial ! Des vaches sur la lune, Len ! Des vaches. Sur. La. Lune !

Eh bien ! Au temps pour ma honte. Sarah est passée en mode pom-pom girl, les bras en l'air, à sauter sur place. Avant de s'arrêter net. « Attends, de qui ? PAS de Toby, j'espère.

– Non, non, bien sûr que non, dis-je à la seconde où un camion six tonnes de culpabilité m'aplatit comme une crêpe.

– *Pfiou!* soupire Sarah en s'essuyant le front d'un geste exagéré. Alors qui ça? De qui as-tu pu tomber amoureuse? Tu n'es allée nulle part, du moins pas que je sache, et cette ville est la capitale des losers... où as-tu trouvé la perle rare?

– Sarah, c'est Joe.

– Hein?

– Si.

– Arrête!

– Je te jure.

– Impossible.

– À fond possible.

– Naaaaaaan. Nan, nan, nan.

– Siiiiiiiiiiii. Si, si, si.

Etc., etc.

Sa première explosion de joie n'était rien, comparée à celle-ci. Elle se met à courir en cercle autour de moi en s'exclamant :

– Oh mon Dieu! Trooooooop jalouse. Toutes les filles de Clover poursuivent un Fontaine ou un autre. Pas étonnant que tu sois devenue une recluse. Je ferais pareil, si j'arrivais à en décrocher un. Ce garçon ma-gni-fique, ces yeux, ces *cils*, ce sourire total-grave-hallucinant, ces solos de trompette, *wow*, Lennnnnnie.

Elle ralentit la cadence et s'allume une autre cigarette, fumant à la chaîne sous l'effet de l'euphorie – une névrosée nue et accro à ses clopes. Je suis la fille la plus heureuse au monde d'avoir pour amie la merveille qu'est Sarah M. Et je me réjouis d'en être aussi heureuse.

Je lui dis tout, dans les moindres détails. Les croissants qu'il nous apporte le matin, la musique qu'on fait ensemble, la joie qu'inspire à Big et Manou sa seule présence dans la maison, la bouteille de vin que nous avons bue hier soir et ces baisers que nous avons échangés jusqu'à ce que je décolle pour la lune. Je lui dis que j'ai l'impression d'entendre battre son cœur même lorsqu'il n'est pas là, que je sens des fleurs – des fleurs énormes, à la Manou-style – s'ouvrir dans ma poitrine, que je me sens comme Heathcliff avec Cathy avant…

– Oh là! Arrête-toi une seconde. Elle me sourit toujours, mais elle semble un peu surprise et inquiète : Lennie, tu n'es pas amoureuse, tu es cinglée. Je n'ai jamais entendu quelqu'un parler d'un mec comme ça.

Je hausse les épaules.

– OK, je suis givrée, et alors?

– La vache, je veux être givrée moi aussi. Elle s'assoit à côté de moi sur le rocher. T'avais à peine embrassé trois mecs de toute ta vie et là, *bam*, tu devais te réserver pour le jour J, non?

Je lui explique ma théorie de la Lennie au bois dormant selon laquelle j'ai passé ma vie dans un sommeil profond, jusqu'à récemment.

– Je sais pas trop, Len. Tu m'as toujours eu l'air très réveillée.

– *Pfff…* j'en sais trop rien non plus. C'était une théorie développée sous l'influence du vin.

Sarah prend un caillou, le jette dans l'eau d'un geste un peu trop brusque.

« Quoi? » lui demandé-je.

Elle ne me répond pas tout de suite, ramasse un autre caillou qu'elle jette tout aussi brutalement. « Je suis furax contre toi, alors que je n'en ai pas le droit, tu vois? »

C'est exactement ce que je ressens parfois envers Bailey, ces derniers temps.

– Tu m'as caché tant de choses, Lennie. Je croyais... bah, j'en sais rien.

C'est comme si elle récitait mes propres tirades dans une pièce.

– Excuse-moi, dis-je à nouveau d'une voix piteuse. Je voudrais lui en dire plus, lui offrir une explication, mais la vérité, c'est que j'ignore pourquoi je me suis sentie si coupée d'elle depuis la mort de Bailey.

– C'est rien, dit-elle tout bas.

– Tout va changer, à partir de maintenant, dis-je en priant pour que ce soit vrai. Je te le promets.

Je regarde le soleil miroiter à la surface de la rivière, le feuillage vert, les rochers humides derrière la cascade.

– On va nager?

– Non, pas encore. J'ai un truc à t'annoncer, moi aussi. Pas le scoop du siècle, mais quand même.

Je sens la pique, et je l'ai bien méritée. Je ne lui ai même pas demandé comment elle allait.

Elle me regarde avec un sourire au coin des lèvres, un vrai rictus de psychopathe, il faut bien le dire.

– Je suis sortie avec Luke Jacobus hier soir.

– Mark? » Voilà qui m'étonne. En dépit de sa récente faute de goût l'ayant transformé en énième victime d'accident de Rachel, ce garçon vouait à Sarah un amour absolu et chevaleresque depuis le CE1. Le Roi des Ploucs, l'avait-elle surnommé. « Tu n'étais pas déjà sortie avec lui en cinquième, avant de le larguer pour ce débile de surfeur?

– Ouais, c'était idiot, je sais. J'avais accepté d'écrire des paroles pour cet air incroyable qu'il avait composé, on s'est mis à traîner ensemble et c'est arrivé comme ça.

– Et Jean-Paul Sartre, alors?

– Mieux vaut avoir le sens de l'humour que de la culture, c'est ma nouvelle devise. Et puis, nom d'une girafe bondissante, Len, de nos jours, les mecs sont fans de l'Incroyable Hulk.

– Il est drôle. Et il est tout vert.

Elle éclate de rire. Au même moment, un SMS fait résonner mon portable. Je l'exhume de mon sac en espérant découvrir un message de Joe.

Sarah se met à chantonner : « Lennie, t'as une lettre d'amour de Fontaine » tout en essayant de lire par-dessus mon épaule. « Allez, quoi, laisse-moi voir. » Elle m'arrache l'appareil des mains. Je le lui reprends, mais trop tard. Le message dit : *Il faut que je te parle. T.*

– T comme Toby ? me demande-t-elle. Mais je croyais... Enfin, tu viens de me dire... Lennie, à quoi tu joues ?

– À rien, dis-je en enfouissant mon portable au fond de mon sac, brisant déjà ma promesse. C'est rien du tout. Crois-moi.

– Pourquoi est-ce que j'ai l'impression que tu me caches quelque chose ? dit-elle en secouant la tête. J'ai un mauvais feeling.

– Il ne faut pas », dis-je, refoulant moi-même un odieux pressentiment. « Je t'assure. Je suis givrée, tu te rappelles ? » Je lui touche le bras. « Viens, on va nager. »

Nous nous laissons flotter sur le dos pendant plus d'une heure. Je l'oblige à me raconter en détail sa nuit avec Mark, histoire de ne surtout pas penser au SMS de Toby, ni à me demander pourquoi son message était si urgent. Ensuite, nous grimpons jusqu'à la cascade et nous glissons derrière le mur d'eau pour hurler MERDE à pleins poumons, encore et encore, dans le vacarme des chutes, comme nous le faisons depuis notre enfance.

Mes hurlements à moi sont assassins.

21 .

Il était une fois deux sœurs
qui n'avaient jamais peur du noir
parce que le noir transportait leurs voix
à travers la chambre,
parce que même quand la nuit était profonde
et sans étoiles
elles revenaient à pied de la rivière
en jouant à qui tiendrait le plus longtemps
sans allumer sa lampe de poche
et sans avoir peur
car parfois, au cœur de la nuit,
elles s'allongeaient sur le dos
au milieu du sentier
pour regarder le ciel jusqu'à ce que les
étoiles reviennent
et alors,
elles levaient les bras pour les toucher
et elles y arrivaient.

(*Trouvé sur une enveloppe coincée sous le pneu d'une voiture sur Main Street*)

Le temps de rentrer chez moi à travers bois, je parviens à la conclusion que Toby, comme moi, est mortifié par ce qui s'est passé, d'où l'urgence de son message. Il tient sans doute à s'assurer que ça ne se reproduira pas. Eh bien, soit! La givrée que je suis ne peut qu'approuver une telle requête.

Les nuages se sont massés dans le ciel et l'air est lourd, pour une fois annonciateur de pluie d'été. Avisant un gobelet jeté sur le chemin, je m'assois, y griffonne quelques mots et l'enfouis sous un amas d'épines de pin. Puis je m'étends sur le dos à même le sol spongieux de la forêt. J'adore faire ça – m'abandonner à l'immensité du ciel, ou du plafond si l'envie me prend à l'intérieur. En tendant les mains pour presser mes doigts dans la terre, je me surprends à me demander ce que je serais en train de faire, ce que je ressentirais à cette minute précise si Bailey était encore en vie. Je réalise quelque chose qui m'effraie; je serais heureuse, mais avec modération, sans rien vivre d'exceptionnel. Ma petite vie de tortue suivrait son cours, comme toujours, moi recroquevillée sous ma carapace, bien tranquille et à l'abri.

Et si je n'étais au fond qu'une tortue sans carapace, à la fois givrée et meurtrie, une malheureuse fille complètement paumée qui voudrait transformer l'air en couleurs avec sa clarinette? Et si c'était la version de moi que je préférais? Et si, tout en redoutant de devoir vivre dans l'ombre de la mort, je commençais à aimer la manière dont cela vous accélère le pouls, et pas seulement le vôtre, mais celui du monde, aussi? Joe ne m'aurait sans doute jamais remarquée si j'étais restée planquée sous ma carapace de petit bonheur paisible. Il a écrit dans son journal qu'il me trouvait augmentée à plein volume, *moi*. Et peut-être le suis-je vraiment, aujourd'hui, mais ce n'était pas le cas auparavant.

Pourquoi m'a-t-il fallu payer ce prix pour connaître un tel bouleversement? J'ai honte qu'un changement si positif ait pu naître de la mort de Bailey. J'ai honte d'avoir de telles idées en tête.

Mais alors je repense à ma sœur, elle, la tortue sans carapace, si désireuse que j'en devienne une à mon tour. *Allez, Lennie,* me répétait-elle au moins dix fois par jour. *Bouge-toi, Len.* Et d'un coup d'un seul, je me sens mieux, comme si c'était sa vie, et non sa mort, qui m'apprenait désormais comment vivre et qui je suis.

Je devine la présence de Toby avant même de franchir la porte car Lucy et Ethel ont pris possession du porche. Quand j'entre dans la cuisine, je le vois, assis à table avec Manou, en train d'échanger des messes basses.

« Salut », dis-je, un peu sous le choc de le trouver ici. Il n'a toujours pas compris?

« Par chance, explique Manou, je revenais à la maison les bras chargés de commissions quand Toby a volé à mon secours sur son skate-board. » Manou n'a plus conduit depuis les années 1900. Elle se rend partout à pied, ce qui explique comment elle est devenue la gourou du jardinage de Clover. C'était plus fort qu'elle : elle s'est mise à emmener ses cisailles avec elle et les gens rentraient du travail pour la découvrir en train de tailler leurs haies à la perfection, détail particulièrement ironique lorsqu'on songe à sa propre intolérance zéro vis-à-vis de son jardin.

« Quelle chance, en effet », dis-je à Manou avant de me tourner vers Toby. Des égratignures encore fraîches lui couvrent les bras, sans doute le fruit de ses plans kamikazes en skate-board. Il a le regard fou, les cheveux hirsutes, l'air complètement à la dérive. Je comprends deux choses à cet instant : j'ai mal interprété son SMS et je ne veux plus jamais me retrouver à la dérive avec lui.

Ce que je veux, c'est monter dans Le Sanctuaire et jouer de la clarinette.

Manou me regarde en souriant. « Toi, tu t'es baignée. Tes cheveux ressemblent à un cyclone. J'aimerais les peindre. » Elle tend la main pour caresser mon cyclone capillaire. « Toby va rester dîner avec nous. »

Je n'en crois pas mes oreilles. « J'ai pas faim. Je monte. »

Manou semble stupéfaite par mon impolitesse, mais je m'en fiche. Il est hors de question que je dîne autour d'une table avec Toby *qui a mis ses mains sur mes seins*, Big et Manou. Il se prend pour qui ?

Je monte jusqu'au Sanctuaire, ouvre mon étui et assemble ma clarinette. Puis je sors la partition d'Édith Piaf que j'ai empruntée à un *certain** garçon, cherche la page de *La vie en rose* et commence à jouer. C'est la chanson que nous avons écoutée hier soir pendant que l'univers implosait. J'espère me maintenir sur mon Joenuage, et aussi que personne ne viendra frapper à ma porte une fois le dîner terminé, mais bien sûr, c'était trop demander.

Toby *qui a mis ses mains sur mes seins et ne l'oublions pas dans mon pantalon aussi* ouvre la porte, entre d'un pas hésitant, traverse la pièce et s'assoit sur le lit de Bailey. Je m'arrête de jouer et repose ma clarinette sur le pupitre. Va-t'en, pensé-je avec dureté, par pitié va-t'en. Faisons comme s'il ne s'était rien passé depuis le début.

Aucun de nous ne prononce le moindre mot. Il frictionne ses paumes de mains sur ses genoux avec une telle intensité que son geste doit sûrement générer de la chaleur. Son regard erre à travers la chambre. Il finit par s'arrêter sur une photo de Bailey et moi, posée sur sa commode. Il prend une grande inspiration et se tourne vers moi. Son regard se fige.

« Son tee-shirt… »

Je baisse les yeux. J'avais oublié que je le portais. « Ah oui. » Je mets de plus en plus souvent les fringues de Bailey, aussi bien à l'extérieur qu'à l'intérieur du Sanctuaire. Je me mets à fouiller mes propres tiroirs en me demandant qui était la fille qui mettait ces trucs. Je suis sûre qu'une psy serait fascinée par cette histoire, me dis-je en observant Toby. Elle me dirait sans doute que j'essayais de prendre la place de Bailey. Ou pire, d'en profiter pour rivaliser avec elle car cela m'était impossible de son vivant. Mais est-ce vraiment l'explication ? Je n'en ai pas l'impression. Quand je porte ses vêtements, je me sens juste un peu plus à l'abri, comme si elle me chuchotait à l'oreille.

Perdu dans mes pensées, je sursaute en entendant Toby bredouiller d'une voix étonnamment tremblante : « Je suis désolé, Len. Pour tout. » Je glisse un œil dans sa direction. Il a l'air si vulnérable, si effrayé. « J'ai complètement perdu les pédales, je m'en veux terriblement. » C'est donc cela qu'il avait besoin de me dire ? Le soulagement m'ôte un poids immense de la poitrine.

« Moi aussi », dis-je, aussitôt rongée par la culpabilité. Nous sommes tous les deux dans le même bateau.

« Moi encore plus, crois-moi », dit-il en frottant à nouveau ses genoux. Il est bouleversé. Pense-t-il vraiment être le seul coupable, dans cette histoire ?

« On était là tous les deux, Toby. Chaque fois. Nous sommes aussi horribles l'un que l'autre. »

Il me dévisage d'un regard sombre et bienveillant. « Tu n'es pas quelqu'un d'horrible, Lennie. » Sa voix est douce, intime. Je vois bien qu'il essaie de s'ouvrir à moi. Je me réjouis qu'il soit à l'autre bout de la chambre.

J'aurais même préféré le savoir de l'autre côté de l'équateur. Nos corps sont-ils programmés pour avoir envie de se toucher chaque fois qu'ils sont en présence l'un de l'autre, maintenant ? Je veux dire au mien qu'il se trompe, quelle que soit la pulsion qui l'anime en cet instant. Il se trompe.

Alors, un astéroïde en maraude surgit à travers l'atmosphère terrestre et percute Le Sanctuaire : « C'est juste que je ne peux pas m'empêcher de penser à toi, dit-il. Sans arrêt. Je… » Il lacère le dessus-de-lit de Bailey avec ses poings. « Je veux…

– Tais-toi, je t'en prie. » Je me dirige vers ma commode, ouvre le tiroir du milieu, fouille à l'intérieur et en sors un tee-shirt, mon tee-shirt. Il faut que j'enlève celui de Bailey. Parce que je me demande brusquement si ma psy imaginaire n'a pas tout compris.

« Ce n'est pas moi, dis-je d'un ton calme en ouvrant la porte du placard pour entrer dedans. Je ne suis pas elle. »

Je reste tapie dans la pénombre et le silence, le temps de reprendre la maîtrise de mon souffle, la maîtrise de mon existence, et d'enfiler mon propre tee-shirt sur mon propre corps. C'est comme si un torrent s'écoulait entre mes pieds pour m'entraîner vers lui, à mon corps défendant, en dépit de ce qui s'est passé avec Joe, un torrent passionné, violent, désespéré, mais je ne veux pas céder, cette fois. Je veux rester sur la rive. Nous ne pouvons pas continuer à étreindre un fantôme.

Quand je ressors du placard, il a disparu.

« Pardonne-moi », dis-je tout haut dans la chambre orange et déserte.

En guise de réponse, un millier de mains se mettent à marteler le toit. Je vais vers mon lit, grimpe sur le rebord de la fenêtre et tends les bras au-dehors. Nous n'avons qu'une ou deux tempêtes chaque été, la pluie est un événement. Je me penche à l'extérieur le plus loin possible, les paumes tournées vers le ciel, et laisse les gouttes ruisseler entre mes doigts en me remémorant le fameux conseil de Big à Toby et moi, l'autre jour : *Le seul moyen de survivre à ça, c'est d'y faire face.* Mais faire face à quoi ? À l'époque, je n'en avais pas la moindre idée.

Quelqu'un est en train de courir dans la rue, sous ce déluge. Lorsque la silhouette se rapproche de notre jardin, je réalise qu'il s'agit de Joe et mon humeur s'illumine aussitôt. Mon radeau de sauvetage.

« Eh ! » me mets-je à hurler en agitant frénétiquement les bras.

Il lève les yeux vers la fenêtre, me sourit, et je ne peux pas descendre les marches, ouvrir la porte et me précipiter sous la pluie assez vite pour le retrouver.

« Tu m'as manqué », lui dis-je en posant ma main sur sa joue. Des gouttes de pluie lui dégoulinent des cils et ruissellent le long de son visage.

« Oh, moi aussi. » Alors ses mains se posent sur mes joues, nous nous embrassons sous la pluie battante comme deux fous et je sens ce bonheur immense m'envahir à nouveau.

J'ignorais que l'amour faisait cet effet-là, qu'il pouvait vous métamorphoser en lumière.

« Qu'est-ce que tu fais là ? lui demandé-je quand j'arrive enfin à me décoller de lui.

– J'ai vu qu'il pleuvait alors je suis sorti en douce, j'avais envie de te voir... comme ça.

– Pourquoi en douce ? » Nous sommes trempés de la tête aux pieds, mon tee-shirt me colle à la peau et les mains de Joe caressent ma taille par-dessus.

– Je suis bouclé, explique-t-il. J'ai pris le savon du siècle, le vin qu'on a bu l'autre soir était une bouteille à quatre cents dollars. Je ne savais pas. Comme je voulais t'impressionner, je suis descendu la chercher au sous-sol. Mon père a pété un câble en voyant la bouteille vide. Du coup, il me fait bosser jour et nuit dans son atelier pendant qu'il papote avec sa petite amie au téléphone. Je crois qu'il a oublié que je parlais français, moi aussi.

Je ne sais pas à quelle info réagir, la bouteille à quatre cents dollars ou la petite amie, mais j'opte finalement pour la seconde.

– Sa petite amie?

– Laisse tomber. Il fallait que je te voie, mais je dois y retourner. Je voulais te donner ça.

Il sort de sa poche un morceau de papier et l'enfonce précipitamment dans la mienne pour lui éviter la pluie.

Il m'embrasse encore une fois. « OK, je file. » Il ne fait pas mine de bouger :

– J'ai pas envie de partir.

– J'ai pas envie que tu partes, dis-je. Ses cheveux noirs ondulent autour de son visage humide. J'ai l'impression d'être avec lui sous la douche. *Woou* – être avec lui sous la douche.

Il semble sur le point de s'en aller, pour de bon cette fois, quand tout à coup ses yeux se plissent cependant qu'il fixe un point par-dessus mon épaule.

– Pourquoi est-il toujours là, celui-là?

Je me retourne. Toby se tient dans l'encadrement de la porte moustiquaire, *en train de nous observer* – avec la tête de quelqu'un qui vient de se prendre une boule de démolition en plein ventre. Il n'a pas quitté la maison, il a dû traîner dans l'atelier de peinture avec Manou ou je ne sais quoi. Il ouvre la porte d'un coup sec, récupère son skate-board et passe devant nous sans un mot, voûté face à la pluie.

– Qu'est-ce qui se passe? me demande Joe. Son regard me transperce, façon rayon X. Son corps tout entier s'est raidi.

– Rien du tout. Je t'assure. » Je lui fais la même réponse qu'à Sarah. « Il n'a pas digéré pour Bailey. » Que dire d'autre? Si je lui avoue la vérité, si je lui explique ce qui s'est passé alors même qu'il m'avait déjà embrassé, tout sera fini entre nous.

Aussi, lorsqu'il me demande : « C'est juste moi qui suis stupide et parano? »

Je lui réponds : « Oui. » Et une petite voix dans ma tête me rappelle : *Ne jamais contrarier un joueur de trompette.*

Un large sourire l'éclaire. « OK. » Puis il m'embrasse une dernière fois et nous buvons la pluie à même nos lèvres. « À plus, John Lennon. »

Sur ces mots, il s'en va.

Je me précipite à l'intérieur, inquiète à l'idée de ce que Toby a pu raconter sur moi et inquiète de ce que je n'ai pas dit à Joe, tandis que la pluie achève d'effacer ses baisers de ma bouche.

22

Me voici étendue sur mon lit avec, entre les mains, l'antidote aux angoisses de toutes sortes. C'est une partition musicale, encore mouillée par la pluie. En haut, tracé de la main de Joe dans son écriture cubique de petit garçon bizarre, on peut lire : *Dédié à une clarinettiste intense et magnifique, de la part d'un guitariste repoussant, ennuyeux et sans talent mais passionné. Première partie, seconde partie à suivre.*

J'essaie de déchiffrer le morceau dans ma tête, mais ma capacité à entendre la musique sans la jouer laisse franchement à désirer. Je me lève pour prendre ma clarinette et, quelques instants plus tard, la mélodie envahit la chambre. Tout en jouant, je me souviens de ce qu'il a dit à propos de ma tonalité mélancolique, comme une journée sans oiseaux. Mais l'air qu'il a composé ressemble justement à une nuée d'oiseaux qui s'envoleraient hors de ma clarinette pour remplir le silence d'une belle journée d'été, emplir les arbres et le ciel – c'est délicieux. Je rejoue le morceau encore et encore, jusqu'à le connaître par cœur.

Il est deux heures du matin et si je joue cet air encore une fois, mes doigts vont me tomber des mains, mais je suis sur un tel Joe-nuage qu'il m'est impossible de dormir. Je descends au rez-de-chaussée chercher quelque chose à grignoter et une fois de retour dans Le Sanctuaire, j'éprouve une sensation de manque si violente que je dois plaquer ma main contre ma bouche pour étouffer un cri. Je veux Bails sur son lit, en train de lire. Je veux lui parler de Joe, lui jouer l'air qu'il a composé.

Je veux ma sœur.

Je veux hurler ma rage impuissante.

J'inspire et exhale l'air avec assez de force pour arracher la peinture orange des murs.

Il ne pleut plus – la nuit, briquée et rincée à neuf, pénètre dans la chambre à travers la fenêtre ouverte. Je ne sais pas quoi faire, alors je me dirige vers le bureau de Bailey et m'assois, comme d'habitude. Je réexamine la carte de visite du détective privé. J'ai bien envisagé de l'appeler, mais je ne l'ai pas encore fait, pas plus que je n'ai commencé le rangement. Je tire un carton et me décide à vider un ou deux tiroirs. La vision de ces boîtes vides me répugne presque davantage que la perspective d'empaqueter les affaires de Bailey. Le tiroir du bas est rempli de cahiers de cours, d'années de devoirs à présent inutiles. J'en sors un, effleure sa couverture, le presse contre moi, puis le dépose dans le carton. Toutes ses connaissances ont disparu, désormais. Tout ce qu'elle a jamais appris, entendu ou lu. Sa vision personnelle de *Hamlet*, des pâquerettes ou de l'amour, le labyrinthe de ses pensées intimes, les flâneries secrètes de son esprit – disparues, elles aussi. J'ai entendu cette expression un jour : un être qui meurt, c'est une bibliothèque qui brûle. Je la vois brûler et se consumer sous mes yeux.

J'empile le reste des cahiers dans le carton, referme le tiroir et fais la même chose avec celui du dessus. Je rabats le couvercle du carton rempli et en commence un autre. Ce second tiroir contient encore d'autres cahiers de cours, ainsi que des journaux intimes que je n'ai nullement l'intention de lire. Je les prends et les dépose, un par un, dans le carton. Tout au fond du tiroir, il y a un cahier ouvert. Il est recouvert de l'écriture en pattes de mouche de Bailey ; des colonnes entières de mots, barrés pour la plupart, envahissent les pages. Je le sors du tiroir, pas très fière de moi, mais ma culpabilité cède vite le pas à la surprise, puis à la stupeur, en découvrant ce que Bailey a écrit dans ces colonnes.

Il s'agit de combinaisons du prénom de notre mère, Paige, mélangé à d'autres noms ou d'autres mots. Une section entière est consacrée aux associations en rapport avec John Lennon, celui qui a inspiré mon prénom, et que nous avons toujours considéré à cause de cela comme son musicien préféré. Nous ne savons quasiment rien de notre mère. À croire que lorsqu'elle est partie, elle a emporté toutes les traces de son existence pour ne laisser qu'un mythe derrière elle. Manou parle rarement de sa fille pour évoquer autre chose que son fabuleux gène de la bougeotte, et Big ne fait guère mieux.

« À cinq ans », ne se lassait pas de nous raconter Manou, ses deux index levés en l'air pour marquer son effet, « votre mère est sortie de son lit une nuit et je l'ai retrouvée à mi-chemin du centre-ville, avec son petit sac à dos bleu et un bâton de marche. Elle m'a dit qu'elle partait à l'aventure... du haut de ses cinq ans, mes chéries ! »

Nous n'avions donc que cela à nous mettre sous la dent, hormis un carton d'affaires que nous conservions précieusement dans Le Sanctuaire. Il contient les livres que nous avons rapatriés depuis les étagères du rez-de-chaussée avec son nom inscrit à l'intérieur : *Oliver Twist, Sur la route, Siddhartha, Les poèmes de William Blake* et une poignée de romans Harlequin qui nous avaient fait bondir d'indignation, en bonnes snobinardes littéraires que nous sommes. Aucun de ces livres n'est annoté ni écorné. Nous avons aussi mis la main sur ses albums photo officiels du lycée, mais aucun de ses amis n'y a laissé un petit mot. Il y a un exemplaire de *La Joie de cuisiner* maculé de taches de nourriture. (Manou nous a expliqué un jour que notre mère était une véritable magicienne de la cuisine, et qu'elle la soupçonnait fortement de gagner sa vie sur la route grâce à ce talent.)

Mais pour l'essentiel, nous ne disposons que de cartes. Et nous en avons même des tonnes : cartes routières, cartes topographiques, cartes de Clover, de la Californie et des quarante-neuf autres États, d'un pays à l'autre, d'un continent à l'autre. Sans parler de nos nombreux atlas, donc chacun semble avoir été lu et relu autant de fois que mon exemplaire des *Hauts de Hurlevent*. Ce sont ces cartes et ces atlas qui révèlent le mieux la personnalité de notre mère : celle d'une jeune femme appelée par le vaste monde. Petites, Bailey et moi passions un nombre d'heures incalculable à examiner ces atlas en lui inventant toutes sortes de voyages et d'aventures.

Je commence à feuilleter le carnet. Il y en a pour des pages et des pages de combinaisons : Paige/Lennon/Walker, Paige/Lennon/Yoko, Paige/Lennon/Imagine, Paige/Dakota/Ono, et ainsi de suite. Parfois, il y a des notes. Ainsi, griffonnée juste en dessous des mots Paige/Dakota se trouve une adresse à North Hampton, Massachusetts. Mais l'adresse a été barrée, et les mots *trop jeune* inscrits à côté.

Je suis sous le choc. Nous avions quantité de fois tapé le nom de maman sur Internet, en vain, et même réfléchi aux pseudonymes qu'elle avait pu s'inventer afin de les rechercher aussi, toujours sans résultat, mais jamais de cette manière, jamais aussi méthodiquement, jamais avec cette précision et cette obstination. Le cahier est presque rempli. Bailey devait y consacrer le moindre de ses moments de libre, chaque fois que je n'étais pas dans les parages, car je la voyais rarement devant l'ordinateur. Mais maintenant que j'y pense, je l'ai souvent aperçue devant la Moitié de Maman, avant sa mort, en train de l'examiner en silence, d'un regard intense, comme si elle s'attendait à ce que le portrait lui parle.

J'ouvre le cahier à la première page. Il est daté du 27 février, moins de deux mois avant sa mort. Comment a-t-elle pu accomplir toutes ces recherches en si peu de temps ? Pas étonnant qu'elle ait eu besoin de l'assistance de saint Antoine. J'aurais aimé qu'elle me demande mon aide, aussi.

Je range le cahier dans le tiroir, me dirige vers mon lit, ressors ma clarinette de son étui et joue la chanson de Joe. Je voudrais tant revivre cette journée d'été, et je voudrais tant y retrouver ma sœur.

La nuit,
quand on était petites,
on se fabriquait une tente avec la couette de Bailey
et on se glissait dessous avec nos lampes de poche
pour jouer aux cartes : Bataille,
Whist, 8 Américain,
et notre préféré : le Kems.
La compétition était sans merci.
Chaque jour, toute la journée,
nous étions les sœurs Walker —
comme les deux doigts de la main,
comme deux larrons en foire —
mais quand Manou refermait la porte,
chaque soir,
on sortait nos griffes.
On jouait pour s'infliger des gages,
des corvées,
des défis « action ou vérité », ou même pour de l'argent.
On jouait pour être la meilleure,
la plus maligne,
la plus belle,
la plus tout, en somme.

Mais ce n'était qu'un prétexte —
on jouait surtout pour s'endormir
dans le même lit
sans avoir à le demander,
histoire de s'enrouler l'une autour de l'autre
comme une tresse
pour que nos rêves puissent passer d'un corps à
l'autre
pendant notre sommeil.

(*Trouvé écrit à l'intérieur de la couverture des* Hauts de
Hurlevent, *dans la chambre de Lennie*)

23.

Je parlais beaucoup à la Moitié de
Maman, avant,
mais j'attendais d'être seule à la maison
et je le lui disais :
je t'imagine
là-bas
non pas comme un nuage, un oiseau ou une
étoile
mais comme une mère,
une mère qui vit dans le ciel
sans se soucier des lois de la gravité,
et qui vaque à ses occupations
en se laissant porter par le vent.

(Trouvé sur un morceau de journal sous le porche des Walker)

Lorsque j'entre dans la cuisine le lendemain matin, Manou est devant la cuisinière en train de faire cuire des saucisses, les épaules voûtées en une moue perplexe de tout son corps. Big est affalé à table devant son café. Derrière eux, la brume matinale voile la fenêtre comme si nous flottions dans un nuage. Debout dans l'encadrement de la porte, je me sens pénétrée du même sentiment de peur et d'angoisse que j'éprouve à la vue des maisons abandonnées, celles avec des mauvaises herbes qui poussent à travers les marches du perron, la peinture sale et écaillée, les vitres brisées, condamnées.

– Où est Joe? me demande Big. Je comprends alors d'où vient le désespoir qui plane sur cette matinée : Joe n'est pas là.

– En prison, dis-je.

Big lève les yeux, sourire aux lèvres.

– Qu'est-ce qu'il a fait? Aussitôt, l'atmosphère se détend. *Wow!* On dirait que Joe n'est pas seulement *mon* radeau de sauvetage.

– Il a pris une bouteille à quatre cents dollars dans la cave de son père et l'a bue en une nuit avec une certaine John Lennon.

Avec un synchronisme parfait, Manou et Big lâchent un hoquet de stupeur avant de s'exclamer :

– Quatre cents dollars!?

– Il ne savait pas.

– Lennie, je n'aime pas que tu touches à l'alcool.

Manou agite sa spatule dans ma direction. Derrière elle, les saucisses crépitent et grésillent dans la poêle.

– Je ne bois jamais d'alcool, ou très rarement. Ne t'inquiète pas.

– Ça alors, Len... Et c'était bon? Le visage de Big exprime le plus pur émerveillement.

– Difficile à dire. Je n'avais jamais bu de vin rouge. Je crois que oui.

Je me verse une tasse de café aussi clair que du thé. Je m'étais habituée à la boue noire que nous préparait Joe.

« Ça alors », répète Big en avalant une gorgée de café avant de faire la grimace. Il doit préférer la mélasse de Joe, aussi. « J'imagine que tu ne pourras plus en boire, après avoir placé la barre si haut la première fois. »

Je me demande si Joe se rendra à la première répète de l'orchestre, aujourd'hui – j'ai décidé d'y aller – quand soudain je le vois franchir le seuil de la porte avec ses croissants, ses insectes morts pour Big et, pour moi, un sourire aussi large que le ciel.

– Hé, salut ! dis-je.

– Ils t'ont laissé sortir, commente Big. Formidable. Simple visite conjugale, ou ils t'ont relâché pour de bon ?

– Big ! proteste Manou. Je t'en prie.

Joe rit. « La hache de guerre est enterrée. Mon père est un homme très romantique. À la fois sa plus grande qualité et son pire défaut. Quand je lui ai expliqué ce que je ressentais… » Il me regarde et commence à rougir, ce qui me fait bien sûr virer couleur tomate. Ça doit sûrement être interdit d'éprouver une chose pareille quand votre sœur est morte !

Manou secoue la tête.

– Lennie, la fibre romantique ? Qui l'eût cru !

– Vous plaisantez ? s'exclame Joe. Relire *Les Hauts de Hurlevent* vingt-trois fois, vous appelez ça comment, vous ?

Je baisse les yeux par terre. Je suis gênée de me sentir aussi émue. *Il me connaît.* D'une certaine manière, il me connaît mieux qu'eux.

– Un point pour toi, Joe Fontaine, concède Manou

en se retournant vers sa cuisinière, dissimulant ainsi son sourire.

Joe s'avance par-derrière et m'enlace la taille. Je ferme les yeux et pense à son corps (tout nu sous ses vêtements) pressé contre moi (toute nue sous les miens). Je tourne la tête vers lui. « La mélodie que tu as écrite est magnifique. J'aimerais beaucoup la jouer avec toi. »

Avant même que j'aie le temps de prononcer le dernier mot, il m'embrasse. Je pivote entre ses bras pour que nous soyons face à face, puis jette mes bras autour de son cou tandis que les siens se pressent au creux de mon dos et m'attirent tout contre lui. Oh, je me fiche de savoir si c'est mal de ma part, si j'enfreins toutes les lois du monde occidental, je me fous de tout, à vrai dire, parce que après une brève séparation nos lèvres viennent à nouveau de se rejoindre et plus rien n'a d'importance hormis cette réalité extatique.

Comment les gens font-ils pour vivre normalement lorsqu'ils éprouvent ce genre de truc ?

Comment font-ils pour attacher leurs lacets ?

Conduire leur voiture ?

Travailler sur de grosses machines ?

Comment la civilisation fait-elle pour se maintenir dans de telles circonstances ?

D'une voix dix décibels plus grave que son registre normal, oncle Big émet un marmonnement hésitant : « Hum, les enfants. Vous ne voudriez pas, comment dire, heu... » Le trafic s'arrête net dans mon cerveau. *Big*, en train de bafouiller ? Heu, Lennie ? Ça ne se fait pas trop de rouler des pelles à son mec au beau milieu de la cuisine devant sa grand-mère et son oncle. Je me dégage des bras de Joe – et c'est comme de décoller une ventouse. Manou et Big sont plantés là, tout coincés et mal à l'aise, pendant que les saucisses sont en train de brûler. Est-il possible que nous ayons réussi à embarrasser l'Empereur et l'Impératrice du bizarroïde ?

Je coule un regard vers Joe qui s'est métamorphosé en personnage de cartoon transi d'amour, comme s'il s'était pris une enclume sur la tête. C'est tellement comique que je m'effondre sur une chaise, pliée en deux.

Joe esquisse un petit sourire gêné à l'attention de Manou et Big, puis il s'appuie contre le plan de travail en plaçant stratégiquement l'étui de sa trompette devant son entrejambe. Je ne remercierai jamais assez le ciel de ne pas être équipée de ce genre de machin. Qui voudrait d'un porno-baromètre planté en plein milieu et visible comme la proue d'un bateau ?

« Tu vas à la répète, j'imagine ? »

Cils. Cils. Cils.

Oui, si on arrive jusque-là.

Et nous y arrivons, en effet, même si en ce qui me concerne il n'y a que mon corps qui soit là. Je m'étonne que mes doigts réussissent à jouer les notes à mesure que je survole les morceaux choisis par Mr James pour la prochaine édition du festival de la Rivière. Malgré les fléchettes assassines que me lancent les yeux de Rachel à cause de Joe et sa manie de tourner le pupitre vers elle pour m'empêcher de lire la partition, je m'abandonne complètement à la musique. J'ai l'impression de ne jouer qu'avec lui, emportée par l'improvisation, sans savoir comment l'air va évoluer note après note... mais en pleine répétition, en plein morceau, en plein milieu d'une note, un sentiment d'effroi m'envahit en repensant à Toby. À l'expression de son visage lorsqu'il nous a quittés hier soir. Aux choses qu'il m'a dites dans Le Sanctuaire. Il faut qu'il comprenne que nous devons garder nos distances. Il n'y a pas d'autre choix. Je parviens à chasser ma panique, mais passe le reste de la répétition dans un état douloureusement alerte, à suivre les arrangements sans la moindre déviation.

Après la répétition, Joe et moi passons l'après-midi ensemble parce qu'il n'est plus privé de sortie et que je ne travaille pas aujourd'hui. Nous rentrons chez moi à pied. Tout autour de nous, le vent nous fouette comme des feuilles.

– Je sais ce qu'on devrait faire, dis-je.

– Tu ne voulais pas me jouer la chanson ?

– Si, mais je voudrais te la jouer ailleurs. Tu te souviens, quand je t'ai mis au défi l'autre soir de braver la forêt avec moi par grand vent ? Ce jour est arrivé.

Nous quittons la route et nous engageons à travers bois, nous frayant un chemin entre les fourrés jusqu'à ce que nous retrouvions le sentier que je cherchais. Le soleil filtre sporadiquement à travers les arbres, projetant une lueur feutrée sur le sol. À cause du vent, les arbres émettent une symphonie de craquements – un véritable orchestre philharmonique de portes grinçantes. Parfait.

Au bout d'un moment, Joe déclare :

– Je crois que je me débrouille comme un chef, vu les circonstances, non ?

– Quelles circonstances ?

– Eh bien ! nous traversons la forêt au son de la bande originale du film d'horreur le plus stressant du monde, et tous les trolls forestiers de l'univers se sont donné rendez-vous au-dessus de nos têtes pour ouvrir et fermer des portes.

– On est en plein jour ! Tu ne peux pas avoir peur, quand même.

– Si, absolument. Mais je m'efforce de ne pas me

comporter comme une larve. J'ai un trouillomètre extrêmement réactif.

– Tu vas adorer l'endroit où je t'emmène, promis.

– Je l'adorerai si tu me promets d'enlever tous tes vêtements, oui. Même juste quelques-uns. Même une chaussette.

Il me prend par le bras, lâche sa trompette et m'oblige à me retourner face à lui.

– Tu es un refoulé sexuel, tu sais ça ? C'est dingue !

– C'est plus fort que moi, dit-il. Je suis à moitié français, *joie de vivre** et tout le tralala. Mais sérieusement. Je ne t'ai pas encore vue au moindre stade déshabillé... et notre premier baiser date déjà d'il y a trois jours ! *Quelle catastrophe**, tu comprends ?

Il écarte tant bien que mal mes cheveux soufflés par le vent en travers de mon visage, puis m'embrasse jusqu'à ce que mon cœur explose hors de ma poitrine comme un petit animal survolté.

– Même si j'ai une très bonne imagination...

– Quel naze, je soupire en l'entraînant par la main.

– Tu sais, je joue uniquement les nazes pour t'entendre me dire *quel naze*.

Le sentier grimpe jusqu'à l'endroit où les vieux séquoias se dressent vers le ciel, faisant de la forêt comme leur propre cathédrale. Le vent est retombé, et il règne à présent un calme et un silence surnaturels. Autour de nous, les feuilles s'agitent comme d'infimes fragments de lumière.

– Au fait, et ta mère ? me demande Joe de but en blanc.

– Pardon ? » Je n'ai absolument pas la tête à penser à ma mère.

– La première fois que je suis venu chez toi, Manou a dit qu'elle achèverait son portrait quand elle reviendrait. Où est-elle ?

– Aucune idée.

D'habitude, je n'en dis pas plus et n'offre aucun détail supplémentaire. Mais après tout, nos excentricités familiales ne l'ont pas encore fait fuir. « Je n'ai jamais connu ma mère. Enfin si, mais j'avais un an quand elle est partie. Elle ne tient pas en place, elle a ça dans le sang, sans doute un truc héréditaire. »

Joe s'arrête de marcher.

– C'est tout? C'est ça, l'explication? La raison de son départ? Pour ne *jamais revenir*?

Oui, c'est dingue, mais cette dinguerie à la Walker m'a toujours semblé logique.

– Manou affirme qu'elle reviendra, dis-je, l'estomac noué en imaginant ma réaction si elle revenait maintenant. Je repense aux efforts de Bailey pour la retrouver. Je me dis que je lui claquerais la porte au nez si elle revenait, que je lui hurlerais *C'est trop tard.* Je me dis qu'elle ne reviendra jamais. Je me dis que je ne sais plus trop comment croire à tout ça sans la présence de Bailey à mes côtés pour y croire avec moi.

– Sylvie, la tante de Manou, avait ça dans le sang, aussi, ajouté-je en me faisant l'effet d'une parfaite idiote. Elle a fini par revenir au bout de vingt ans.

– *Wow!* Commente Joe.

Je ne l'avais jamais vu froncer autant les sourcils.

– Écoute, je ne connais pas ma mère, ce n'est pas comme si elle me manquait... » Mais en disant cela, j'ai surtout le sentiment de chercher à me convaincre moi-même. « C'est un esprit libre, une femme intrépide qui a largué les amarres pour explorer le monde. Une femme mystérieuse. Je trouve ça cool. » *Cool?* Pauvre imbécile que je suis. Quand les choses ont-elles basculé, au juste? Parce qu' autrefois, oui, je trouvais ça cool. Et plus que cool, même – elle était notre Magellan, notre Marco Polo, l'une de ces femmes obstinées issues du clan Walker et dont la curiosité insatiable les pousse à rechercher constamment un autre ailleurs, un autre amour, un autre hasard.

Joe sourit et me couve du regard avec une telle tendresse que j'en oublie tout. « Toi, tu es cool, dit-il. Et généreuse. Pas comme moi, le pire rancunier de service. » Généreuse ? Je lui prends la main et me demande si je suis vraiment cool et généreuse ou juste complètement dans le déni. Et lui, rancunier ? Quand ça ? Lorsqu'il n'a plus jamais adressé la parole à cette violoniste, par exemple ? Si oui, alors j'espère ne jamais avoir à connaître cette facette de sa personnalité. Nous poursuivons notre chemin en silence, chacun plongé dans le fil de ses pensées pendant un kilomètre ou deux, puis nous arrivons enfin à destination et il n'est désormais plus question de Joe le rancunier ou de ma mère, la mystérieuse absente.

– OK, ferme les yeux, dis-je. Je vais te guider.

Je me place derrière lui et plaque mes mains sur ses yeux et le pousse le long du sentier.

– C'est bon, tu peux les ouvrir.

C'est une chambre. Une chambre à coucher en plein air au beau milieu de la forêt.

– Ça alors, où est la Belle au bois dormant ? demande Joe.

– Je crois bien que c'est moi, dis-je avant de me précipiter en courant sur le lit moelleux. Comme de se jeter sur un nuage. Il me rejoint.

– Tu es trop réveillée pour faire la Belle au bois dormant. On en a déjà parlé. » Debout au pied du lit, il promène son regard autour de lui. « C'est incroyable... comment est-ce arrivé là ?

– Il y a une auberge, à un ou deux kilomètres de la

rivière. C'était une communauté dans les années 1960. Sam, le propriétaire, est un vieux hippie. Il a installé cette chambre en pleine forêt pour ses clients, au cas où ils viendraient se balader par ici. Leur faire un genre de surprise romantique, j'imagine. Mais je n'ai jamais vu personne dans le coin et ça fait des siècles que je connais cet endroit. En fait, si, j'ai vu quelqu'un, une fois : Sam, en train de changer les draps. Il met une bâche par-dessus quand il pleut. J'écris sur ce bureau, je bouquine dans ce fauteuil, je rêvasse sur ce lit... Mais je n'avais jamais amené de garçon.

Joe sourit, s'allonge sur le dos à côté de moi et commence à m'effleurer le ventre.

– Tu rêvasses à quoi ? me demande-t-il.

– À ça, dis-je à la seconde où ses doigts s'écartent au niveau de mon nombril sous mon tee-shirt. Ma respiration s'accélère – je veux ses mains partout.

– John Lennon, je peux te poser une question ?

– Oh, oh... quand on dit ça, généralement, c'est mauvais signe.

– Est-ce que tu es vierge ?

– Tu vois : c'est toujours mauvais signe », marmonné-je, mortifiée – merci d'avoir cassé l'ambiance. Je me tortille pour dégager sa main. « Ça se voit tant que ça ?

– Un peu, oui. *Urgh !* (J'ai envie de me cacher sous les draps. Il essaie de se rattraper.)

– Non, attends, je trouve ça mignon.

– Ça n'a rien de mignon.

– Pour toi peut-être, mais pas pour moi, si...

– Si quoi ? Mon ventre se serre tout à coup. Estomac vrillé.

Cette fois, c'est lui qui a l'air gêné – tant mieux.

– Eh bien, si un jour... pas maintenant, mais plus tard, tu décides que tu n'as plus envie de l'être, et que je

197

pourrais être ta première fois, c'est ça que je trouve mignon, enfin... pour moi, quoi.

Son expression est tendre, timide, mais ce sont ses paroles qui m'effraient et m'électrisent et m'impressionnent et me donnent envie d'éclater en sanglots, et c'est exactement ce que je fais, d'ailleurs, sauf que pour une fois je ne sais même pas pourquoi.

– Oh, Lennie, désolé, j'ai dit un truc qu'il ne fallait pas ? Je t'en prie, ne pleure pas, je ne voulais pas te mettre la pression, le seul fait d'être avec toi est déjà fantastique...

– Non – je l'interromps, pleurant et riant à la fois – je pleure parce que... je ne sais pas trop pourquoi, à vrai dire, mais c'est de la joie, pas de la tristesse...

Je lui touche le bras et il s'allonge face à moi, sur le côté, le coude posé au niveau de ma tête, nos deux corps pressés l'un contre l'autre. L'intensité de son regard me donne le frisson.

– Rien que de voir tes yeux... murmure-t-il. Je n'ai jamais ressenti un truc pareil.

Je repense à Geneviève. Il a bien dit qu'il était amoureux d'elle, faut-il comprendre que...

– Moi non plus, dis-je, incapable de contenir à nouveau mes larmes.

– Ne pleure pas. Sa voix est soudain immatérielle, comme un voile de brume. Il m'embrasse les paupières, effleure délicatement mes lèvres.

À cet instant, son regard sur moi est si nu que j'en ai presque le vertige, comme un besoin de m'allonger alors que je le suis déjà. « Je sais que ça ne fait pas si longtemps, Len, mais je crois... j'ai bien l'impression que... »

Il n'a pas besoin de le dire, je le sens aussi ; ça n'a rien de discret – plutôt comme si toutes les cloches sur des kilomètres et des kilomètres à la ronde s'étaient mises à sonner en même temps, de grosses cloches bruyantes, assourdissantes et voraces, mais aussi de petits carillons joyeux et tintinnabulants, et tous de se déchaîner en même temps. Je mets mes mains sur sa nuque pour l'attirer contre moi et alors il m'embrasse en un baiser si long, si langoureux que je m'envole, je décolle, je glisse…

Dans mes cheveux, il murmure : « Oublie ce que j'ai dit tout à l'heure, restons-en là… Je ne suis pas sûr de survivre au-delà de ça. » Je ris. Puis il se redresse d'un bond, attrape mes poignets et les immobilise au-dessus de ma tête. « Tu parles. C'était pour rire. J'ai envie de *tout* avec toi, quand tu seras prête, je serai là, promis ? » Il se tient au-dessus de moi, un sourire démentiel jusqu'aux oreilles.

– C'est promis, dis-je.

– Tant mieux. Ravi qu'on se soit mis d'accord. » Il hausse un sourcil. « Je compte bien t'offrir ta première nuit *d'amooour*, John Lennon.

– Oh non, c'est pas vrai… la honte… quel naze, mais quel naze…

J'essaie de cacher mon visage derrière mes mains, mais il m'en empêche. Alors on se chamaille, on éclate de rire et il s'écoule comme ça de longues, très longues minutes avant que je me souvienne que ma sœur est morte.

24.

Dans.
Ce.
Monde.
Personne.
N'est.
À.
L'abri.

(Trouvé au dos d'un emballage de bonbon dans la forêt derrière le lycée de Clover)

En voyant la camionnette de Toby garée devant la maison, je sens ma colère monter. Pourquoi ne peut-il pas me laisser en paix, juste une journée ? Moi qui demande juste à pouvoir me raccrocher un peu à mon bonheur. *Pitié...*

Manou est dans son atelier, occupée à nettoyer ses pinceaux. Je ne vois Toby nulle part.

« Pourquoi est-il toujours fourré ici ? » dis-je à Manou entre mes dents.

Elle me dévisage, stupéfaite.

– Qu'est-ce qui te prend, Lennie ? Je l'ai appelé pour qu'il vienne m'aider à installer les treillages dans le jardin, et il m'a promis de passer après son travail au ranch.

– Tu ne peux pas appeler quelqu'un d'autre ?

Ma voix bouillonne de rage et d'exaspération. Manou doit me trouver complètement schizo. Je suis complètement schizo – j'ai juste envie d'être amoureuse. De savourer cette euphorie. Je n'ai aucune envie de me coltiner Toby, de me coltiner tout ce chagrin, ce deuil, cette culpabilité et cette MORT. J'en ai ras le bol de la MORT.

Manou n'a pas l'air contente. « Franchement, Len, tu pourrais avoir un peu de cœur. Ce pauvre garçon est brisé. Notre présence lui fait du bien. Il n'a que nous pour le comprendre. C'est ce qu'il m'a dit hier soir. » Elle égoutte ses pinceaux au-dessus de l'évier avec un mouvement théâtral du poignet à chaque secousse. « Je t'ai déjà demandé si tout allait bien entre vous et tu m'as assurée que oui. Je te croyais. »

Je prends une grande inspiration et relâche l'air lentement, tâchant de chasser le Dr Jekyll en moi pour réintégrer mon Mr Hyde. « C'est bon, tout va bien. Pardonne-moi. Je ne sais pas ce qui m'a pris. » Sur ces mots, je tourne les talons et je m'éclipse – à la Manou.

Je monte dans Le Sanctuaire et mets mon pire album de gros punk bruyant, un groupe de San Francisco baptisé Filth. Je sais que Toby a horreur du punk parce que c'était toujours un sujet de désaccord entre lui et Bailey, qui adorait ça. Il a fini par la convertir à la néo-country qu'il écoute, ainsi qu'à Willie Nelson, Hank William et

Johnny Cash, sa sainte Trinité, mais il ne s'est jamais réconcilié avec le punk.

La musique ne m'aide pas. Je fais des bonds en l'air sur le tapis bleu, j'agite frénétiquement la tête en rythme, mais je suis trop en colère pour agiter la tête PARCE QUE JE N'AI PAS ENVIE DE DANSER TOUTE SEULE DANS LE SANCTUAIRE DE LA CITROUILLE INTÉRIEURE. En un clin d'œil, toute la rage que j'éprouvais il y a encore quelques instants à l'égard de Toby se focalise sur Bailey. Je ne comprends pas comment elle a pu me faire ça, me planter là, toute seule. Alors qu'elle m'avait promis de ne JAMAIS disparaître de toute sa vie comme l'a fait maman, et aussi que nous pourrions toujours compter l'une sur l'autre. TOUJOURS. TOUJOURS. « C'est le seul pacte qui comptait, Bailey! » m'écrié-je en m'emparant de mon oreiller pour le bourrer de coups de poing, encore et encore et encore jusqu'à ce qu'enfin, bien des chansons plus loin, je commence à me calmer un peu.

Je me laisse tomber en arrière sur le lit, hors d'haleine et ruisselante de sueur. Comment vais-je survivre à cette absence? Comment font les autres? Des gens meurent, tout le temps. Tous les jours. Toutes les heures. Le monde entier est rempli de familles fixant du regard des lits dans lesquels plus personne ne dort, des chaussures que plus personne n'utilise. De familles qui n'ont désormais plus à acheter telle boîte de céréales, telle marque de shampoing. Partout des gens font la queue au cinéma, achètent des rideaux ou promènent leur chien alors qu'en dedans, ils ont le cœur en miettes. Pendant des années. Pendant le restant de leur vie. Je ne crois pas que le temps guérisse les blessures. Je ne veux pas qu'il guérisse quoi que ce soit. Si je guéris, n'est-ce pas la preuve que j'ai accepté le monde sans elle?

Je repense alors à son cahier. Je me lève, remplace Filth par un *Nocturne* de Chopin histoire de voir si le piano possède des vertus plus apaisantes, et me dirige vers son bureau. Je ressors le cahier et l'ouvre à la dernière page, où sont notées les quelques combinaisons qui n'ont pas encore été barrées. Cette section est consacrée aux personnages de romans de Dickens. Paige/Twist, Paige/Fagan, Walker/Havisham, Walker/Oliver/Paige, Pip/Paige.

J'allume l'ordinateur, entre *Paige Twist* sur Internet et me retrouve à parcourir des pages entières de résultats, sans rien de pertinent, puis j'entre *Paige Dickens* et je trouve quelques trucs mais il s'agit essentiellement de noms d'équipes sportives lycéennes, d'associations d'anciens étudiants ou de magazines, rien qui ne puisse d'une manière ou d'une autre être en rapport avec maman. Je continue à chercher les autres combinaisons Dickens mais n'aboutis pas au moindre début de piste.

Une heure vient de s'écouler et j'ai à peine cherché une poignée de noms. Je feuillette les dizaines de pages recouvertes de l'écriture de Bailey et me demande une fois encore quand elle a pu faire tout ça, à quel endroit – peut-être dans la salle informatique de la fac, car comment aurais-je pu ne pas la remarquer, les yeux rivés sur l'écran de cet ordinateur pendant des heures ? Je suis à nouveau frappée par son acharnement à retrouver notre mère, car seule cette volonté farouche peut expliquer qu'elle y ait consacré tout ce temps. Qu'a-t-il pu lui arriver au mois de février pour déclencher une telle frénésie ? Je me demande si c'est l'époque où Toby lui a demandé de l'épouser. Peut-être voulait-elle inviter maman à son mariage. Pourtant, Toby a bien dit qu'il lui avait fait sa demande peu de temps avant sa mort. Il faut que je lui parle.

Je descends au rez-de-chaussée, présente mes excuses à Manou et lui explique que je ne suis pas dans mon assiette aujourd'hui, ce qui est un peu vrai pour tous les jours. Elle me regarde et me caresse les cheveux. « Ça ne fait rien, chou. Et si nous allions faire une promenade demain, toutes les deux, histoire de parler de... » Quand va-t-elle enfin comprendre ? Je ne souhaite ni lui parler de Bailey, ni de rien du tout.

En sortant de la maison, je trouve Toby debout sur une échelle en train d'installer le treillage sur le devant de la pelouse. Des taches roses et dorées éclaboussent le ciel. Le jardin est baigné par la lumière du soleil couchant, les roses semblent éclairées de l'intérieur, comme des lanternes.

Toby tourne la tête dans ma direction, lâche un long soupir et descend de son échelle pour s'y tenir adossé, les bras croisés. « Je voulais m'excuser... encore une fois. » Nouveau soupir. « Je suis complètement à côté de mes pompes en ce moment. » Son regard fouille le mien.

– Tout va bien, pour toi ?

– Oui. Sauf quand je suis à côté de mes pompes.

Ma réponse lui arrache un sourire, et une expression bienveillante illumine ses traits. Je me détends un peu. Je commence à culpabiliser d'avoir voulu l'étriper, à peine une heure auparavant.

« J'ai trouvé ça dans le bureau de Bailey », dis-je. Je suis à la fois curieuse de savoir s'il est au courant de cette histoire et déterminée à ne surtout pas reparler d'hier. « Apparemment, elle s'était lancée à la recherche de notre mère mais avec une hargne incroyable, des pages et des pages entières de pseudonymes qu'elle a dû taper sur Internet. Elle a tout essayé, elle devait y passer des heures non-stop. J'ignore où elle a fait ça, pourquoi elle l'a fait...

– Aucune idée, répond-il d'une voix légèrement tremblante.

Il regarde ses pieds. Me cacherait-il quelque chose?

– Il y a une date dans le cahier. Elle a entamé ses recherches vers la fin février. Sais-tu s'il s'est produit un événement particulier, à cette époque?

Le visage de Toby s'affaisse. Il se laisse glisser le long du treillage, enfouit sa tête entre ses mains et fond en larmes.

Que se passe-t-il?

Je m'agenouille face à lui et pose mes mains sur ses bras.

– Toby, dis-je d'une voix douce. Ça va aller.

Je lui caresse les cheveux. L'appréhension me donne la chair de poule jusqu'au creux de la nuque.

Il secoue la tête. « Non, ça ne va pas aller. » C'est à peine s'il parvient à articuler: Je ne voulais pas que tu le saches.

– Quoi? Tu ne voulais pas que je sache quoi? Ma voix est aiguë, perçante.

– C'est pire que tout, Len, et je ne voulais pas rendre les choses encore plus terribles pour toi.

– Qu'y a-t-il?

Je sens les poils de mes bras se dresser. J'ai vraiment la trouille, cette fois. Qu'est-ce qui pourrait bien rendre la mort de Bailey encore plus insoutenable?

Il me prend la main pour la serrer dans la sienne.

– On allait avoir un bébé. Je m'entends lâcher un hoquet de stupeur. – Elle était enceinte quand elle est morte. – Non, non, pas ça. – C'est peut-être ce qui l'a poussée à rechercher votre mère. On l'a su à peu près vers la fin février.

La nouvelle commence à faire son chemin en moi, telle une avalanche gagnant en volume et en vitesse.

Mon autre main a atterri sur son épaule et j'ai beau regarder son visage à lui, c'est ma sœur que je vois, ma sœur soulevant son bébé dans les airs en lui faisant des grimaces, ma sœur et Toby se rendant jusqu'à la rivière en tenant chacun leur enfant d'une main. Leur fils ou leur fille. Mon Dieu ! À présent, je lis dans les yeux de Toby tout ce qu'il a enduré, seul, et pour la première fois depuis la mort de Bailey je me sens plus triste pour quelqu'un d'autre que pour moi-même. Je referme mes bras autour de lui et le berce. Alors, à l'instant où nos yeux se croisent à nouveau, du fin fond de notre maison du chagrin, dans ce lieu où nous ne retrouverons jamais Bailey et où Joe Fontaine n'existe pas, ce lieu où nous sommes seuls et abandonnés, Toby et moi, je me mets à l'embrasser. Je l'embrasse pour le consoler, lui dire à quel point je suis désolée, lui montrer que je suis là, bien vivante, comme lui. Je l'embrasse parce que tout cela me dépasse, depuis des mois. Je l'embrasse encore et encore, je le serre contre moi et je le cajole tendrement parce que, pour je ne sais quelle raison détraquée, c'est tout ce que j'ai à faire.

À la seconde où Toby se crispe entre mes bras, je sais.

Je sais, mais j'ignore encore qui.

Je pense d'abord à Manou – ça ne peut être qu'elle. Mais je me trompe.

Ce n'est pas Big non plus.

Je me retourne et je l'aperçois, à quelques mètres. Immobile, une statue.

Nos regards s'emboîtent et il recule en titubant. Je me dégage de l'étreinte de Toby, retrouve l'usage de mes jambes et me précipite vers Joe, mais il se détourne et s'enfuit en courant.

– Attends, je t'en prie. Attends !

Il se fige net, le dos tourné – sa silhouette se détache contre le ciel en flammes, sauvage incandescence qui se propage jusqu'à l'horizon. J'ai l'impression de dégringoler un escalier, de trébucher et de tomber sans pouvoir m'arrêter. Mais je me force à continuer et j'avance vers lui. Je lui prends la main pour l'obliger à faire volte-face, mais il me repousse, comme si mon toucher le répugnait. Alors, lentement, tel un être se mouvant sous l'eau, il pivote sur ses talons. J'attends, terrifiée d'avance à l'idée de voir son expression, de voir ce que je lui ai fait. Lorsqu'il se retrouve enfin face à moi son regard est vide, son visage comme de la pierre. À croire que son âme a déserté son corps.

Les mots jaillissent de ma bouche. « Ça n'a rien à voir avec nous, je ne ressens pas – c'est autre chose, ma sœur… » *Ma sœur était enceinte*, suis-je sur le point de lui expliquer, mais en quoi est-ce une explication ? Je voudrais désespérément qu'il comprenne alors que je n'y comprends rien moi-même.

– Ce n'est pas ce que tu crois, dis-je d'une voix faible. Si prévisible, si pathétique.

Je vois la rage et la douleur exploser en même temps sur son visage.

– Si, justement. C'est *exactement* ce que je crois, c'est exactement ce que je croyais.

Il me crache ces mots à la figure : « Comment as-tu pu… Moi qui croyais que tu…

– Et c'est la vérité. » Je pleure à n'en plus finir, un torrent de larmes ruisselle le long de mes joues. « Tu ne comprends pas. »

Une déception cruelle affaisse ses traits. « Non, tu as raison. Je ne comprends pas. Tiens. »

Il sort un papier de sa poche. « J'étais venu te donner ça. » Il le froisse dans son poing et me le jette, puis tourne les talons et s'enfonce en courant dans la nuit tombante.

Je me penche pour ramasser la boule de papier et la défroisser. Tout en haut, on peut lire : *Deuxième Partie – Duo pour une clarinette et une guitare (voir lesquelles plus haut)*. Je replie le papier avec soin, le glisse dans ma poche et m'assois dans l'herbe, comme un tas d'ossements. Je réalise que je me trouve à l'endroit précis où Joe et moi avons échangé nos baisers sous la pluie, hier soir. Le ciel a perdu de sa fureur, seuls quelques filaments dorés s'attardent, bientôt consumés par l'obscurité. J'essaie de rejouer dans ma tête la mélodie qu'il m'a écrite, mais en vain. Je n'entends que sa voix me cracher : *Comment as-tu pu faire ça ?*

Comment ai-je pu ?

Autant remballer le ciel et le ranger au fond d'une boîte pour toujours.

Bientôt, je sens une main se poser sur mon épaule. Toby. Je pose la mienne par-dessus. Il met un genou à terre à côté de moi.

« Je suis désolé », dit-il tout bas, puis : « Je dois partir, Len. » Ne reste alors plus qu'un froid glacé à l'endroit où se trouvait sa main. J'entends sa camionnette démarrer, j'écoute s'éloigner le vrombissement du moteur dans la direction où est parti Joe.

Il n'y a plus que moi. C'est du moins ce que je crois, jusqu'à ce que la silhouette de Manou se dessine dans l'encadrement de la porte, comme celle de Toby hier soir. J'ignore depuis combien de temps elle est là, j'ignore ce qu'elle a vu et ce qu'elle n'a pas vu. Elle franchit le seuil, marche jusqu'à l'extrémité du perron et appuie ses deux mains sur la balustrade.

« Allez. Viens, chou. »

Je ne lui raconte pas ce qui vient de se passer avec Joe, de même que je ne lui ai jamais raconté ce qui se passait avec Toby. Pourtant, je lis dans ses yeux lourds de chagrin qu'elle est sûrement déjà au courant de tout.

– Un jour, tu me parleras, comme autrefois. Elle prend ma main. Tu me manques, tu sais. À Big aussi.

– Elle était enceinte, chuchoté-je.

Manou fait oui de la tête.

– Elle te l'avait dit?

– L'autopsie.

– Ils allaient se marier, dis-je. En voyant sa tête, je comprends qu'elle n'était pas au courant.

Elle me serre fort contre elle et je reste pelotonnée bien à l'abri entre ses bras, et les larmes me viennent et ruissellent encore et encore jusqu'à ce que sa robe soit trempée et que la nuit ait envahi la maison.

25 .

Je ne me rends pas jusqu'à l'autel du bureau de Bailey pour lui parler au sommet de la montagne. Je n'allume même pas la lumière. Je vais directement me coucher tout habillée et je prie pour trouver le sommeil. Qui ne vient pas.

Ce qui vient c'est la honte, des semaines de honte, par vagues entières qui déferlent sur moi par saccades, comme des spasmes de nausée, à m'en faire gémir dans mon oreiller. Les mensonges et les semi-vérités et les raccourcis que j'ai utilisés avec Joe m'assaillent et m'étouffent jusqu'à la suffocation. Comment ai-je pu lui faire autant de mal, reproduire exactement ce que lui a fait Geneviève? Mon amour pour lui me broie de l'intérieur. Mon cœur est meurtri. Tout en moi est meurtri. Son visage, on aurait dit quelqu'un d'autre. Il est quelqu'un d'autre. Il n'est plus celui qui m'aimait.

Je vois Joe, puis Bailey, penchés au-dessus de moi avec les mêmes mots à la bouche : *Comment as-tu pu?*

Je n'ai pas de réponse.

Pardon, tracé-je avec mon doigt sur le lit, des dizaines

et des dizaines de fois jusqu'à ce que ça devienne insupportable et que je rallume ma lampe.

Mais avec la lumière, survient la nausée, pour de bon cette fois-ci, et rejaillissent alors tous ces instants que je ne vivrai jamais avec ma sœur : tenir son enfant dans mes bras. Lui apprendre à jouer de la clarinette. Simplement grandir et vieillir ensemble, jour après jour. Tout ce futur que nous n'aurons jamais s'expulse hors de moi avec violence dans la corbeille à papier au-dessus de laquelle je suis pliée jusqu'à ce qu'il n'y ait plus rien à l'intérieur, plus rien d'autre que moi dans cette chambre orange immonde.

C'est alors que je réalise.

Sans la douceur et le chaos des bras de Toby, sans la distraction sublime de ceux de Joe, il ne reste que moi.

Moi, tel un coquillage avec la solitude de tout un océan qui mugit à l'intérieur.

Moi.

Sans.

Bailey.

Pour toujours.

Je jette ma tête contre mon oreiller pour hurler comme si j'avais l'âme fendue en deux, parce qu'elle l'est.

... tu aimes Manou plus

Bailey, est-ce que tu aimes Manou plus que moi ?
Nan.
Oncle Big ?
Nan.
Et Toby ?
Je n'aime personne au monde plus que toi, Lennie, OK ?
Pareil pour moi.
Parfait, alors c'est dit.
Tu ne disparaîtras jamais comme maman ?
Jamais.
Promis ?
Seigneur, combien de fois faut-il que je te le répète :
Je ne disparaîtrai jamais comme maman. Maintenant, dors.

(Trouvé sur un gobelet en carton, près de la Rain River)
(Trouvé sur un emballage de sucette, sur le parking du lycée de Clover)
(Trouvé sur un morceau de papier dans la poubelle de la bibliothèque municipale de Clover)

Seconde partie

26

Len, où est-elle ce soir ?
Je dormais, je te signale...
Allez, Len...
Bon. En Inde, en train d'escalader l'Himalaya.
On l'a déjà fait la semaine dernière.
Alors vas-y, toi.
D'accord. Elle est en Espagne, à Barcelone. Un foulard noué autour de la tête, assise près de la mer, buvant une sangria avec un homme prénommé Pablo.
Ils sont amoureux ?
Oui.
Mais elle le quittera au petit matin.
Oui.

Elle se réveillera avant l'aube, récupérera sa valise sous le lit, mettra une perruque rousse, un foulard vert, une robe jaune, des escarpins blancs. Elle partira par le premier train.

Est-ce qu'elle laissera un message ?

Non.

Elle n'en laisse jamais.

Non.

Elle prendra place dans le train et regardera la mer par la fenêtre...

Une femme viendra s'asseoir à côté d'elle et elles engageront la conversation. La femme lui demandera si elle a des enfants, et elle répondra « Non ».

Pas du tout, Lennie. Elle dira : « Je suis justement en route pour aller voir mes filles. »

(Trouvé sur un bout de papier coincé entre deux rochers au torrent de l'Homme Volant)

Plus tard, je me réveille, le visage écrasé dans mon oreiller. Je me redresse sur un coude et regarde au-dehors. Les étoiles illuminent l'obscurité. C'est une nuit scintillante. J'ouvre la fenêtre et le bruit de la rivière s'engouffre dans notre chambre en même temps que la brise au parfum de roses. Je suis presque choquée de constater que je me sens un peu mieux, comme si j'avais trouvé en dormant un chemin vers un lieu à peu près respirable. Je chasse de mon esprit toutes pensées à propos de Joe et de Toby, respire une nouvelle fois les senteurs des fleurs, de la rivière, du monde, puis je me lève, emmène la poubelle dans la salle de bains pour la nettoyer, me débarbouille, et à mon retour je vais m'asseoir directement au bureau de Bailey.

J'allume l'ordinateur, sors le cahier du tiroir du haut où je le range désormais et décide de reprendre à l'endroit où je me suis arrêtée l'autre fois. J'ai besoin de faire quelque chose pour ma sœur et la seule idée qui me vienne est de retrouver maman à sa place.

Je commence à entrer les dernières combinaisons inscrites dans le cahier. Je comprends maintenant l'acharnement de Bailey, enceinte, à la rechercher. Cela me paraît logique, d'une certaine manière. Mais je crois y déceler autre chose. Dans un lointain recoin de mon esprit, il y a un meuble plein de tiroirs, et le plus inaccessible des tiroirs du bas recèle une pensée enfouie. Je sais qu'elle y est, parce que je l'ai rangée là exprès pour ne jamais plus la revoir. Pourtant, ce soir, j'ose ouvrir ce tiroir qui grince pour affronter l'une de mes plus intimes convictions : Bailey l'avait dans le sang, elle aussi. Toute sa vie, la bougeotte l'a habitée et inspiré chacune de ses décisions, depuis la course de fond jusqu'à sa passion pour la scène et les personnages qu'elle y incarnait. J'ai toujours pensé que c'était la raison pour laquelle elle voulait retrouver notre mère. Et je sais aussi que c'est la raison pour laquelle je ne voulais pas qu'elle la retrouve. Je parie que c'est pour ça qu'elle ne m'a rien dit. Elle savait que je ferais tout pour l'en dissuader. Je ne voulais pas que maman lui montre le chemin qui l'éloignerait de nous.

Une exploratrice par famille, ça suffit.

Mais aujourd'hui, je peux tâcher de me rattraper en la retrouvant. J'entre toutes les combinaisons les unes après les autres dans divers moteurs de recherche. Au bout d'une heure, j'ai envie de balancer l'ordinateur par la fenêtre. Ça ne sert à rien. Je suis allée au bout du cahier de Bailey et j'ai même commencé le mien, à partir de mots et de symboles extraits des poèmes de Blake. À en juger par son cahier, Bailey s'inspirait des livres de maman dans notre carton pour chercher des indices de pseudonymes; elle avait utilisé des références puisées dans *Oliver Twist*, *Siddhartha*, *Sur la route*, mais elle n'était pas encore arrivée à William Blake. J'ai un recueil de ses poèmes ouvert juste devant moi et je mélange des mots comme « Tigre », « Arbre empoisonné » ou « Diable » avec « Paige » ou « Walker », ainsi que les mots « cuisine », « chef » ou « restaurant », en repensant à ce qu'a dit Manou sur ses talents de cuisinière, mais tout cela est inutile. Au terme d'une seconde heure passée à rechercher des combinaisons impossibles, j'explique à Bailey au sommet de sa montagne que je ne laisse pas tomber mais que j'ai besoin de faire une pause, et je descends voir si les autres sont encore debout.

Big est dehors, sur le porche, assis au milieu du fauteuil comme sur un trône. Je me fais une petite place à côté de lui.

– Incroyable, murmure-t-il en me tapotant le genou. Je ne sais même plus à quand remonte la dernière fois où tu es venue bavarder le soir avec moi. Je pensais aller faire du hockey demain, histoire de voir si une nouvelle amie à moi ne voudrait pas m'accompagner au restaurant pour déjeuner. J'en ai marre de manger dans les arbres.

Il entortille sa moustache d'un air un peu trop rêveur à mon goût.

Oh, oh.

– Souviens-toi, lui dis-je en guise d'avertissement, interdiction formelle de demander qui que ce soit en mariage avant de l'avoir fréquentée pendant un an. C'était la règle officielle depuis ton dernier divorce. Je lui tiraille sa moustache et ajoute : Ton cinquième divorce.

– Je sais... Mais ça me manque, les demandes en mariage. Il n'y a rien de plus romantique. Tâche d'essayer au moins une fois, Len – c'est un peu comme de toucher le ciel, les pieds sur terre.

Il lâche un petit rire carillonnant qui pourrait s'appeler un ricanement s'il ne mesurait dix mètres de haut. Il nous a tenu ce discours toute notre vie, à Bailey et à moi. En vérité, avant que Sarah ne se lance dans sa grande diatribe anti-mariage pendant notre année de sixième, je n'imaginais pas une seconde que la demande en mariage puisse ne pas toujours être considérée comme une entreprise également accessible aux deux sexes.

Je laisse mon regard errer sur la petite pelouse où Joe m'a quittée il y a quelques heures, sans doute pour toujours. J'envisage un instant de dire à Big qu'il n'est pas prêt de revoir Joe dans les parages de sitôt, mais je n'ai pas le courage de lui annoncer la nouvelle. Il tient presque autant à lui que moi. De toute manière, c'est d'autre chose que j'aimerais lui parler.

– Big ?

– Hmm ?

– Tu y crois vraiment, toi, à cette histoire de gène de la bougeotte ?

Il me regarde, étonné.

– Franchement, c'est un tissu d'âneries, non ?

Je repense à la réaction incrédule de Joe aujourd'hui dans la forêt, puis à mes doutes personnels sur la question, les miens et ceux de tout le monde, à vrai dire. Même dans cette ville où la liberté d'esprit est considérée comme une valeur fondamentale, les rares fois où j'ai osé dire que ma mère était partie quand j'avais un an pour mener une vie d'aventure et de vagabondage, on m'a regardée comme s'il fallait m'interner dans une jolie petite chambre capitonnée. Pourtant, la légende familiale des Walker ne m'a jamais paru totalement absurde. Quiconque a déjà lu un roman, mis le nez dans la rue ou franchi notre porte sait que les gens ont tous un grain de folie dans la tête, et surtout dans cette maison, me dis-je en coulant un regard furtif à Big qui, lui, passe son temps à bricoler Dieu sait quoi dans les arbres, à se marier tous les quatre matins, à tenter de ressusciter des insectes morts et à fumer plus de joints que tous les élèves de Première réunis, sans compter qu'avec sa tête il mériterait de régner sur un royaume magique de conte de fées. Bref, pourquoi sa sœur aînée ne pourrait-elle pas être une aventurière, une curieuse d'esprit ? Pourquoi ma mère ne serait-elle pas comme les héros de tant d'histoires, juste une personne courageuse ayant osé partir ? L'équivalent de Luke Skywalker, de Gulliver, du capitaine Kirk, de Don Quichotte ou d'Ulysse ? Rien de très réaliste, certes, mais un brin de légende, de magie, pas si loin de mes saints préférés ou des personnages de romans auxquels je m'accroche un peu trop, peut-être.

– Je n'en sais rien, dis-je en parfaite honnêteté. Et si ce n'était pas qu'un tissu d'âneries ?

Big garde le silence un long moment, occupé à entortiller sa moustache d'un air pensif. « Non. C'est une question d'appellation. Tu vois ce que je veux dire ? » Pas vraiment, mais je préfère ne pas l'interrompre. « Des tas de choses se transmettent de génération en génération dans chaque famille, OK ? Et cette tendance-là, quelle qu'elle soit, pour je ne sais quelle raison, se transmet dans la nôtre. Ça pourrait être pire : on aurait pu hériter de la dépression, de l'alcoolisme ou de l'amertume. Nos grandes malades à nous se contentent de partir à l'aventure et...

– Je crois que Bailey l'avait, Big.

Ces mots m'échappent avant que je puisse les retenir, ce qui est sans doute le signe que je crois vraiment à cette histoire, au fond. Je l'ai toujours pensé.

– Bailey ? Il plisse le front. Non, ça m'étonnerait. Je n'ai jamais vu quelqu'un aussi soulagé de se faire rejeter par une fac new-yorkaise.

– Soulagée ? En voilà un, de tissu d'âneries ! Tu rigoles ? Elle a *toujours* voulu aller à Juilliard. Elle a bossé comme une FOLLE pour ça. C'était son rêve !

Big m'examine attentivement avant de reprendre d'une voix douce :

– Son rêve ou le tien, Len ? Il mime les gestes d'une clarinettiste. Parce que la seule personne que j'aie toujours vu bosser comme une folle ici, c'était toi.

Mon Dieu !

La voix flûtée de Marguerite résonne dans ma tête : *Tu es une musicienne hors pair. Donne-toi les moyens, Lennie, et tu iras à Juilliard.*

Au lieu de quoi j'ai tout plaqué.

Au lieu de quoi je me suis recroquevillée et claque-murée en moi-même comme un diable à ressort confiné dans sa boîte.

– Viens par là. Big écarte un bras façon aile géante et le referme autour de mon épaule et je me pelotonne contre lui en luttant pour ne surtout pas repenser à la terreur que j'éprouvais chaque fois que Marguerite évoquait Juilliard, chaque fois que je m'imaginais...

– Les rêves changent, poursuit-il. Je crois que les siens avaient changé, aussi.

Les rêves changent. Oui, ça se tient. Mais j'ignorais qu'ils pouvaient vivre cachés à l'intérieur de quelqu'un.

Big enroule son autre bras autour de moi et je m'enfouis contre le gros ours qu'il est, sentant au passage l'épaisse odeur de joint qui imbibe ses vêtements. Il me serre fort, me caresse les cheveux avec sa grosse main. J'avais oublié à quel point Big pouvait se montrer réconfortant, un fourneau humain. Je lève les yeux vers lui. Une larme roule le long de sa joue.

Au bout de quelques minutes, il déclare :

– Bails ne tenait peut-être pas en place, comme la plupart des gens, mais je crois surtout qu'elle était comme moi, et comme toi ces temps-ci, d'ailleurs – un vrai cœur d'artichaut. Il sourit, comme s'il m'ouvrait les portes d'une société secrète : C'est peut-être à cause de ces foutues roses... Et ça, pour le coup, j'y crois. Dur comme fer. Ces fleurs sont fatales pour le cœur. Je te jure, on est comme des rats de laboratoire à respirer ce parfum pendant des mois...

Il entortille sa moustache, semble avoir oublié ce qu'il voulait me dire. J'attends, car je sais qu'il a un peu trop fumé. L'odeur des roses s'insinue jusqu'à nous, comme un ruban. Je m'en remplis les poumons en pensant à Joe, consciente que ce ne sont pas les roses qui ont fait naître cet amour en moi mais un garçon unique et irremplaçable... *Comment ai-je pu ?*

Au loin retentit le hululement d'une chouette – un

son grave et esseulé qui me plonge exactement dans le même état.

Big reprend la parole, poursuivant notre conversation comme si elle ne s'était jamais interrompue.

– Non, ce n'est pas Bails qui avait hérité du truc…

– Comment ça ? dis-je en me redressant dans le fauteuil.

Il cesse de tripoter sa moustache, le visage sérieux.

– Manou était différente quand on était jeunes. Si quelqu'un avait le gène de la bougeotte, c'était elle.

– Manou met rarement le pied hors du quartier, rétorqué-je, intriguée.

Il étouffe un petit rire.

– Je sais. Ça montre à quel point je ne crois pas à ces conneries. J'ai toujours considéré qu'elle l'avait, refoulé au fond d'elle d'une manière ou d'une autre, pour s'enfermer des semaines entières dans son atelier, comme elle le faisait, et se défouler par le biais de la peinture.

– Si c'est vrai, alors pourquoi ma mère ne l'a-t-elle pas refoulé, elle ? Je m'efforce de ne pas élever la voix, mais je sens la colère monter, tout à coup. Pourquoi a-t-il fallu qu'elle s'en aille, alors que Manou n'a eu qu'à se mettre à la peinture ?

– Je ne sais pas, trésor. Peut-être était-ce plus compliqué pour Paige.

– Comment ça, *plus compliqué* ?

– Je ne sais pas, moi ! » Et je sais à cet instant qu'il me dit la vérité, qu'il se sent aussi désarmé que moi. « Compliqué au point de pousser une femme à abandonner ses deux enfants en bas âge, son frère et sa mère, et ne plus donner signe de vie pendant seize ans. Voilà comment ! Chez nous, on appelle ça la bougeotte. D'autres familles emploieraient peut-être une expression moins charitable.

– Elles diraient quoi, à la place ?

Il n'avait jamais eu ce genre de sous-entendu à propos de ma mère, avant. Toute cette histoire ne serait-elle donc qu'un camouflage pour dissimuler le fait qu'elle était folle ? Maman était-elle complètement en roue libre ?

– Peu importe le terme qu'emploieraient les autres, Len, dit-il. C'est notre histoire, pas la leur.

C'est notre histoire. Il prononce cette phrase avec sa voix des dix commandements, et leur résonance en moi est à l'avenant : profonde. Avec tous les bouquins que je lis, j'aurais pourtant pu y penser avant. Mais non. Pas une fois je n'ai songé à l'interprétation, au récit que l'on donne de sa vie, ma propre vie. J'ai toujours eu le sentiment que c'était une histoire, oui, mais pas une histoire dont je serais l'auteur et dont je pourrais influencer le déroulement.

Chacun est libre de raconter son histoire comme il l'entend.

Chacun son solo.

27

Voilà le secret que je te cachais, Bails
et que je me cachais à moi aussi;
au fond, ça me plaisait que maman soit
partie,
qu'elle puisse être n'importe qui,
n'importe où,
dans n'importe quelle vie.
Ça me plaisait qu'elle soit devenue notre
invention,
une femme vivant uniquement
à la dernière page d'une histoire
dont nous aurions imaginé tout le reste.
Ça me plaisait bien qu'elle nous appartienne,
à nous,
et à personne d'autre.

(*Trouvé dans la marge d'une page arrachée aux*
Hauts de Hurlevent *piquée sur une branche dans les*
bois)

L'absence de Joe nous frappe de plein fouet dès le lendemain matin. Manou et moi sommes affalées comme des mollusques à la table de la cuisine, le regard perdu dans deux directions opposées.

En regagnant Le Sanctuaire pour aller me coucher, hier soir, j'ai rangé le cahier de Bailey avec les autres dans le carton et rabattu le couvercle. Puis j'ai remis saint Antoine à sa place sur le rebord de la cheminée, devant la Moitié de Maman. J'ignore comment m'y prendre pour retrouver ma mère, mais je sais que ce ne sera pas sur Internet. Toute la nuit, j'ai repensé à ce que Big m'avait dit. Il est possible que personne dans cette famille ne se révèle vraiment tel que je l'imaginais, y compris moi – surtout moi. Je crois qu'il a touché juste en ce qui me concerne.

Et en ce qui concerne Bailey, aussi. Peut-être a-t-il raison, peut-être n'avait-elle pas du tout ce truc dans le sang – quel que soit son nom. Peut-être ma sœur n'aspirait-elle qu'à rester vivre ici, à se marier et fonder une famille.

Peut-être était-ce sa couleur de l'extraordinaire.

– Bails m'a caché tant de choses, murmuré-je.

– C'est fréquent, dans cette famille, me réplique-t-elle avec un soupir las.

J'ai envie de lui demander ce qu'elle entend par-là, d'autant que je n'ai pas oublié les paroles de Big hier soir. Mais le voici qui entre justement en trombe et, contre toute attente, vêtu de sa tenue de travail, sa panoplie du parfait bûcheron. Il nous jette un œil, déclare : « Quelqu'un est mort ? » puis aussitôt se raidit et secoue la tête. « Comment ai-je pu dire une chose pareille ? » Il se tapote le crâne du poing. Puis embrasse la cuisine du regard. « Tiens, où est Joe, ce matin ? »

Manou et moi baissons la tête.

– Quoi ? demande-t-il.

– Je crois qu'il ne viendra plus, dis-je.

– Ah bon ? – Big semble passer de Gulliver au format lilliputien sous mes yeux. – Pourquoi, trésor ?

Je sens les larmes me monter aux yeux. « J'en sais rien. »

Dieu merci, il n'insiste pas et sort examiner ses insectes.

Toute la journée, au travail, je repense à Geneviève, la violoniste française exaltée dont Joe était amoureux et à qui il n'a plus jamais adressé la parole. Je repense à sa description des joueurs de trompette comme des êtres de passion prônant le tout ou rien. Je me dis que j'avais tout de lui et que désormais je n'ai plus rien. Sauf si j'arrive d'une manière ou d'une autre à lui faire comprendre ce qui s'est passé hier soir, et tous ces autres soirs avec Toby. Mais comment ? J'ai déjà laissé deux messages sur son portable depuis ce matin, et même appelé une fois chez lui. Ce qui a donné grosso modo :

Lennie (tremblante dans ses tongs) : Est-ce que Joe est là ?

Marcus : *Wow*, Lennie, quelle surprise… quel courage !

Lennie (baissant le nez pour voir la lettre écarlate cousue sur son tee-shirt) : Il est là ?

Marcus : Non, parti de bonne heure.

Marcus et Lennie : Silence gêné.

Marcus : Il va très mal. Je ne l'avais jamais vu dans un tel état à cause d'une fille… ou de quoi que ce soit, d'ailleurs.

Lennie (au bord des larmes) : Tu pourras lui dire que j'ai appelé ?

Marcus : Promis.

Marcus et Lennie : Silence gêné.

Marcus (hésitant) : Lennie, si tu tiens à lui... ne laisse pas tomber.

Sonnerie de tonalité.

Et c'est tout le problème : je tiens follement à lui. J'envoie un SOS à Sarah pour qu'elle passe me voir d'urgence au boulot.

En temps normal, je suis le Maître Zen des Lasagnes. Après trois étés et demi de pratique, quatre jours par semaine, à raison de dix lasagnes par jour, total : 896 lasagnes (j'ai fait le calcul), je connais l'exercice sur le bout des doigts. C'est devenu pour moi une forme de méditation. Je sépare les plaques une à une du magma agglutiné sorti du frigo avec la patience et la précision d'un chirurgien. J'enfonce mes mains dans la ricotta et la pétris avec ses condiments pour la rendre aussi légère qu'un nuage. Je découpe le fromage en tranches fines comme du papier. J'assaisonne la sauce jusqu'à ce qu'elle chante. Puis j'assemble les étages en un édifice de perfection. Mes lasagnes touchent au sublime. Mais aujourd'hui, mes lasagnes ne chantent pas. Après avoir failli me couper un doigt sur la râpe à fromage, fait tomber le magma de plaques fraîches par terre, laissé les autres cuire trop longtemps et lâché un semi-remorque de sel dans la sauce tomate, me voilà assignée de force à la corvée de remplissage des *cannoli* à l'aide d'un objet peu tranchant pendant que Maria s'occupe elle-même des lasagnes à côté de moi. Me voilà piégée. Il est encore trop tôt pour avoir des clients, ce qui nous laisse toutes les deux enfermées dans *Voici* – Maria est la crieuse publique de Clover, toujours à cancaner et à répandre les pires ragots les plus croustillants parmi lesquels, bien sûr, les aventures arboricoles du Roméo local : mon oncle Big.

– Comment va-t-il?

– Ça va.

– Tout le monde se pose des questions à son sujet. Avant, il passait au Saloon tous les soirs lorsqu'il descendait de ses arbres pour retrouver la terre ferme.

Maria mélange une jatte de sauce à côté de moi sur le plan de travail, une sorcière devant son chaudron, tandis que je m'efforce de dissimuler le fait que je viens de casser un autre *cannolo* vide. Je suis une catastrophe ambulante avec un cœur en miettes et une sœur morte.

– Là-bas, ce n'est plus pareil, sans lui. Il tient le coup?

Maria se tourne vers moi, ôte une mèche brune de son front luisant de sueur et note avec irritation l'amas grandissant de *cannoli* cassés.

– Il va bien, comme nous tous. Il rentre à la maison après le travail.

Je n'ajoute pas qu'il fume trois kilos de joints pour faire passer le chagrin. Je garde les yeux rivés en direction de la porte, m'imaginant que Joe va la franchir d'un instant à l'autre.

– J'ai entendu dire qu'il avait eu une visiteuse dans son arbre, l'autre jour, chantonne Maria, le nez à nouveau fourré dans les potins.

– Ça m'étonnerait, dis-je, parfaitement consciente que c'est sans doute la vérité.

– Si, si. Dorothy Rodriguez, tu la connais, non? Elle enseigne en Seconde. Hier soir, au bar, j'ai entendu dire qu'elle avait grimpé avec lui dans son tonneau jusqu'au sommet d'un arbre pour… *tu sais*… – Elle me fait un clin d'œil. – Pique-niquer.

Je grommelle. « Maria, s'il vous plaît, c'est mon oncle. »

Elle éclate de rire, puis continue à me déballer une bonne douzaine de ragots locaux jusqu'à ce que Sarah

fasse enfin son entrée, déguisée en magasin de tissus spé-
cialisé dans les motifs cachemires. Debout sur le pas de la
porte, elle lève les mains pour nous adresser des signes de
la paix.

– Sarah! Ma parole, tu es mon portrait craché il y a
vingt ans… hmm, plutôt trente, en fait! s'exclame Maria
avant d'entrer dans la chambre froide. J'entends la porte
se refermer derrière elle.

– Pourquoi ce SOS? me lance Sarah. Le beau soleil de
cette journée l'a suivie à l'intérieur. Ses cheveux sont
encore mouillés après sa baignade. Quand je l'ai appelée,
elle se rendait au torrent avec Mark pour « bosser » une
chanson. Je sens l'odeur de la rivière lorsqu'elle se penche
pour m'embrasser par-dessus le comptoir.

– Tu as des bagues aux orteils? lui demandé-je, histoire
de retarder ma confession d'encore quelques instants.

– Bien sûr. Elle lève sa jambe de sarouel kaléidosco-
pique pour me montrer son pied.

– Impressionnant.

Elle se glisse sur un tabouret haut, juste en face de
moi, et jette son livre sur le comptoir. Un truc écrit par
une certaine Hélène Cixous.

– Lennie, ces féministes françaises sont mille fois
plus cool que ces abrutis d'existentialistes. Je suis à fond
en phase avec leur concept de *jouissance**, c'est-à-dire le
ravissement transcendantal qui, j'en suis sûre, n'a plus
aucun secret pour Joe et toi…

Elle martèle en l'air un rythme avec des baguettes
invisibles.

– N'avait. J'inspire un grand coup. Et me prépare
psychologiquement au sermon du siècle sur le thème *Je
t'avais prévenue*.

Ses traits restent figés à mi-chemin entre la stupeur et
l'incrédulité.

229

– Comment ça, *avait*?

– *Avait*, du verbe avoir à l'imparfait.

– Mais hier encore… – Elle secoue la tête, comme pour tenter d'assimiler la nouvelle. « Vous vous léchiez la figure en pleine répète pendant que tout le monde avait envie de vomir à cause de l'amour fou et fusionnel qui dégoulinait par tous les pores de vos deux corps greffés aux hanches. Rachel a failli imploser sur sa chaise. C'était trop beau! » Une pensée lui vient soudain. « Non. Ne me dis pas que tu…

– Par pitié, épargne-moi tes vaches, tes chevaux, tes oryctéropes et tout ton zoo. Pas de leçon de morale, OK?

– OK, promis. Maintenant, dis-moi que tu n'as pas fait ça. Tu sais que j'avais un mauvais pressentiment.

– Si, je l'ai fait. – J'enfouis mon visage entre mes mains. – Joe nous a surpris en train de nous embrasser hier soir.

– Tu te fous de moi?

Je secoue la tête.

Comme par un fait exprès, une bande de Toby miniatures passe devant la porte en dévalant bruyamment le trottoir sur leurs skates, aussi discrets qu'un 747.

– Mais pourquoi, Len? Pourquoi as-tu fait ça?

Contre toute attente, il n'y a pas le moindre jugement dans sa voix. Elle cherche sincèrement à comprendre.

– Tu n'es pas amoureuse de Toby.

– Non.

– Et tu es raide folle dingue de Joe.

– Complètement.

– Alors pourquoi? C'est la question à un million de dollars.

Je remplis deux *cannoli*, le temps de trouver les mots justes. « Aussi dingue que ça puisse paraître, je crois que c'est lié à notre amour pour Bailey. »

Sarah me dévisage. « Tu as raison, je trouve ça dingue. Bailey vous assassinerait sur place. »

Mon cœur cogne au fond de ma poitrine. « Je sais. Mais Bailey est *morte*, Sarah. Et ni moi ni Toby ne savons comment y faire face. Voilà comment c'est arrivé. Pigé ? » Je n'avais jamais engueulé Sarah de ma vie, mais cette fois ça y ressemblait beaucoup. Je suis trop furieuse de l'entendre m'asséner des vérités que je connais déjà. Oui, Bailey m'assassinerait sur place. Et ça me donne envie d'engueuler Sarah encore plus. Ce dont je ne me prive pas. « Qu'est-ce que je dois faire ? Pénitence ? M'autoflageller avec des orties fraîches, tremper mes mains dans la soude, me frotter du poivre sur la figure comme sainte Rose ? Mettre des clous dans mes vêtements ? »

Ses yeux s'élargissent. « Voilà, oui, c'est exactement ce que tu devrais faire ! » s'écrie-t-elle, mais je vois un frémissement au coin de sa bouche. « C'est ça, mets des clous dans tes vêtements ! Dans ton soutif ! Dans tes chaussettes ! » Son visage se comprime, puis elle s'exclame : « Sainte Lennie ! » avant d'éclater de rire, très vite imitée par moi, notre colère métamorphosée en un fou rire spectaculaire et incontrôlable. Pliées en deux, nous essayons de reprendre notre souffle et c'est une sensation géniale, bien que je sois à deux doigts de l'asphyxie fatale.

– Désolée, haleté-je entre deux hoquets.

Elle réussit à se reprendre.

– Non, c'est moi. J'avais promis de ne pas me mettre dans cet état. Mais j'avoue que ça fait du bien.

– Pareil, dis-je en couinant.

Maria revient dans la salle, le tablier chargé de

tomates, de poivrons et d'oignons, et nous jette un seul regard avant de déclarer : « Toi et ton garde du corps, ouste. Allez vous aérer dehors. »

Sarah et moi allons nous affaler sur notre banc, juste devant la boutique. La rue s'anime grâce à la présence de couples de touristes archi-bronzés venus de San Francisco et titubant hors de leurs chambres d'hôtes, tout vêtus de noir et en quête de pancakes, de chambres à air ou d'herbe à fumer.

Sarah s'allume une cigarette en secouant la tête. Je l'ai prise au dépourvu. Un véritable exploit en soi. Je sais qu'elle meurt d'envie de s'écrier : *Nom d'un renard volant, Lennie, qu'est-ce qui t'a pris de faire un truc pareil ?* Mais elle s'abstient.

– OK, dit-elle calmement, notre mission consiste donc à récupérer ce Fontaine.

– Exact.

– Clairement, le rendre jaloux n'est pas la bonne stratégie.

– Clairement.

Je presse mon menton dans mes paumes et porte mon regard de l'autre côté de la rue, en direction du vieux séquoia millénaire. Il me toise de sa hauteur avec consternation. Moi l'humaine néophyte et pathétique. Il doit penser qu'il y a des coups de pied aux fesses qui se perdent.

– Je sais ! s'exclame Sarah. Tu vas le séduire. Elle plisse les paupières, presse les lèvres en une moue sexy autour de sa cigarette, avale une bouffée et relâche un parfait nuage de fumée. La séduction, ça marche à tous les coups. Je ne connais pas un seul film où ça ne fonctionne pas, et toi ?

– Tu plaisantes, j'espère. Il se sent humilié, il est furax contre moi. Il refuse même de me parler, j'ai appelé trois fois aujourd'hui… et c'est de moi qu'il s'agit, pas de toi, OK ? Je ne sais pas comment faire pour séduire.

Je me sens minable – je repense aux traits de Joe hier soir, durs et inexpressifs. S'il y a un visage hermétique à la séduction dans ce monde, c'est bien le sien.

Sarah entortille son foulard autour de sa main et, de l'autre, fume sa cigarette. « Tu n'as rien à *faire*, Len, contente-toi de te pointer demain en répète en ayant l'air C.A.N.O.N et irrésistible… » – elle prononce ce mot comme s'il faisait dix syllabes de long – « … ses hormones mâles et sa folle passion feront le reste.

– N'est-ce pas incroyablement superficiel, Mme La Grande Féministe Française ?

– *Au contraire, ma petite**. Toutes ces féministes ne parlent que de célébration du corps et de son langage. » Elle fait claquer son foulard comme un fouet. « Je te l'ai déjà expliqué, elles recherchent la *jouissance** avant tout. Comme moyen de subvertir le paradigme patriarcal dominant et le canon littéraire du mâle blanc. Mais nous y reviendrons une prochaine fois. » Elle jette son mégot dans la rue. « De toute manière, tu n'as rien à perdre, Len. Et ça sera amusant. Pour moi, en tout cas… » Elle se rembrunit. Nous échangeons un regard lourd de semaines accumulées de non-dits.

« Je pensais que tu ne pourrais pas me comprendre », dis-je maladroitement. Je m'étais sentie comme une autre personne alors que Sarah restait la même à mes yeux, et je parie que Bailey avait ressenti la même chose envers moi. À raison. Parfois, il faut s'armer de courage pour franchir les épreuves seules, à sa manière.

– Non, je ne comprenais pas, s'exclame Sarah. Pas vraiment. Je me sentais… je me *sens*… si inutile, Lennie. Et je peux te dire que tous ces bouquins sur le deuil sont nuls, tellement scolaires, de la merde en boîte.

– Merci, dis-je. De les avoir lus.

Elle baisse les yeux vers ses pieds. « Elle me manque, à moi aussi. » Jusqu'à cet instant, je n'avais jamais réalisé qu'elle avait peut-être aussi lu ces livres pour s'aider elle. Mais oui, bien sûr. Elle adorait Bailey. Je l'ai laissée se débrouiller toute seule avec son deuil. Je ne sais pas quoi dire. À défaut, je me tourne vers elle et la serre entre mes bras. Très fort.

Une voiture roule devant nous en klaxonnant, avec à l'intérieur un groupe de machos débiloïdes du lycée qui nous sifflent. L'art de gâcher un beau moment. Nous nous dégageons l'une de l'autre, et Sarah agite son livre féministe dans leur direction comme une bigote brandissant la bible – ça me fait rire.

Une fois la voiture passée, elle sort une autre cigarette de son paquet et me tapote délicatement le genou avec. « Ce truc avec Toby, je pige pas. » Elle allume sa cigarette et continue de secouer l'allumette comme un métronome, même après l'avoir éteinte. « Était-ce par esprit de compétition avec Bailey ? Vous ne m'avez jamais fait l'effet de sœurs rivales. Je n'ai jamais eu cette impression, quoi... bref.

– Non, en effet. Non... mais. J'en sais rien, je me pose la même question... »

Je viens à l'instant de me reprendre en pleine figure ce truc dont m'a parlé Big hier soir, ce truc énorme et affreux.

– Tu te rappelles la fois où on a regardé le derby du Kentucky ? demandé-je à Sarah.

J'ignore si tout ça est intelligible pour quiconque, excepté moi.

Elle me dévisage comme si j'étais folle.

– Heu... ouais, pourquoi ?

– Tu te souviens de ces poneys de compagnie qui suivaient les chevaux de course partout?

– Je crois.

– Eh bien, je crois que ça nous résume assez bien, Bailey et moi.

Elle garde le silence un moment et exhale un long ruban de fumée avant de déclarer : « Vous étiez toutes les deux des chevaux de course, Len. » Mais je vois bien qu'elle n'en croit pas un mot, qu'elle dit uniquement cela pour me faire plaisir.

Je secoue la tête. « Arrête, sois honnête, tu sais que c'est faux. Jamais de la vie. » Et j'en suis la seule responsable. Bailey a pété les plombs, comme Manou, quand j'ai plaqué les cours de clarinette.

– Et tu voudrais en devenir un? me demande Sarah.

– Peut-être, dis-je, incapable de répondre franchement oui.

Elle sourit. Sans un mot, nous regardons passer lentement les voitures une à une, la plupart d'entre elles remplies d'accessoires de baignade colorés et grotesques : bateaux girafes, canoës éléphants et j'en passe. Sarah finit par reprendre la parole.

– Ça craint d'être un poney de compagnie. Pas sur le plan métaphorique, tu vois? Je parle pour les chevaux. Réfléchis. Sacrifice 24 h/24, sans la gloire ni le glamour… Ils devraient fonder un syndicat, avoir leur propre derby des Poneys de Compagnie.

– C'est ta nouvelle bonne cause?

– Non. Ma nouvelle bonne cause est de transformer sainte Lennie en femme fatale. Elle esquisse un sourire diabolique. Allez, Len, dis oui!

Son *Allez, Len* me rappelle Bails. La seconde d'après, sans réfléchir, je m'entends lui répondre :

– OK, d'accord.

– Nous procéderons avec subtilité, promis.

– Ton point fort.

Elle éclate de rire.

– Ouais, t'es mal barrée.

Ce plan est d'avance voué à l'échec, mais je n'en ai pas d'autres. Il faut bien que je fasse quelque chose. Et Sarah a raison : avoir l'air sexy, si tant est que je *puisse* avoir l'air sexy, ne peut pas me faire de mal, non ? Après tout, il est vrai que la séduction échoue rarement dans les films – surtout les films français. Je m'en remets donc aux compétences de Sarah, à son expérience, au concept de *jouissance*, et l'Opération Séduction est officiellement lancée.

J'ai de la poitrine. Des pare-chocs. Une paire d'obus. De melons atomiques. Une tonne de décolleté qui déborde de la robe noire riquiqui que je vais porter en plein jour pour me rendre à la répète. Je ne peux pas m'empêcher de baisser les yeux. J'ai tout qui ressort, façon pin-up en relief. Mon petit corps de crevette irradie de rondeurs pulpeuses. Comment un soutien-gorge peut-il faire ça à lui tout seul ? Message à l'attention des physiciens : oui, la matière peut s'autocréer. Sans compter que je suis juchée sur des semelles compensées, ce qui me donne l'air de mesurer trois mètres de haut, et que mes lèvres sont rouges comme des grenades.

Sarah et moi nous nous sommes glissées dans une classe vide à côté de la salle de musique.

– Tu es sûre, Sarah ?

Je ne sais pas comment j'ai pu me laisser convaincre de participer à cet épisode ridicule de mauvaise série télé.

– Sûre de moi comme jamais. Aucun mec ne pourra te résister. J'ai un peu peur que Mr James ne tienne pas le choc, à vrai dire…

– OK. Alors allons-y.

Ma technique pour traverser le couloir est de faire semblant d'être quelqu'un d'autre. Une héroïne de cinéma, genre film français en noir et blanc dans lequel tout le monde fume des cigarettes avec un air mystérieux et séduisant. Je suis une femme, pas une fille, et je m'apprête à séduire un homme. Qui va gober un truc pareil? Un vent de panique m'envahit et je regagne la classe vide en courant. Sarah ne me quitte pas d'une semelle, ma demoiselle d'honneur.

« Lennie, allez, quoi… » Elle semble exaspérée.

Revoilà ce *Lennie, allez*. Je retente le coup. Cette fois, je pense à Bailey, à sa manière de marcher comme si le sol n'était là que pour elle, et je me glisse d'un pas nonchalant à travers le seuil de la salle de musique.

Je remarque aussitôt que Joe n'est pas là, or il reste encore un peu de temps avant le début de la répétition, disons une quinzaine de secondes, et il arrive toujours en avance d'habitude, mais peut-être a-t-il juste été retardé.

Quatorze secondes : Sarah avait raison, tous les mecs ont les yeux braqués sur moi comme si je sortais d'une page centrale de magazine. Rachel faillit en lâcher sa clarinette.

Treize, douze, onze : Mr James lève les bras en un geste d'acclamation « Lennie, tu es splendide! » Je me dirige vers ma place.

Dix, neuf : J'ai assemblé ma clarinette, mais j'ai peur de mettre du rouge à lèvres sur mon bec. Je le fais quand même.

Huit, sept : Je m'accorde.

Six, cinq : Je continue à m'accorder.

Quatre, trois : Je me retourne, Sarah secoue la tête, articule *j'halluciiiine*.

Deux, un : Le petit speech que je redoutais d'entendre. « Nous allons commencer. Je suis au regret de vous annoncer que nous avons perdu notre unique trompettiste pour le festival. Joe va jouer avec ses frères. Sortez vos crayons, j'ai de nouvelles modifications. »

J'enfouis mon visage de femme fatale entre mes mains et entends : « Je t'avais dit qu'il était trop bien pour toi, Lennie. »

28

Il était une fois une fille morte trop tôt.
En regardant par-dessus le muret du paradis,
elle vit que, sur Terre,
sa sœur souffrait trop de son absence,
et qu'elle était trop triste,
si bien qu'elle fit se croiser des chemins
qui n'auraient jamais dû se croiser,
pris des moments dans sa main,
pour les secouer
et les jeter comme des dés
sur le monde des vivants.
La magie opéra.
Le garçon à la guitare
percuta sa sœur.
« Voilà, Len, murmura-t-elle. Maintenant, à toi de
jouer. »

(Trouvé au dos d'un prospectus sur le trottoir de Main Street)

« Que la force soit avec toi », déclare Sarah avant de me lancer en orbite, c'est-à-dire m'envoyer gravir la côte menant chez les Fontaine avec la robe noire riquiqui, les chaussures à talons compensés et la paire de melons atomiques mentionnés précédemment. Tout en montant la colline, je me répète un mantra : *Je suis l'auteur de ma propre histoire et j'ai le droit de la raconter comme je veux. Je suis une artiste, une soliste. Je suis un cheval de course.* Oui, cela confirme d'emblée mon appartenance à la catégorie des psychopathes, mais ça marche, et ça m'aide même à grimper la côte car, une vingtaine de minutes plus tard, je me tiens aux pieds du château Fontaine, sur la pelouse desséchée par l'été et vrombissante d'insectes invisibles. Tiens, à ce propos : comment Rachel pouvait-elle être au courant de ce qui s'est passé entre Joe et moi ?

Au moment de remonter l'allée, j'aperçois un homme habillé de noir et coiffé d'un panache de cheveux blancs en train d'agiter les bras comme un derviche tourneur et de s'époumoner en français sur une femme élégante, vêtue d'une robe noire (la sienne lui va, à elle) et l'air tout aussi furieux. Elle lui répond en anglais d'un ton rêche. N'ayant aucune envie de passer devant ces deux panthères, je me glisse en catimini à l'autre bout du jardin avant de me cacher derrière un immense saule pleureur qui règne sur la pelouse telle une reine, avec ses grappes de feuillage épais retombant comme un gros jupon vert scintillant autour de ses branches et de son tronc ancestral. La planque idéale.

J'ai besoin d'un moment pour me regonfler à bloc. Je fais les cent pas dans mon nouvel appartement de verdure en tâchant de réfléchir à ce que je vais dire à Joe, un détail que Sarah et moi avons omis de préparer.

Alors, j'entends un son : une clarinette s'élève à l'intérieur de la maison, reprenant la mélodie que Joe a composée pour moi. Mon cœur fait une pirouette, soudain gonflé d'espoir. Je marche jusqu'à la façade latérale du château Fontaine la plus proche et, toujours dissimulée par le feuillage, me dresse sur la pointe des pieds pour apercevoir, à travers la fenêtre ouverte du salon, un bout de Joe en train de jouer de la clarinette basse.

C'est ainsi que démarre ma vie d'espionne.

Je me dis qu'à la fin du morceau, j'irai sonner à la porte et tenter le tout pour le tout. Mais il recommence aussitôt du début, encore et encore, si bien que je me retrouve allongée sur le dos à savourer la musique à fouiller dans le sac de Sarah en quête d'un stylo, que je trouve, ainsi qu'un morceau de papier. Je griffonne un poème et le plante sur une brindille que j'enfonce dans le sol. La musique me rend extatique ; je revis notre fameux baiser, bois la pluie sur ses lèvres…

Pour être brutalement interrompue par la voix exaspérée de Marcus. « Écoute, mec, tu me rends dingue – le même morceau en boucle depuis des jours ! J'en peux plus. On va tous finir par se jeter du pont avec toi. Pourquoi ne pas aller lui parler, tout simplement ? » Je sursaute et me glisse jusqu'à la fenêtre : Harriet l'espionne déguisée en drag-queen. *Réponds-lui que tu vas aller lui parler, s'il te plaît*, dis-je à Joe par ondes télépathiques.

– Jamais, assène-t-il.

– Joe, c'est pathétique… allez, quoi.

La voix de Joe est aiguë et tranchante.

– *Je* suis pathétique. Elle m'a menti tout du long… comme Geneviève… comme papa ment à maman, d'ailleurs…

Argh. Argh. Arghr. J'ai vraiment tout fait foirer.

– Bon, et alors ? Ce qui est fait est fait. Des fois, la vie c'est compliqué, mec.

Alléluia, Marcus.

– Pas pour moi.

– Sors ta trompette, il faut qu'on répète.

Toujours cachée sous mon arbre, j'écoute Joe, Marcus et DougFred répéter ensemble et voilà comment ça se passe : ils jouent environ trois notes, après quoi un téléphone portable sonne – Marcus : « Allô ? Ami ! » – puis, cinq minutes plus tard, autre sonnerie – Marcus : « Salut* Sophie ! » – et DougFred : « Hey, Chloe ! » et rebelote un quart d'heure plus tard : « Hello Nicole ! » Ces types sont la plus puissante herbe à chats de tout Clover. Je me souviens que le téléphone n'arrêtait pas de sonner, le soir où j'étais là. Joe finit par s'exclamer : « Éteignez-moi ces téléphones, sinon on n'arrivera même pas au bout d'un seul morceau ! » mais à la seconde où il achève sa phrase, son propre portable se met à sonner et ses frères éclatent de rire. Je l'entends dire : « Salut Rachel ! ». Et là, c'en est trop. *Salut Rachel* dit comme s'il était heureux de l'entendre, comme s'il attendait son coup de fil, comme s'il l'espérait, même.

Je pense à sainte Wilgeforte, celle qui s'est endormie belle pour se réveiller affublée d'une barbe et d'une moustache, et me dis que c'est exactement le sort que j'aimerais réserver à Rachel. Ce soir.

Alors j'entends : « Tu avais raison, au fait. Les chanteurs diphoniques de Mongolie sont vraiment excellents. »

Appelez-moi les urgences.

OK. Du calme, Lennie. Arrête de tourner en rond. Ne l'imagine pas en train de battre des cils devant Rachel Brazile ! En train de lui sourire, de l'embrasser, de la faire voleter sur un doux nuage… *Qu'est-ce que j'ai fait ?* Je m'allonge à nouveau sur la pelouse, sous mon parasol de feuillage frémissant et caressé par le soleil. Me voilà anéantie à cause d'un simple coup de fil. Qu'a-t-il dû ressentir, lui, en me voyant embrasser Toby ?

Je suis un monstre, il n'y a pas d'autre formulation possible.

Et il n'y en a pas d'autre pour dire ceci : je suis complètement amoureuse de lui – même que ça hurle à l'intérieur de moi dans tous les sens, comme un opéra psychotique.

Mais retourner vers la GARCE EN CHEF !?

Sois rationnelle, me dis-je, sois synthétique, pense à toutes les raisons parfaitement innocentes et non romantiques qu'elle pourrait avoir de l'appeler. Mais je n'en trouve pas une seule, malgré mes efforts de concentration si intenses que je n'entends même pas la camionnette derrière moi se garer, juste la portière claquer. Je me relève, jette un œil à travers l'épais rideau du saule pleureur et manque de m'évanouir en voyant Toby se diriger vers la porte. Hein, quoi ? Il hésite avant de sonner, prend une grande inspiration, puis presse le bouton, attend un peu et le presse à nouveau. Il recule d'un pas, regarde en direction du salon d'où s'échappe la musique cette fois lancée à plein volume, et frappe bruyamment contre la porte. La musique s'arrête, j'entends un bruit de pas, la porte s'ouvre et la voix de Toby demande :

– Est-ce que Joe est là ?

Oups.

L'instant d'après, j'entends Joe, toujours dans le salon. « C'est quoi son problème ? J'avais pas envie de lui parler hier, j'ai pas envie de lui parler aujourd'hui. »

Marcus regagne le salon.

– Va lui parler.

– Non.

Mais Joe a quand même dû se rendre sur le pas de la

porte parce que j'entends des propos étouffés et que je vois Toby bouger les lèvres, même s'il parle beaucoup trop bas pour me permettre de comprendre ce qu'il dit.

Je n'avais pas prévu de faire ce que je fais ensuite. Ça me prend comme ça. Sur un coup de tête. À cause de ce mantra idiot à la c'est-mon-histoire-je-suis-un-pur-sang-cheval-de-course qui me tourne en boucle à l'intérieur du crâne et qui me pousse à me dire que quelle que soit l'issue de tout ça, je n'ai pas envie de subir sans rien faire, planquée sous un arbre. Rassemblant tout mon courage, j'écarte le rideau de feuillage.

La première chose qui me frappe, c'est le ciel, d'un bleu si intense et parsemé de nuages si brillants que c'est à vous rendre fou de bonheur rien que d'avoir des yeux. Il ne peut rien arriver de mal sous ce ciel, me dis-je tandis que je traverse la pelouse en essayant de ne pas vaciller sur mes talons compensés. Les panthères parentales Fontaine ont disparu, sans doute ont-elles déplacé leur concours de haine à l'intérieur. Toby doit entendre le bruit de mes pas, car il se retourne.

– Lennie ?

La porte s'ouvre en grand et trois Fontaine déboulent sur le palier comme s'ils avaient été entassés dans une voiture.

Marcus s'exprime le premier. « *Va Va Va Vooom !* »

La mâchoire de Joe s'affaisse.

Celle de Toby aussi, d'ailleurs.

« Ben mon vieux », articule DougFred avec son masque de béatitude permanente greffé à la place du visage. Plantés là tous les quatre, on dirait une bande de canards hébétés. Je suis plus que consciente de la longueur de ma robe, du relief de ma poitrine, de ma chevelure sauvage, de la rougeur de mes lèvres. J'ai envie de mourir. J'ai envie de me cacher sous mes bras. Pour le restant de mes jours, je jure de laisser le trip femme fatale aux autres. Je voudrais prendre mes jambes à mon cou, mais je n'ai pas envie qu'ils regardent mes fesses pendant que je m'enfuis vers le bois dans ce morceau de tissu minuscule qui prétend passer pour une robe. Mais minute – l'un après l'autre, j'examine leurs visages idiots. Sarah aurait-elle raison? Se pourrait-il que ça marche? Les mecs seraient-ils à ce point premier degré?

Marcus est en ébullition. « T'es de la bombe atomique, John Lennon. »

Joe le foudroie du regard. « La ferme, Marcus. » Il a retrouvé sa lucidité et sa colère. Non, décidément, Joe n'est pas premier degré à ce point. Je comprends aussitôt que c'était une très, très mauvaise idée.

« Vous vous prenez pour qui, tous les deux? » nous lance-t-il à Toby et à moi, levant les bras en l'air en une parfaite imitation des mouvements de derviche de son père.

Il bouscule ses deux frères, puis Toby, enjambe les marches de la véranda et se plante juste devant moi, si près que je sens irradier sa fureur. « Tu ne comprends toujours pas? Après ce que tu as fait? C'est terminé, Lennie. Fini entre nous. » Les si belles lèvres de Joe, celles qui m'ont embrassée, chuchoté des mots tendres dans les cheveux, se déforment et se tordent autour de paroles qui me font vomir. Le sol commence à vaciller sous moi. Les gens ne s'évanouissent jamais pour de vrai, non? « Mets-toi ça dans le crâne une bonne fois pour toutes, parce que c'est la vérité. C'est foutu. *Tout* est foutu. »

Je suis mortifiée. Je vais étriper Sarah. Pourquoi a-t-il fallu que je me comporte une fois de plus en poney de compagnie? Je savais que ça ne marcherait pas. Il n'y avait pas l'ombre d'une chance pour qu'il passe l'éponge sur ma traîtrise ignoble sous prétexte que je portais une robe ridiculement moulante. Comment ai-je pu être aussi stupide ?

Et je commence tout juste à comprendre que je suis peut-être l'auteur de mon histoire, mais que tout le monde est également l'auteur de la sienne et que parfois, comme en cet instant précis, les histoires ne cadrent pas.

Il me tourne le dos et s'en va. Peu m'importe qu'il y ait six paires d'yeux et d'oreilles braquées sur nous. Il ne peut pas partir avant que j'aie eu une chance de lui dire quelque chose, de lui faire comprendre ce qui s'est passé et ce que j'éprouve pour lui. Je le rattrape par l'ourlet de son tee-shirt. Il fait volte-face, repousse ma main d'un geste brutal et plonge ses yeux dans les miens. J'ignore ce qu'il y voit, mais il se radoucit un peu.

Une partie de sa colère s'évapore tandis qu'il me regarde. Sans elle, il semble nerveux et vulnérable, comme un petit garçon abattu. Une douloureuse tendresse me submerge. J'ai envie de toucher son beau visage. J'observe ses mains : elles tremblent.

À l'image de mon corps tout entier.

Il attend que je dise quelque chose. Mais le discours idéal doit se cacher dans le cerveau d'une autre fille, parce qu'il n'est pas dans le mien. Il n'y a rien dans le mien.

– Je suis désolée, parviens-je à bafouiller.

– Ça m'est égal dit-il d'une voix un peu rauque. Il baisse la tête. Je suis la direction de son regard et aperçois ses pieds nus qui dépassent du bas de son jean ; ils sont longs et fins, terminés par des orteils bizarroïdes. Je n'avais jamais vu ses pieds sans chaussures ni chaussettes. Ils sont parfaitement simiesques – ses orteils sont si longs qu'il pourrait jouer du piano avec.

– Tes pieds, dis-je spontanément. C'est la première fois que je les vois.

Ces paroles crétines résonnent dans l'air qui nous sépare et le temps d'un éclair, je sais qu'il a envie de rire, de briser la glace et de m'attirer contre lui, de se moquer de moi pour oser sortir des trucs aussi bêtes alors qu'il est à deux doigts de m'assassiner. Je le vois sur son visage comme sur un livre ouvert. Mais ce mirage s'efface aussi vite qu'il est apparu et ne reste plus que la douleur à l'état pur dans ses yeux immobiles, sans le moindre battement de cils, sa bouche qui ne sourit plus. Il ne me pardonnera jamais.

J'ai privé de joie l'être le plus joyeux sur la planète terre.

– Je suis vraiment désolée, je…

– Merde, arrête de dire ça. Ses mains s'agitent autour de moi comme deux chauves-souris psychopathes. J'ai ravivé le feu de sa colère. « J'en ai rien à foutre que tu sois désolée. Tu comprends vraiment rien. » Il pivote sur ses talons et disparaît à l'intérieur avant que je puisse ajouter un mot de plus.

Marcus secoue la tête en soupirant avant d'emboîter le pas à son frère, bientôt imité par DougFred.

Je reste là avec les mots de Joe encore gravés à vif dans ma chair, honteuse de m'être traînée jusqu'ici dans cette robe ridicule, avec ces talons interminables. Abandon définitif du plan séduction. Je me dégoûte moi-même. Je ne lui ai pas demandé pardon, je ne lui ai rien expliqué du tout, je ne lui ai même pas dit qu'il était la chose la plus incroyable qui soit jamais arrivée dans ma vie, que je l'aime à la folie et qu'il n'y a que lui qui compte. Non, à la place, je lui ai parlé de ses pieds. *Ses pieds.* C'est ce qui s'appelle craquer sous la pression. Je me souviens alors de son *Salut Rachel* qui explose au fin fond de mon malheur comme un cocktail Molotov de jalousie, et le tableau de ma détresse est complet.

Je voudrais défoncer ce ciel bleu de carte postale.

Absorbée par mon autoflagellation, j'en oublie complètement la présence de Toby jusqu'à ce qu'il déclare : « Il est émotif, ce garçon. »

Je me tourne vers lui. Il s'est assis sur la véranda, appuyé en arrière sur ses bras, les jambes tendues devant lui. Il a dû venir directement de son travail ; loin de son look habituel de skateur débraillé, il porte un jean maculé de boue, une paire de bottes et une chemise. Il ne manque plus que le Stetson pour parfaire sa panoplie de cow-boy Marlboro. Il ressemble exactement au garçon qu'il était le jour où il a ravi le cœur de ma sœur : le révolutionnaire de Bailey.

– Il a failli m'attaquer avec sa guitare hier. Je crois qu'on progresse, ajoute-t-il.

– Toby, qu'est-ce que tu viens faire ici ?

– Et toi, qu'est-ce que tu fabriques à te cacher sous les arbres ? rétorque-t-il en pointant son menton vers le saule pleureur.

– J'essaie de recoller les morceaux.

– Moi aussi, dit-il en relevant. Mais je le fais pour toi. Je voulais lui expliquer tout ça.

Ses paroles me prennent au dépourvu.

– Je te raccompagne, dit-il.

Nous montons tous les deux dans sa camionnette. Je ne parviens pas à me débarrasser du sentiment de nausée suscité par l'échec de la pire entreprise de séduction dans l'histoire des rapports amoureux. *Grrr*. Et cerise sur le gâteau, je suis certaine que Joe nous observe depuis la fenêtre et que ses soupçons ne font qu'empirer en me voyant ainsi repartir avec Toby.

– Alors, qu'est-ce que tu lui as dit ? je lui demande, une fois à bonne distance du territoire Fontaine.

– Eh bien, si on met bout à bout les trois mots que j'ai eu le temps de placer hier et les dix que j'ai pu rajouter aujourd'hui, ça donne grosso modo qu'il devrait t'accorder une deuxième chance, qu'il n'y a strictement rien entre nous, qu'on était juste à l'ouest...

– Alors ça, c'est trop gentil. Un peu je-me-mêle-de-ce-qui-ne-me-regarde-pas, mais trop gentil.

Il me jette un regard en biais avant de se concentrer à nouveau sur la route. « Je vous ai vus tous les deux, sous la pluie, l'autre soir... J'ai vu ce que tu ressentais. »

Sa voix est chargée d'émotion qu'il m'est impossible de déchiffrer, et il ne vaut sans doute mieux pas. « Merci », lui dis-je tout bas, émue par ce qu'il a tenté de faire pour moi en dépit de tout le reste – à cause de tout le reste.

Il ne dit rien, se contente de regarder droit devant lui dans la lumière du soleil qui oblitère tout sur notre passage avec une splendeur farouche. La camionnette fonce entre les arbres, je sors ma main par la vitre pour tenter d'attraper le vent entre mes doigts comme le faisait Bails. Elle me manque, la personne que j'étais avec elle me manque, ce que nous étions tous ensemble me manque. Nous ne serons plus jamais ces personnes. Elle les a toutes emmenées avec elle.

Je remarque que Toby pianote nerveusement sur le volant. C'est plus fort que lui. Tap. Tap. Tap.

– Que se passe-t-il ? je lui demande.

Ses mains se crispent autour du volant.

– Je l'aime vraiment, dit-il. Sa voix se brise : Plus que tout.

– Oh, Toby... je sais.

C'est même la seule chose que je comprenne au

milieu de ce désastre : au fond, ce qui s'est passé entre nous est né de notre excès d'amour pour Bailey, non d'un manque d'amour pour elle.

– Je sais, dis-je à nouveau.

Il opine de la tête.

Une pensée me vient tout à coup : Bailey nous aimait tant, Toby et moi... Quelque part, nous remplissions son cœur à nous deux, et c'est peut-être ça, l'explication de ce qu'on essayait de faire ensemble, peut-être croyait-on pouvoir recoller son cœur.

Il gare la camionnette devant chez moi. Le soleil entre à flots dans la cabine, nous baignant de sa lumière. Je regarde par la vitre et m'imagine Bails sortant de la maison en courant, enjambant les marches du porche et bondissant dans la camionnette à la place où je suis assise. Étrange sensation. Moi qui ai passé un temps fou à maudire Toby parce qu'il me volait ma sœur, j'ai maintenant l'impression d'attendre de lui qu'il me la ramène.

J'ouvre la portière, pose l'une de mes semelles compensées sur le sol.

– Len ?

Je me retourne.

– Tu l'auras à l'usure. » Son sourire est chaleureux et sincère. Il pose le coin de son front sur son volant. « Je vais te laisser un peu tranquille quelque temps, mais si tu as besoin de moi... pour quoi que ce soit, tu m'entends ?

– Pareil, dis-je, la gorgée nouée. »

Notre amour pour Bailey frissonne entre nous comme un être vivant, aussi délicat qu'un petit oiseau avide de prendre son envol. J'en ai mal pour nous deux.

– Tâche de ne pas trop faire l'imbécile sur ton skate.

– Promis.

– OK.

Je sors de la camionnette, ferme la portière et entre dans la maison.

29 .

Parfois,
Je voyais Sarah et sa mère échanger
un regard à travers une pièce et ça me donnait envie de
tout envoyer promener. Je me faisais moi-même la morale
en me disant Que j'avais de la chance: j'avais Bailey,
j'avais Big et Manou, j'avais ma clarinette, mes livres,
une rivière, un ciel. Je me disais Que j'avais une mère, moi
aussi, mais Que personne d'autre ne pouvait la voir hormis
ma sœur et moi.

(Trouvé griffonné dans la rubrique « Recherche » des petites annonces de la Gazette de Clover, *sous le banc devant* Chez Maria)

Sarah est à la fac, étant donné que son symposium a lieu cet après-midi, si bien que je n'ai personne à blâmer pour le fiasco de l'opération séduction *Salut Rachel!*, excepté moi-même. Je lui laisse un message pour lui expliquer que j'ai été totalement mortifiée, en bonne sainte digne de ce nom, grâce à son concept de *jouissance** et que je n'attends plus désormais qu'un miracle de secours.

Le silence règne dans la maison. Manou a dû sortir, et c'est bien dommage car pour la première fois depuis des lustres, rien ne m'aurait fait plus plaisir que de m'asseoir avec elle dans la cuisine autour d'une tasse de thé.

Je monte jusqu'au Sanctuaire pour ruminer à propos de Joe, mais une fois là-haut, mon regard ne cesse de buter sur les cartons que j'ai remplis l'autre soir. Leur vision m'insupporte. Sitôt enlevée ma tenue ridicule pour passer d'autres vêtements, je les monte au grenier.

Je n'y étais pas retournée depuis des années. Je n'aime pas son côté claustrophobe, l'odeur de brûlé de la chaleur emmagasinée, le manque d'air. Sans parler de la tristesse qui l'habite à cause de tout ce qui y a été abandonné et oublié. Je pose mon regard sur ce capharnaüm inerte et me sens déprimée rien qu'à l'idée d'entreposer les affaires de Bailey ici. C'est justement ce que j'évitais depuis des mois. J'inspire à fond, examine les lieux. Puisqu'il n'y a qu'une fenêtre, malgré les montagnes de cartons et le bric-à-brac environnant je décide que les affaires de Bailey doivent reposer là où le soleil pointe au moins le bout de son nez tous les jours.

Je me fraie un passage à travers un parcours d'obstacles composé de meubles cassés, de malles et de vieux tableaux. Immédiatement, je déplace quelques cartons afin de pouvoir entrouvrir la fenêtre et entendre la rivière. Des senteurs de jasmin et de roses s'insinuent par l'ouverture, portées par la brise de ce bel après-midi. J'ouvre la fenêtre plus en grand et grimpe sur un vieux bureau pour me pencher au-dehors. Le ciel est toujours aussi spectaculaire et j'espère que Joe est en train de le contempler. Où que je regarde à l'intérieur de moi, je me découvre encore plus d'amour pour lui, et pour tout ce qui le concerne, sa colère autant que sa tendresse – il est si plein de vie, avec lui j'ai l'impression de pouvoir ne faire qu'une bouchée du monde. Si seulement j'avais su trouver les mots justes aujourd'hui, si seulement je lui avais répliqué en criant : *Si, j'ai tout compris ! J'ai compris que de toute ta vie personne ne t'aimera jamais autant que moi – j'ai un cœur et je peux te l'offrir à toi, rien qu'à toi !* C'est exactement ce que je ressens – mais hélas, les gens ne disent pas ce genre de choses en dehors des romans victoriens.

Je m'arrache au ciel et me replonge dans le grenier étouffant. J'attends que mes yeux se réhabituent à la pénombre et, après une seconde inspection, demeure convaincue que c'est l'unique endroit possible pour les affaires de Bailey. Je commence à déplacer tout le bazar vers les étagères du mur du fond. Au bout de plusieurs allers-retours, je soulève enfin le dernier objet, une boîte à chaussures dont le couvercle s'ouvre par acci-dent. À l'intérieur, je découvre des liasses de lettres, toutes adressées à Big, probablement des messages d'amour. Il y a même une carte postale d'Edie. Je décide de ne pas mettre mon nez là-dedans – mon karma est déjà assez endommagé comme ça. Je remets le couvercle sur la boîte et la range sur l'une des étagères du bas, où il reste encore un peu de place. Juste derrière, j'aperçois une vieille boîte aux lettres en bois verni et brillant. Qu'est-ce qu'une antiquité pareille fait ici, au grenier, au lieu de se trouver au rez-de-chaussée parmi les trésors de Manou ? On dirait une fausse boîte aux lettres, en plus. Je l'ouvre ; elle est en bois d'acajou et une horde de chevaux lancés au galop est gravée sur son fronton. Pourquoi n'est-elle pas couverte de poussière, comme tout ce qui est entreposé sur ces étagères ? Je soulève le couvercle et découvre à l'intérieur des dizaines de feuillets pliés provenant du papier à lettres vert menthe de Manou, un nombre incalculable, et pas mal d'enveloppes aussi. Je m'apprête à tout remettre en place quand je remarque, tracé sur l'une des enveloppes de l'écriture délicate de Manou, le prénom *Paige*. Je passe les autres enveloppes en revue. Chacune d'elles est adressée à *Paige*, avec l'année inscrite juste à côté. Manou écrit des lettres à ma mère ? Chaque année ? Toutes les enveloppes sont scellées. Je sais que je devrais remettre la boîte à sa place, que ça ne me regarde pas, mais c'est plus fort que moi. Tant pis pour mon karma. Je déplie l'une des lettres. Et je lis :

Ma chérie,

Dès l'instant où les lilas fleurissent, il faut que je t'écrive. Je sais que je te répète la même chose chaque année, mais ils n'ont plus jamais refleuri de la même façon depuis ton départ. Ils sont si malheureux, à présent. Est-ce parce que plus personne ne les aime comme tu les aimais toi – comment serait-ce possible ? À chaque printemps, je me demande si je ne vais pas retrouver les filles endormies dans le jardin, comme toi autrefois, matin après matin. Sais-tu à quel point j'aimais cela, sortir dehors et te découvrir assoupie au milieu de mes lilas et de mes roses – je n'ai même jamais essayé de peindre cette scène. Jamais je ne le ferai. J'aurais trop peur de gâcher cette vision dans mon souvenir.

Maman

Ouah. Ma mère aime les lilas, elle les aime *d'amour*.
Bien sûr, la plupart des gens aiment les lilas, mais ma
mère, elle, les adore à tel point qu'elle allait dormir dans
le jardin de Manou, la nuit, pendant toute la durée du
printemps, elle les adore à tel point qu'elle ne pouvait
pas supporter de rester à l'intérieur sachant que ces
fleurs faisaient la fiesta juste devant sa fenêtre. Prenait-
elle une couverture avec elle? Un sac de couchage? Ou
rien du tout? Se glissait-elle dehors sur la pointe des
pieds quand tout le monde dormait? Le faisait-elle
quand elle avait mon âge? Aimait-elle comme moi
contempler le ciel? Je veux en savoir plus. Je me sens
nerveuse, j'ai des palpitations, comme si je la rencon-
trais pour la première fois. Je m'assois sur un carton et
j'essaie de me calmer. Je déplie une autre lettre. Et je lis :

Tu te souviens de ton fameux pesto aux noix à la place
des pignons? Eh bien, j'ai essayé avec des noix de pécan, et
devine quoi? C'est encore meilleur. Voici la recette :
100 g de feuilles de basilic
150 ml d'huile d'olive
125 g de noix de pécan
70 g de parmesan râpé
2 grosses gousses d'ail, une demi-cuillerée à café de sel.

Ma mère fait du pesto avec des noix! C'est encore
mieux que de dormir au milieu des lilas. Juste un truc
tellement normal. Tellement *Et tiens, si je nous faisais*
des pâtes au pesto ce soir. Ma mère s'active dans la cuisine. Elle mélange les noix, le basilic et l'huile d'olive
dans le mixeur, et presse le bouton. Elle fait bouillir de
l'eau pour les pâtes! Il faut que je le dise à Bails. J'ai
envie de lui crier par la fenêtre : *Notre mère fait bouillir*

de l'eau pour les pâtes! Je vais le faire. Je vais lui dire. Je me dirige vers la fenêtre, remonte sur le petit bureau, sors ma tête par l'ouverture et m'égosille en direction du ciel pour raconter à ma sœur tout ce que je viens d'apprendre. J'en ai la tête qui tourne, et oui, je me fais un peu l'effet d'être une folle en roue libre au moment de me replonger à l'intérieur du grenier en priant tout à coup pour que personne n'ait entendu cette pauvre fille hurler des propos incohérents où il était question de pâtes et de lilas. Je respire un grand coup. Puis je déplie une autre lettre.

Paige,
Voilà des années que je mettais ton parfum. Celui que tu comparais à l'odeur du soleil. Je viens d'apprendre qu'il n'était plus commercialisé. J'ai l'impression de t'avoir tout à fait perdue, désormais. Cette pensée m'est insupportable.
Maman

Oh!
Mais pourquoi Manou ne nous a-t-elle jamais dit que notre mère avait un parfum qui sentait le soleil? Qu'elle dormait dans le jardin, au printemps? Qu'elle faisait du pesto aux noix? Pourquoi nous a-t-elle caché la personnalité de cette vraie mère dans la vraie vie? Pourtant, à peine cette question formulée dans ma tête, je connais déjà la réponse car, soudain, ce n'est plus du sang qui circule dans mes veines et irrigue mon corps, mais l'absence dévorante d'une maman qui aime les lilas. Une absence encore plus terrible que ne l'a jamais été celle de Paige Walker, l'aventurière toujours par monts et par vaux. Cette Paige Walker-là ne m'a jamais donné le sentiment que j'étais sa fille, mais une mère qui fait bouillir de l'eau pour les pâtes, c'est différent. Sauf que… pour être la fille

de quelqu'un, ne faut-il pas que ce *quelqu'un* existe d'abord? Ne faut-il pas être aimée, d'abord?

À présent ce qui me submerge est bien pire que l'absence, car comment une mère qui fait bouillir de l'eau pour les pâtes peut-elle abandonner ses deux petites filles derrière elle?

Comment cela est-il possible?

Je ferme le couvercle, remets la boîte à sa place sur l'étagère, empile rapidement les cartons de Bailey près de la fenêtre et redescends au rez-de-chaussée, dans la maison vide.

30

(*Trouvé sur un gobelet en carton près d'un bosquet de vieux séquoias*)

Les jours qui suivent se traînent misérablement. Je sèche les répètes et reste confinée dans Le Sanctuaire. Joe Fontaine ne passe plus jamais à la maison, pas plus qu'il ne téléphone, n'envoie de SMS, ne m'appelle par Skype, ne me contacte en langage Morse ou par télépathie.

Rien. Je suis prête à parier qu'il a emménagé à Paris avec *Salut Rachel* et qu'ils vivent de chocolat, de musique et de vin rouge pendant que je reste assise devant cette fenêtre, à scruter la rue où personne n'arrive en sautillant, guitare à la main, comme autrefois.

À mesure que les jours passent, l'amour de Paige Walker pour les lilas et sa capacité à faire bouillir de l'eau pour les pâtes font voler en éclats seize années de mythologie. Et sans cette mythologie, il ne reste désormais que cette seule vérité : notre mère nous a abandonnées. Il n'y a pas d'autre façon de le formuler. Et quel genre d'individu oserait faire une chose pareille ? Lennie au bois dormant a raison. J'ai vécu toute ma vie dans un monde irréel, sagement maintenue dans mes illusions grâce au lavage de cerveau de Manou. Ma mère est une cinglée, voilà tout, et moi aussi du reste car à moins d'avoir le QI d'une mouette, comment peut-on gober des absurdités pareilles ? Ces familles hypothétiques dont Big parlait l'autre soir auraient eu raison de se montrer moins charitables. Ma mère est une femme négligente et irresponsable, voire légèrement attaquée sur le plan mental. Elle n'a rien d'une héroïne. C'est juste une personne égoïste, incapable de faire face, qui a déposé ses enfants devant la porte de sa mère pour *ne jamais revenir*. Voilà ce qu'elle est. Et voilà ce que nous sommes, deux gamines laissées pour compte, abandonnées sur un paillasson. Je me réjouis que Bailey n'ait jamais eu à voir les choses de cette manière.

Je ne retourne plus jamais au grenier.

Mais ça va. Je m'étais habituée à une mère voyageant sur un tapis volant, je peux bien m'habituer à celle-là, non ? Ce qui m'est insupportable, en revanche, c'est la pensée que Joe, en dépit de mon amour total pour lui, ne me pardonnera jamais. Comment m'habituer à ne jamais plus avoir quelqu'un pour m'appeler John Lennon? Ou tâcher de me convaincre que le ciel commence à mes pieds? Ou se comporter comme le pire des nazes pour le seul plaisir de me faire dire *quel naze*? Comment s'habitue-t-on à vivre sans un garçon capable de vous transformer en lumière?

Moi, je ne peux pas.

Et le pire, c'est qu'à mesure que les jours s'égrènent, Le Sanctuaire devient de plus en plus silencieux, même lorsque je fais beugler ma musique, même quand je discute avec Sarah – qui en est encore à s'excuser pour le fiasco de la mission séduction –, même quand je joue du Stravinski, de plus en plus silencieux jusqu'à ce que le silence soit si total que le bruit que j'entends, encore et encore, n'est autre que le grincement du cercueil qui s'enfonce dans le sol.

À mesure que les jours s'égrènent, je connais des phases de plus en plus longues au cours desquelles je n'ai pas l'impression d'entendre les talons de Bailey résonner dans le couloir, de l'apercevoir sur son lit en train de lire, ou de la surprendre en train de répéter son rôle devant la glace. Je m'habitue au Sanctuaire sans sa présence, et je déteste ça. Je déteste ouvrir son placard pour fouiller parmi ses vêtements, le nez enfoui dans le tissu, et ne plus trouver la moindre robe ou la moindre jupe qui porte encore son odeur, tout ça par ma faute. C'est mon odeur qui les imprègne, désormais.

Je déteste l'idée que son abonnement de portable ait fini par être résilié.

À mesure que les jours s'égrènent, les traces de ma sœur s'estompent, pas seulement du monde matériel mais de l'intérieur même de mes souvenirs, et je ne peux strictement rien y faire hormis m'asseoir dans Le Sanctuaire privé d'odeurs et de bruits, et sangloter.

Au bout du sixième jour, Sarah déclare l'état d'urgence et me promet de m'emmener au cinéma le soir même.

Elle passe me prendre avec Ennui, sanglée dans une minijupe noire, un débardeur noir encore plus mini mettant très en valeur son ventre bronzé, et juchée sur des talons interminables, le tout couronné par un bonnet de ski, noir lui aussi, sans doute sa façon à elle de se plier aux aléas de la température puisqu'il souffle un petit vent glacé et qu'on se croirait sur la banquise. Je porte moi-même un manteau en daim, un pull à col roulé et un jean. On se croirait débarquées de deux systèmes climatiques différents.

– Salut! s'exclame-t-elle en ôtant sa cigarette d'entre ses lèvres pour m'embrasser quand je m'engouffre dans la voiture. Il paraît que ce film est vraiment excellent. Pas comme celui où je t'avais traînée et où on voyait une bonne femme assise avec son chat pendant la première moitié. J'avoue que celui-là était plutôt craignos.

Sarah et moi avons des philosophies cinématographiques radicalement opposées. Tout ce que j'attends d'un film, c'est m'asseoir dans le noir avec un paquet de pop-corn. Donnez-moi des poursuites en bagnoles, des comédies romantiques, des losers triomphants, faites-moi ronronner, hurler, pleurer. Sarah, elle, n'apprécie guère ces plaisirs plébéiens et se plaint sans arrêt que nos cerveaux pourrissent au point que nous ne serons bientôt même plus capables de penser par nous-mêmes sous prétexte que le paradigme dominant nous aura engloutis. Son cinéma préféré est The Guild, avec sa programmation à base de films étrangers sinistres où rien ne se passe, où personne ne parle, où tout le monde est amoureux d'un être inaccessible qui ne pourra jamais les aimer en retour et voilà, générique de fin. Ce soir à l'affiche, il y a un film norvégien en noir et blanc d'un ennui mortellifiant.

Sarah se rembrunit en voyant ma tête.

– Tu as mauvaise mine.

– Semaine merdique, de A à Z.

– On va bien s'amuser, ce soir, c'est promis. » Elle ôte une main du volant et sort un sachet en papier brun de son sac à dos. « Tiens, pour le film. C'est de la vodka.

– Hmm, alors il y a toutes les chances que je m'endorme pendant ce spectaculaire film d'action muet en noir et blanc importé directement de Norvège.

Elle roule des yeux.

– C'est pas un film muet, Lennie.

Pendant que nous faisons la queue, Sarah fait des bonds sur place pour se réchauffer. Elle me raconte que Mark a remarquablement bien tenu le coup au symposium, même s'il était le seul garçon, et qu'il lui a même posé une question sur la musique, mais elle s'interrompt soudain, en plein bond et plein milieu de sa phrase, les yeux écarquillés. Je le remarque tout de suite, malgré sa tentative pour se remettre à parler comme si de rien n'était. Je me retourne et aperçois Joe sur le trottoir d'en face avec Rachel.

Ils sont tellement absorbés par leur conversation qu'ils ne voient même pas que le feu est passé au vert pour les piétons.

Traverse cette rue, ai-je envie de lui hurler. *Vite, avant de tomber amoureux.* Parce que cela semble bien être le cas. Joe lui tire gentiment le bras tout en lui parlant de quelque chose, sûrement Paris, à tous les coups. Je vois ce sourire, cette luminosité radieuse se déverser sur Rachel et je me dis que je vais tomber raide comme un arbre mort.

– Allons-nous-en.

– Yep !

Sarah est déjà repartie vers sa Jeep en fouillant dans son sac pour retrouver ses clés. Je lui emboîte le pas, mais jette un dernier coup d'œil par-dessus mon épaule et croise aussitôt le regard de Joe. Sarah disparaît. Rachel disparaît. Puis tous les gens qui font la queue. Puis les voitures, les arbres, le sol et le ciel jusqu'à ce qu'il ne reste plus que Joe et moi, nous dévisageant à travers l'abîme de vide qui nous sépare. Il ne sourit pas. Il anti-sourit, même. Mais je ne peux détourner mon regard, et lui non plus. Le temps s'est ralenti à tel point que je me demande si lorsque nous cesserons de nous dévisager, nous serons déjà vieux avec nos vies derrière nous et seulement quelques baisers minables à notre actif. Le manque de lui me donne le tournis, la vision de lui me donne le tournis, la distance entre nous me donne le tournis. J'ai envie de traverser la rue en courant, je suis même à deux doigts de le faire – je sens mon cœur qui déborde et me pousse dans sa direction, mais alors il secoue la tête, presque pour lui tout seul, et détourne son regard pour le poser sur Rachel, qui réapparaît tout à coup dans l'image. Avec une netteté haute définition. Très délibérément, il passe son bras autour de ses épaules et ils traversent la rue ensemble pour rejoindre la queue devant le cinéma. Une douleur atroce me déchire de l'intérieur. Il ne regarde pas une seule fois dans ma direction. Rachel, si.

Elle me salue, sourire triomphal aux lèvres, avant de m'insulter avec ses cheveux blonds qu'elle rejette d'un mouvement de la tête pour enlacer Joe par la taille et me tourner le dos.

On vient de shooter dans mon cœur pour l'envoyer dans le recoin le plus lugubre de moi-même. *OK, j'ai compris,* ai-je envie de hurler à la face du ciel. *C'est donc ça, l'effet que ça fait.* J'ai retenu la leçon. Ça m'apprendra. Je les regarde pénétrer à l'intérieur du cinéma, bras dessus bras dessous, en regrettant de ne pas avoir un effaceur pour la faire disparaître de l'image. Ou un aspirateur. Un aspirateur serait idéal, et hop, avalée, bon débarras. Éradiquée des bras de Joe. Éradiquée de ma place dans l'orchestre. Pour de bon.

« Viens, Len, fichons le camp », me lance une voix familière. Il faut croire que Sarah existe encore, et moi aussi puisqu'elle me parle. Je baisse les yeux, observe mes jambes, constate que je me tiens encore debout. Je mets un pied devant l'autre et me dirige vers Ennui.

Il n'y a ni lune ni étoiles, juste une voûte grisâtre sans éclat et sans lumière au-dessus de nos têtes pendant le trajet du retour.

– Je vais la défier pour le titre de première clarinette, dis-je.

– Pas trop tôt.

– Mais rien à voir avec cette…

– Je sais. Parce que tu es un cheval de course, pas un poney nain.

Il n'y a pas la moindre trace d'ironie dans sa voix.

J'abaisse la vitre et laisse le vent glacé me fouetter la figure.

31.

Tu te souviens
comment c'était
quand
on
s'embrassait ?
Des brassées
et des brassées
de
lumière
se déversaient
sur nous.
Une corde
se déroulait
du
ciel.
Comment
le mot
amour,
le mot
vie
peuvent-ils
seulement
tenir
dans
la
bouche ?

(Trouvé sur un bout de papier, sous le grand saule pleureur)

Sarah et moi sommes penchées par la fenêtre de ma chambre, mi à l'intérieur, mi à l'extérieur, en train de nous passer la bouteille de vodka.

– Si on la buvait ? suggère-t-elle d'une voix pâteuse en ne prononçant quasiment que les consonnes.

– Et comment ? dis-je en avalant une énorme rasade de vodka.

– Poison. Toujours le meilleur plan, intraçable.

– Alors on l'empoisonne lui aussi, et tous ses débiles de frères trop beaux. – Je sens les mots riper à l'intérieur de ma gorge. – Il n'a même pas attendu une semaine, Sarah.

– Ça veut rien dire. Il souffre.

– Enfin quoi, qu'est-ce qu'il lui trouve ?

Sarah secoue la tête.

– J'ai vu comment il te regardait dans la rue, on aurait dit un fou halluciné, un dément, plus malade qu'un malade, taré comme un tigre du Tatarstan. Tu sais ce que je crois ? Je crois qu'il a mis son bras autour d'elle exprès pour te faire enrager.

– Et s'il couche avec elle exprès pour me faire enrager ?

La jalousie me dévore de l'intérieur. Pourtant, ce n'est pas ça le pire, ni le remords non plus d'ailleurs, le pire c'est que je pense sans arrêt à cet après-midi sur le lit au milieu de la forêt, à quel point je m'étais sentie vulnérable, mais à quel point j'avais aimé cela, pouvoir m'ouvrir enfin, être *moi*, avec lui. M'étais-je jamais sentie si proche de quelqu'un ?

– Je peux te prendre une clope ? dis-je en me servant sans attendre sa réponse.

Elle place sa paume en creux autour de sa propre cigarette, en allume une autre avec et me la tend, puis me prend la mienne et l'allume pour elle. Je tire une bouffée, tousse, m'en fiche, en tire une autre sans m'étouffer et souffle un jet de fumée grise dans l'air nocturne.

– Bails saurait quoi faire.

– C'est vrai, approuve Sarah.

Nous fumons en silence côte à côte sous le clair de lune et je prends conscience d'un truc que je ne pourrai jamais lui avouer. Qu'il y avait peut-être une autre raison, une raison plus profonde, au fait que je ne voulais pas de sa présence. Elle n'est pas Bailey, et cela m'est un peu insupportable – mais il faut bien que je le supporte. Je me concentre sur la musique de la rivière, me laisse porter par le bruit de l'eau qui s'écoule.

Au bout d'un moment, je déclare :

– Tu peux annuler mon immunité diplomatique.

Elle penche la tête et me sourit ; je me sens toute réchauffée de l'intérieur.

– Marché conclu.

Puis elle éteint sa cigarette contre le rebord de la fenêtre et s'allonge en arrière sur le lit. J'éteins également la mienne mais je reste à la fenêtre pour contempler le jardin de Manou et m'enivrer de son parfum qui monte jusqu'à moi, porté par la fraîcheur de la brise nocturne.

C'est alors que me vient une idée. Une idée de *génie*. Il faut que je parle à Joe. Il faut que j'essaie au moins de lui faire comprendre. Mais un petit coup de pouce ne me ferait pas de mal.

– Sarah, dis-je en revenant d'un bond sur le lit. Les roses, elles sont aphrodisiaques, tu te souviens ?

Elle voit immédiatement où je veux en venir.

– Oui, Lennie ! Le voilà, ton miracle de secours ! Nom d'une figue volante, oui !

– Nom d'une… figue ?

– J'arrivais pas à trouver un nom d'animal. Je suis trop bourrée.

J'ai une mission à accomplir. J'ai laissé Sarah dormir comme un bébé dans le lit de Bailey et je descends l'escalier sur la pointe des pieds, la tête pleine de vodka, pour sortir dans la lumière du petit matin. La brume est triste et épaisse, le monde entier réduit à un rayon X de lui-même. Mon arme à la main, je m'apprête à exécuter mon plan. Manou va me tuer, mais c'est le prix à payer.

Je commence par mes roses préférées, les Lanternes Magiques, une symphonie de couleurs sur chaque pétale. Je choisis les spécimens les plus sublimes possibles et je leur coupe la tête. Je me dirige ensuite vers les Nuits Douces et clac, clac, clac, avançant joyeusement parmi les Moments Parfaits, les Doux Abandons, les Magies Noires. Mon cœur fait des bonds dans ma poitrine, à la fois de peur et d'excitation. Je vais de rosier en rosier, Amours Éternels aux pétales rouges et veloutés, Nuages Parfumés roses et Marilyn Monroe abricot jusqu'à la rose rouge orangée la plus somptueuse sur cette planète et, qui plus est, dotée d'un nom idéal : la Trompettiste. Là, je me déchaîne jusqu'à obtenir à mes pieds un amas de fleurs si délicieux qu'il ferait un parfait bouquet de mariage pour Dieu en personne. J'en ai coupé tellement que j'ai besoin de mes deux mains pour les transporter hors de la pelouse, à la recherche d'un endroit où les entreposer jusqu'à plus tard. Je longe la rue et les dépose au pied d'un de mes chênes préférés, hors de vue de la maison. Soudain inquiète à l'idée qu'elles puissent se faner, je me précipite vers la maison afin de récupérer un panier dont je tapisse le fond de torchons humides, et retourne envelopper les tiges.

Plus tard dans la matinée, après le départ de Sarah,

une fois Big parti s'occuper de ses arbres et Manou enfermée dans son atelier avec sa femme verte, je m'éclipse discrètement. J'ai fini par me convaincre, contre toute logique sans doute, que mon idée allait marcher. Je n'arrête pas de me dire que Bails serait fière de ce plan à dormir debout. *Extraordinaire*, me dirait-elle. En fait, Bails serait sûrement ravie de me voir tomber amoureuse de Joe si vite après sa mort. Si ça se trouve, c'est exactement le genre d'hommage indécent qu'elle aimerait recevoir de ma part.

Les roses sont toujours posées derrière le chêne, à l'endroit où je les ai laissées. En les voyant, je suis à nouveau frappée par leur incroyable beauté. Je n'ai jamais vu un bouquet pareil, n'avais jamais assisté à l'explosion de couleurs provoquée par le mélange de ces fleurs entre elles.

Je gravis la côte menant chez les Fontaine nimbée d'un voile de senteurs exquises. Qui sait s'il s'agit du simple pouvoir de la suggestion, ou si ces roses sont véritablement enchantées, mais le temps d'arriver à destination je me sens tellement amoureuse de Joe que c'est tout juste si j'arrive à presser la sonnette. Je doute sérieusement de pouvoir articuler la moindre phrase cohérente. Si c'est lui qui m'ouvre la porte, je crois que j'aimerais autant le plaquer au sol pour l'obliger à se rendre et la question sera réglée.

Mais pas de bol.

La femme élégante de l'autre jour, celle qui criait sur la pelouse, apparaît sur le seuil. « Ne me dis rien, tu dois être Lennie. » De toute évidence, question sourire, aucun de ses trois fils n'arrive à la cheville de mama Fontaine. Il faut que j'en parle à Big – ce sourire à lui seul est certainement plus efficace pour ressusciter les insectes que toutes ses pyramides réunies.

– Oui, c'est moi, dis-je. Très heureuse de vous connaître, Mrs Fontaine.

Elle se montre si gentille qu'elle ne doit pas être au courant de ce qui s'est passé entre moi et son fils. Il doit autant se confier à elle que moi à Manou.

– Et regarde-moi ces roses ! Je n'en avais jamais vu de pareilles. Où les as-tu trouvées ? Au jardin d'Éden ? » Telle mère, tel fils. Je me souviens que Joe avait dit exactement la même chose, la première fois.

– En quelque sorte, dis-je. Ma grand-mère a un don avec les fleurs. C'est pour Joe. Est-ce qu'il est là ?

D'un coup, je me sens nerveuse. Très nerveuse. L'intérieur de mon ventre semble abriter une convention d'abeilles.

– Et ce parfum ! Mon Dieu, quel parfum ! s'écrie-t-elle.

Je crois que les fleurs l'ont hypnotisée. *Wow!* Elles ont peut-être un vrai pouvoir, tout compte fait.

– Joe en a de la chance, quel beau cadeau ! Mais hélas, il est sorti. Il m'a dit qu'il reviendrait bientôt. Je peux les mettre dans l'eau et les laisser là pour qu'il les trouve à son retour, si tu veux.

Je suis trop déçue pour répondre. Je me contente d'acquiescer et de lui tendre le bouquet. Je parie qu'il est chez Rachel, en train de gaver sa famille de croissants au chocolat. Une pensée horrible me vient – si ces roses avaient vraiment le pouvoir de rendre les gens amoureux et que Joe revienne ici, avec Rachel, et qu'ils soient tous les deux ensorcelés sur-le-champ ? Ce plan est une catastrophe, mais il est trop tard pour récupérer les fleurs maintenant. De toute manière, je crois qu'il faudrait recourir à l'usage d'une arme automatique pour les arracher à Mrs Fontaine, qui semble enfouir un peu plus son nez dans le bouquet à chaque seconde.

– Merci, dis-je. Pour les lui donner de ma part.

Sera-t-elle capable de se détacher physiquement de ces roses ?

– Ravie de t'avoir rencontrée, Lennie. J'étais très impatiente de te connaître. Je suis sûre que Joe va *beaucoup* apprécier ton cadeau.

– Lennie, lâche une voix exaspérée dans mon dos.

La convention d'abeilles qui se déroule dans mon estomac vient à présent de laisser entrer des guêpes et des frelons. L'instant fatidique est arrivé. Je me retourne, Joe est en train de remonter l'allée. Il n'y a rien de sautillant dans sa démarche. C'est comme si la gravité pressait d'une main sur ses épaules.

– Oh, trésor ! s'exclame Mrs Fontaine. Regarde ce que Lennie t'a apporté. As-tu déjà vu des roses pareilles ? Moi, non, en tout cas.

Mrs Fontaine s'adresse directement aux fleurs, à présent, humant leur parfum par grandes bouffées.

– Eh bien, il ne me reste plus qu'à trouver un bel endroit où les mettre. Amusez-vous bien, les enfants...

Je la vois disparaître intégralement dans le bouquet tandis que la porte se referme derrière elle. J'ai envie de me jeter sur elle, de lui arracher les fleurs en hurlant *J'ai plus besoin d'elles que vous, ma petite dame*, mais j'ai un problème plus urgent sur les bras : la fureur silencieuse de Joe, juste à côté de moi.

À peine la porte refermée, il prend la parole : « Tu ne piges toujours pas, hein ? » Sa voix est pleine de menace, pas tout à fait comme si un requin pouvait parler, mais presque. Il désigne la porte derrière laquelle des douzaines de roses aphrodisiaques emplissent l'air de leurs promesses. « Tu veux rire, j'espère. Tu crois que c'est aussi simple ? » Son visage s'enflamme, ses yeux sont exorbités, intenses. « Je n'ai pas besoin de robes moulantes ou de

272

fleurs magiques à la noix! » Il voltige sur place comme une marionnette. « Je suis *déjà* amoureux de toi, Lennie, tu ne comprends pas ça? Mais je ne peux pas être avec toi. Chaque fois que je ferme les yeux, je te revois avec *lui*. »

Je reste plantée là, hébétée – certes, il y a des choses plutôt négatives dans ce qu'il vient de dire, mais je ne les entends pas. Seuls six petits mots merveilleux résonnent encore à mes oreilles : *Je suis déjà amoureux de toi*. Verbe être conjugué au présent, et non au passé. Va au diable, Rachel Brazile. Un ciel entier d'espoir vient de me tomber sur la tête.

« Laisse-moi t'expliquer », dis-je, cette fois bien décidée à me souvenir de mon texte et à lui faire comprendre.

Il émet un son à mi-chemin entre grognement et rugissement, genre *ahhhhhrggh*, puis déclare :

– Rien à expliquer. Je *vous* ai vus. Tu m'as menti depuis le début.

– Toby et moi, on…

Il ne me laisse pas finir.

– Non, je ne veux rien entendre. Je t'ai dit ce qui m'était arrivé en France et tu as osé me faire ça. Je ne peux pas te pardonner. Je suis comme ça, c'est dans mon caractère. Il faut que tu me fiches la paix. Désolé.

Mes jambes se ramollissent comme du coton et je réalise à quel point sa douleur et son amertume, sa souffrance d'avoir été trahi ont déjà anéanti son amour pour moi.

Il fait un geste vers le bas de la colline, là où nous étions avec Toby l'autre soir. « Tu espérais *quoi*, au juste? » C'est vrai ça, j'espérais quoi? Il essaie de me dire qu'il m'aime et l'instant d'après, il me voit embrasser quelqu'un d'autre. Sa réaction est on ne peut plus normale.

Puisqu'il faut bien que je dise quelque chose, je prononce les seules paroles qui fassent vraiment sens du fond de mon cœur meurtri : « Je suis vraiment amoureuse de toi. »

Ma déclaration lui coupe le souffle.

Autour de nous, c'est comme si tout s'était arrêté pour observer ce qui allait se passer ensuite – les arbres se penchent, les oiseaux décrivent des cercles, les fleurs immobilisent leurs pétales. Comment pourrait-il résister à la force folle et immense de cet amour que nous éprouvons tous les deux ? C'est tout simplement impossible, non ?

Je tends la main vers lui, mais il dégage violemment son bras.

Les yeux baissés, il fait non de la tête. « Je ne peux pas être avec quelqu'un qui se comporte comme ça avec moi. Je ne peux pas être avec quelqu'un qui se comporte comme ça envers sa *sœur*. »

Ses mots ont le tranchant acéré d'une guillotine. Je me recule d'un pas titubant, cassée, en morceaux. Il porte sa main à sa bouche. Peut-être regrette-t-il déjà ce qu'il vient de dire. Peut-être même se dit-il qu'il est allé trop loin. Mais ça n'a plus d'importance. Il voulait que je comprenne, message reçu.

Je fais la seule chose dont je sois encore capable. Je me retourne et je pars en courant, espérant que mes jambes flageolantes pourront me porter assez loin. Comme Heathcliff et Cathy, j'avais l'amour Big Bang, le vrai, le seul, celui d'une vie, à portée de main, et j'ai tout foutu en l'air.

Je n'ai qu'une envie : monter dans Le Sanctuaire, m'enfouir dans mon lit et disparaître pour des siècles. Essoufflée par ma course jusqu'en bas de la côte, je pousse la porte de la maison. Je traverse la cuisine en trombe, mais me fige aussitôt en apercevant Manou. Elle est assise sur une chaise, les bras croisés contre sa poitrine, le visage dur et implacable. Devant elle, sur la table, sont posés sa paire de cisailles et mon exemplaire des *Hauts de Hurlevent*.

Oh, oh!

Elle n'y va pas par quatre chemins :

– Tu n'imagines pas à quel point j'ai été tentée de découper ton précieux roman en morceaux, mais je possède un minimum de self-control et de respect envers le bien d'autrui.

Elle se lève. Quand Manou est en colère, elle double quasiment de taille et ses trois mètres quatre-vingts de hauteur se dressent en un bloc menaçant face à moi.

– Qu'est-ce qui t'a pris, Lennie? Débarquer comme la Faucheuse pour décimer mon jardin, mes *roses*. Comment as-tu osé? Tu sais que j'ai horreur qu'on touche à mes fleurs. C'est l'unique chose que je demande.

Elle se penche vers moi.

– Alors?

– Elles repousseront.

Je sais que ce n'est pas la chose à dire mais je commence à en avoir marre qu'on me hurle dessus, aujourd'hui.

Elle lève les bras en l'air, totalement exaspérée, et je suis frappée par la ressemblance de son geste et de son expression avec Joe.

– Là n'est pas la question, et tu le sais très bien. Elle me pointe du doigt: Tu es devenue très égoïste, Lennie Walker.

Alors ça, je ne m'y attendais pas. Personne ne m'a jamais traitée d'égoïste de toute ma vie, et encore moins Manou – source intarissable de mots doux et de compliments. Joe et elle seraient-ils devenus témoins à la barre de mon propre procès?

Cette journée va-t-elle encore longtemps continuer à me torturer?

La réponse à cette question n'est-elle pas toujours oui?

Manou a les poings serrés sur ses hanches, le visage rouge, les yeux qui lancent des éclairs – oh, oh! bis. Je m'adosse au mur et me prépare d'avance à subir l'assaut. Qui ne tarde pas à venir :

– Oui, Lennie. Tu te conduis comme si tu étais la seule dans cette maison à avoir perdu quelqu'un. Elle était comme ma fille, sais-tu seulement ce que cela veut dire? Sais-tu seulement ce que je ressens? Ma *fille*. Non, tu ne le sais pas, pour la bonne raison que tu ne m'as jamais posé la question. Tu ne m'as jamais demandé comment je me sentais. Ça ne t'a jamais traversé l'esprit que j'avais peut-être, *moi*, besoin de parler? – Elle crie, à présent. – Je sais que tu es malheureuse, Lennie, mais tu n'es pas la seule!

Tout l'oxygène semble fuir hors de la pièce, et je m'enfuis avec lui.

32

Bailey me prend la main,
m'entraîne dehors par la fenêtre
vers le ciel,
et sort de la musique de mes poches.
«Il est temps que tu apprennes à voler»,
dit-elle avant de disparaître.

(*Trouvé sur un emballage de sucette le long du sentier menant à la Rain River*)

Je traverse le couloir comme un ouragan, sors de la maison et descends d'un bond les marches du porche. Je veux m'enfoncer dans la forêt, quitter le sentier et chercher un endroit où personne ne pourra me trouver, m'asseoir sous un vieux chêne et pleurer. Je veux pleurer toutes les larmes de mon corps jusqu'à ce que le sol de la forêt soit changé en boue. Et c'est exactement ce que je m'apprête à faire, sauf qu'à la seconde où je m'engage sur le sentier, je réalise que je ne peux pas faire ça. Je ne peux pas tourner le dos à Manou, surtout pas après ce qu'elle vient de me dire. Parce que je sais qu'elle a raison. Big et elle n'ont été pour moi qu'un bruit d'arrière-fond depuis la mort de Bailey. Je ne me suis jamais vraiment préoccupée de savoir ce qu'ils ressentaient. J'ai fait de Toby mon unique allié de souffrance, comme si lui et moi avions un droit exclusif sur ce deuil, un droit exclusif sur Bailey elle-même. Je repense à toutes les fois où Manou s'est attardée devant la porte du Sanctuaire pour me faire parler de ma sœur, m'inviter à descendre boire un thé avec elle, et où j'ai chaque fois interprété sa démarche comme une tentative pour me consoler. Je n'ai jamais envisagé une seule seconde qu'elle puisse avoir besoin de me parler. Besoin de moi, tout simplement.

Comment ai-je pu autant négliger ses sentiments ? Ceux de Joe ? Ceux de tout le monde ?

J'inspire à fond et fais demi-tour pour regagner la cuisine. Il est trop tard pour réparer quoi que ce soit avec Joe, mais je peux au moins tenter de recoller les morceaux avec Manou. Elle n'a pas quitté sa chaise. Je me tiens face à elle, de l'autre côté de la table sur laquelle j'appuie mes mains en attendant qu'elle lève les yeux vers moi. Il n'y a aucune fenêtre ouverte et l'air confiné, surchauffé, de la cuisine sent presque la pourriture.

« Je suis désolée, dis-je. Vraiment désolée. » Elle hoche la tête et regarde ses mains. Je réalise alors que j'ai trahi, blessé ou déçu tous les êtres que j'aime en l'espace de deux mois : Manou, Bailey, Joe, Toby, Sarah, et même Big. Comment est-ce possible ? Avant la mort de Bailey, je crois sincèrement n'avoir jamais déçu personne. Bailey s'occupait-elle de tout et de tout le monde à ma place ?

Ou est-ce juste que personne n'attendait rien de moi ? Ou que n'ayant jamais rien fait, ni rien désiré de ma vie, je n'avais jamais eu à assumer les conséquences de mes actes foireux ? Suis-je simplement devenue un monstre d'égocentrisme ? Ou bien est-ce un mélange de toutes ces réponses à la fois ?

J'observe ma plante homonyme et souffreteuse, posée sur le plan de travail, et je comprends alors qu'elle n'a plus rien à voir avec moi ; elle représente ce que j'étais avant. Et c'est la raison pour laquelle elle se meurt. Ce moi-là n'existe plus.

« Je ne sais pas qui je suis, dis-je en m'asseyant. Je ne peux plus être qui j'étais, pas sans elle. Et la personne que je suis en train de devenir est une catastrophe totale. »

Manou ne cherche pas à me contredire. Elle est toujours en colère, plus du haut de ses trois mètres quatre-vingts de colère, mais très en colère quand même.

« On pourrait aller déjeuner en ville ensemble la semaine prochaine, passer la journée ensemble », j'ajoute, un peu piteuse à l'idée de lui proposer de rattraper mes mois entiers d'indifférence à son égard avec un déjeuner.

Elle acquiesce, mais je sais qu'elle a autre chose à me dire.

– Pour ton information, sache que moi non plus, je ne sais plus qui je suis.

– Ah bon ?

Elle secoue la tête.

– Non. Tous les jours, quand vous êtes partis, toi et Big, je ne fais que m'asseoir devant une toile vierge en songeant à quel point je hais la couleur verte, à quel point chacune de ses nuances me dégoûte, me déçoit ou me brise le cœur.

La tristesse m'envahit. J'imagine toutes ses femmes

fantomatiques sortir de leurs toiles et disparaître à travers la porte.

– Je comprends, dis-je tout bas.

Manou ferme les yeux. Ses deux mains sont posées devant elle, l'une sur l'autre. Je tends le bras et pose la mienne par-dessus. Elle la serre aussitôt entre les siennes.

– C'est horrible, murmure-t-elle.

– Oui.

La lumière du début de l'après-midi se dérobe derrière les fenêtres, striant la cuisine de longues zébrures ombragées. Manou a l'air vieille, fatiguée, et cette vision me désole. Bailey, oncle Big et moi sommes toute sa vie, à l'exception de quelques générations de fleurs et d'un amoncellement de tableaux verts.

– Tu sais ce que je déteste, aussi ? dit-elle. Je déteste quand les gens me disent que Bailey vit dans mon cœur. J'ai envie de leur hurler : *Je ne la veux pas dans mon cœur.* Je la veux dans la cuisine avec Lennie et moi. Je la veux au bord de la rivière avec Toby et leur bébé. Je la veux sur scène en Juliette et en lady MacBeth, bande d'imbéciles. Bailey n'a aucune envie de vivre enfermée dans mon cœur, ni dans celui de personne.

Elle frappe du poing sur la table. Je serre sa main entre les miennes et hoche la tête, *oui*, et c'est un *oui* immense qui me gagne, un *oui* géant, vif et hargneux qui passe entre elle et moi. J'observe nos mains et vois l'exemplaire des *Hauts de Hurlevent* posé sur la table, silencieux, vulnérable et orgueilleux. Je repense à toutes les vies gâchées, à tous les amours brisés entre ses pages.

– Manou, fais-le.

– Quoi ? Faire quoi ? demande-t-elle.

Je m'empare du livre, des cisailles de jardin et les lui tends.

– Fais-le, taille-le en morceaux. Tiens.

Je glisse mes doigts dans la poignée des cisailles, comme je l'ai fait ce matin, sauf que cette fois je ne ressens aucune peur, juste ce *oui* sauvage et rageur qui palpite à l'intérieur de mes veines tandis que j'assène une première entaille à ce livre que j'ai surligné et annoté, ce livre écorné et sali par toutes ces années passées en ma compagnie, des années de rivière, de soleil d'été, de sable sur la plage et de sueur au creux de mes paumes, un livre qui a épousé les formes de mon corps éveillé et endormi. Je coupe une deuxième entaille en tranchant à travers plusieurs épaisseurs de papier, à travers tous ces mots minuscules, tailladant en morceaux ce drame passionné et sans espoir, poignardant leurs vies, leurs amours impossibles, tout ce gâchis, toute cette tragédie. Je m'attaque carrément au livre, savourant le bruissement froid des lames, le raclement du métal après chaque délicieux coup de cisaille. Je transperce Heathcliff, ce pauvre Heathcliff au cœur brisé et amer, et cette idiote de Cathy, reine des mauvaises décisions et des compromis impardonnables. Et pendant que j'y suis je me défoule contre la jalousie de Joe, sa colère et son jugement, contre son tempérament rancunier. Je me venge contre toutes ces conneries de joueurs-de-trompettes-sans-concessions-pour-qui-c'est-tout-ou-rien, puis je me défoule contre ma propre duplicité, ma trahison, ma confusion, ma douleur, mes choix désastreux et surtout ce chagrin écrasant, ce chagrin interminable. Je tranche et je taillade et je transperce tout ce qui nous éloigne de ce sublime amour que nous pourrions vivre, Joe et moi.

Manou a les yeux écarquillés, bouche bée. Mais je devine un sourire au coin de ses lèvres. « À mon tour, laisse-moi essayer. » Elle prend les cisailles et commence à trancher dans le livre, d'un geste hésitant d'abord, puis elle se laisse emporter, comme moi, et s'attaque à de gros blocs de pages jusqu'à ce que les mots imprimés voltigent autour de nous comme des confettis.

Elle éclate de rire.

– Eh bien! Drôle d'expérience.

Nous sommes toutes les deux essoufflées, épuisées et hilares.

– J'ai un lien familial avec toi, n'est-ce pas? dis-je.

– Oh, Lennie, tu m'as manqué. Elle m'attire sur ses genoux comme si j'avais cinq ans. Je crois que je suis pardonnée.

– Désolée d'avoir crié, chou, dit-elle en me serrant contre son corps tiède.

Je presse mes bras autour d'elle.

– Et si je nous faisais du thé?

– Un peu, oui. Nous avons plein de choses à rattraper. Mais avant tout, puisque tu as saccagé mon jardin, j'espère au moins que ça a marché.

J'entends à nouveau sa voix : *Je ne peux pas être avec quelqu'un qui se comporte comme ça envers sa sœur*, et mon cœur se serre avec une telle violence dans ma poitrine que je peux à peine respirer.

– L'échec total. Tout est fini.

– J'ai vu ce qui s'est passé hier soir, déclare-t-elle tranquillement.

Je me raidis encore plus et me lève de ses genoux pour aller remplir la bouilloire. Je soupçonnais vaguement Manou de m'avoir vue embrasser Toby, mais l'entendre le dire à voix haute me remplit de honte. Je ne peux même pas la regarder. « Lennie? » Sa voix n'est pas accusatrice. Je me détends un peu. « Écoute-moi. »

Lentement, je me tourne vers elle.

Elle agite la main au-dessus de sa tête comme pour

chasser une mouche. « Je ne dis pas que ça ne m'a pas estomaquée pendant une ou deux minutes. » Elle sourit. « Mais des choses bizarres se produisent parfois quand les gens subissent un tel choc, un tel chagrin. Je m'étonne moi-même que nous soyons encore debout... »

Je n'en reviens pas de la facilité avec laquelle elle semble m'absoudre et minimiser cette histoire. J'en tomberais presque à ses pieds sous l'effet de la gratitude. De toute évidence, elle n'a pas abordé la question avec lui, mais les mots qu'elle vient de prononcer me rendent ceux de Joe moins douloureux et m'inspirent même le courage de lui demander :

– Tu crois qu'elle me pardonnerait ?

– Oh, chou, je peux t'assurer qu'elle l'a déjà fait. – Elle agite son index devant moi. – Joe, maintenant, c'est un autre problème. Il lui faudra du temps...

– Genre, trente ans.

– *Ouhou*... le pauvre garçon, il en a pris plein les yeux, Lennie Walker.

Son expression est malicieuse. Elle a retrouvé son impertinence habituelle.

– Oui, Len, quand Joe Fontaine et toi aurez quarante-sept ans... – elle rit – vous aurez droit à un très beau mariage...

Elle n'achève pas sa phrase, car elle a vu ma tête. Soucieuse de ne pas briser son enthousiasme, je mobilise chacun des muscles de mon visage pour cacher mon désespoir, mais le combat est perdu d'avance.

– Lennie.

Elle s'avance vers moi.

– Il me déteste.

– Non, dit-elle avec tendresse. Chou, s'il y a un garçon amoureux sur cette planète, c'est bien Joe Fontaine.

Manou m'a envoyée chez le médecin
voir si tout allait bien
avec mon cœur.
À la fin des examens, le médecin a dit:
Lennie, toi au moins, tu as de la chance.
J'ai failli le frapper, mais à la place
j'ai fondu en larmes
un torrent de larmes.
Je ne pouvais pas croire
que j'avais un cœur chanceux
alors que tout ce que je voulais
c'était avoir le même
que Bailey.
Je n'ai pas entendu Manou entrer,
ni s'avancer dans mon dos,
juste senti ses bras s'enrouler autour
de mon corps maigre
et ses deux mains presser avec force
contre ma poitrine, comme pour l'empêcher de s'ouvrir,
et me maintenir, moi aussi, en un seul
morceau.
Merci mon Dieu, a-t-elle murmuré
nous prenant de court, le médecin et moi.
Comment pouvait-elle savoir
que je venais de recevoir de bonnes
nouvelles?

(Trouvé au dos d'une enveloppe sur le sentier de la
chambre à ciel ouvert)

Une fois le thé versé dans nos tasses, une fois la fenêtre ouverte, et une fois Manou et moi détendues dans la lueur changeante du jour, je lui dis tout bas :

– Il y a quelque chose dont j'aimerais te parler.

– Tout ce que tu voudras, chou.

– Je voudrais te parler de maman.

Avec un soupir, elle se cale contre le dossier de sa chaise. « Je sais. » Elle croise les bras en se tenant les coudes, comme pour se bercer.

– Je suis montée au grenier. Tu as remis la boîte sur une autre étagère...

– Je n'ai pas lu grand-chose... désolée.

– Non, c'est moi qui suis désolée. Je voulais te parler de Paige ces derniers mois, mais...

– Je refusais toute discussion avec toi.

Elle acquiesce sans un mot. Je n'avais jamais vu une telle gravité sur son visage. Elle poursuit : « Bailey n'aurait pas dû mourir en en sachant si peu sur sa mère. »

Je ferme les yeux. C'est la vérité – j'avais tort de penser que Bailey n'aurait pas aimé apprendre tout ce que j'ai découvert, que cela soit douloureux ou pas. Je frotte mes doigts contre les débris des *Hauts de Hurlevent* en attendant la suite.

Lorsque Manou reprend la parole, sa voix est tendue, presque étranglée.

– Je croyais vous protéger, toutes les deux, mais maintenant je pense pouvoir dire avec certitude que je cherchais surtout à me protéger moi. C'est si difficile pour moi de parler d'elle. Je me suis dit que plus vous en sauriez sur votre mère, et plus vous en souffririez. – Du plat de la main, elle rassemble des morceaux de livre épars devant elle. – J'ai insisté sur sa tendance à la bougeotte pour que vous ne vous sentiez pas trop abandonnées. Que vous n'ayez pas une dent contre elle. Ou pire, que vous vous sentiez coupables. Je voulais que vous l'admiriez. Voilà tout.

Voilà tout ? Je sens des flammes m'envahir de l'intérieur. Manou prend ma main. Je la repousse.

Cette fois, c'est à moi de parler :

– Tu as inventé toute cette histoire pour qu'on ne se sente pas abandonnées… – Je lève la tête et je continue, malgré la douleur qui se lit sur ses traits. – Mais nous avons été abandonnées, Manou, sans jamais comprendre pourquoi, sans rien savoir d'elle hormis tous ces trucs à dormir debout. – Je me retiens de ne pas ramasser tous les débris du roman pour les lui jeter à la figure. – Pourquoi ne pas nous avoir dit qu'elle était folle, si c'est le cas ? Pourquoi ne pas avouer la vérité quelle qu'elle soit ? Est-ce que ça n'aurait pas été mieux ?

Elle m'agrippe le poignet, sans doute plus durement qu'elle ne l'aurait souhaité. « Mais il n'y a pas qu'une seule vérité, Lennie. Jamais. Ce que je vous ai raconté, je ne l'ai pas inventé. » Elle s'efforce de garder son calme, mais je vois bien qu'elle est à deux doigts de doubler de taille. « Oui, c'est vrai : Paige n'était pas quelqu'un de stable. Comment peut-on abandonner deux petites filles pour ne jamais revenir ? » Elle relâche mon poignet, maintenant qu'elle a toute mon attention. Son regard se déplace fébrilement à travers la pièce comme si les mots qu'elle cherchait étaient inscrits sur les murs. Au bout d'un moment, elle reprend : « Ta mère était une jeune tornade irresponsable, et je suis sûre qu'elle l'est encore maintenant. Mais il est vrai aussi qu'elle n'était pas la première tornade dans l'histoire de cette famille, ni la première à disparaître de cette façon. Sylvie a débarqué un beau jour en ville dans sa Cadillac jaune défoncée après vingt années d'errance. Vingt années ! » Elle tape du poing sur la table, violemment ; les amas de *Hurlevent* se soulèvent sur la table. « Oui, peut-être qu'un médecin trouverait un terme savant, un diagnostic pour qualifier cette chose-là, mais peu importe le nom qu'on lui donne, cette chose est ce qu'elle est, nous l'appelons le gène de la bougeotte, et alors ? Cette appellation en vaut bien une autre. »

Elle avale une gorgée de son thé et se brûle la langue. « *Aouh !* » s'exclame-t-elle, ce qui ne lui ressemble guère, en s'éventant la bouche.

« Big pense que tu l'as aussi, dis-je. Le gène de la bougeotte. » Je fais glisser les mots sur la table pour former de nouvelles phrases. Je coule un regard en direction de Manou, inquiète que son silence puisse signifier qu'elle a mal pris ma déclaration.

Elle a les sourcils froncés. « Il a dit ça ? » Elle a fini par m'imiter et assemble elle aussi des bouts de phrases sur la table. Je vois qu'elle a placé *sous ce ciel inoffensif* à côté de *si éternelle réclusion*.

– Il pense que tu l'as intériorisé, dis-je.

Elle interrompt ses gestes. Il y a quelque chose de très inhabituel dans son expression, quelque chose d'à la fois fébrile et espiègle. Elle évite délibérément de croiser mon regard, et je comprends alors de quoi il s'agit car je suis moi-même devenue une spécialiste de la question, récemment – c'est la honte.

– Quoi, Manou ?

Elle presse si violemment ses lèvres l'une contre l'autre qu'elles en pâlissent ; c'est comme si elle essayait de les sceller pour s'assurer que rien n'en sortirait.

– Quoi ?

Elle se lève, marche jusqu'au plan de travail, s'y adosse et regarde défiler tout un cortège de nuages par la fenêtre. Je l'observe de dos, et j'attends.

– Je me suis réfugiée dans cette histoire, Lennie. Et je

vous ai obligés tous les trois, Big y compris, à vous y réfugier aussi.

– Mais tu viens de dire que…

– Je sais. Ça ne veut pas dire que ce n'est pas la vérité, mais il est vrai aussi qu'accuser le destin ou l'hérédité est bien plus simple que d'assumer sa propre culpabilité.

– Sa propre… quoi ?

Elle opine de la tête, garde le silence et continue à regarder par la fenêtre.

Je sens un frisson me parcourir l'échine.

– Manou ?

Elle a détourné la tête, si bien que je ne peux pas voir son visage. J'ignore pourquoi, mais elle me fait un peu peur, comme si elle s'était glissée dans la peau de quelqu'un d'autre. Même la posture de son corps est différente, presque ratatinée. Lorsqu'elle reprend enfin la parole, sa voix est trop grave, trop calme. « Je me souviens de chaque détail de ce soir-là… » déclare-t-elle, puis elle se tait et je songe à fuir hors de la pièce, loin de cette Manou rabougrie qui s'exprime comme si elle était en transe. « Je me souviens qu'il faisait très froid, un froid inattendu pour cette saison, et que la cuisine était envahie de lilas – j'avais rempli des vases un peu plus tôt dans la journée car je savais qu'elle venait. » Je devine au ton de sa voix qu'elle est en train de sourire, et je me détends un peu. « Elle portait une espèce de longue robe verte, plutôt un foulard géant à vrai dire, pas du tout adapté, du Paige tout craché – à croire qu'elle se baladait toujours avec son microclimat personnel. » Je n'avais jamais entendu dire ces choses à propos de ma mère, jamais entendu parler de détails aussi concrets qu'une robe verte, une cuisine garnie de fleurs. Mais la voix de Manou se modifie à nouveau. « Elle était dans tous ses états, ce soir-là. Elle marchait de long en large dans la cuisine, enfin non, elle ne marchait pas, elle martelait le sol à chaque pas, drapée dans son foulard. Je me souviens avoir pensé qu'elle ressemblait à une tempête emprisonnée, à un vent sauvage enfermé avec moi dans la cuisine et que si j'ouvrais la fenêtre elle s'échapperait aussitôt. »

Manou se tourne vers moi comme si elle venait de se remémorer ma présence dans la pièce. « Ta mère était au bout du rouleau… et chez elle, le bout du rouleau était très vite atteint. Elle était venue passer le week-end à la maison pour que je profite un peu de toi et de ta sœur. Du moins, c'est ce que j'ai cru jusqu'à ce qu'elle commence à me demander comment je réagirais si elle partait. *Partir?* je lui ai demandé. *Où ça, pour combien de temps?* C'est là que j'ai appris qu'elle s'était acheté un billet d'avion pour Dieu sait où, elle a refusé de me le dire, et qu'elle avait l'intention de s'en servir. Un aller simple. Elle m'a expliqué que c'était au-dessus de ses forces, qu'elle n'était pas faite pour être une bonne mère. Je lui ai rétorqué qu'elle était faite comme il fallait, qu'elle n'avait pas le droit de partir, que vous étiez ses enfants, sa responsabilité. Je lui ai dit qu'il fallait qu'elle serre les dents comme toutes les mères en ce bas monde. Je lui ai dit que vous pouviez venir habiter ici toutes les trois, et que je l'aiderais, mais qu'elle ne pouvait pas s'en aller comme ça, comme toutes les autres dans cette famille de cinglées, pas question. *Mais si je partais* – elle insistait – *qu'est-ce que tu ferais?* Elle n'arrêtait pas de me poser cette question. Je me rappelle avoir essayé de la prendre dans mes bras, à plusieurs reprises, pour lui faire entendre raison, comme quand elle était petite et qu'elle faisait des caprices, mais elle m'échappait sans arrêt, comme un courant d'air. » Manou respire profondément. « À ce stade, j'étais moi-même dans tous mes états, et tu me connais quand je suis en colère. J'ai commencé à crier. Je possède ma part de tornade à l'intérieur, cela ne fait aucun doute. Et plus encore quand j'étais jeune. Big a raison sur ce point. » Elle soupire. « J'étais hors de moi. Ça a dérapé. *Si tu partais? Qu'est-ce que je ferais, à ton avis?* ai-je vociféré. *Ce sont mes petites-filles, mais je te préviens Paige, si tu t'en vas tu ne pourras plus revenir. Plus jamais. Tu seras morte à leurs yeux, morte à leurs cœurs, et morte à mes yeux aussi. Morte. Pour nous tous.* Voilà mot pour mot le discours ignoble que je lui ai tenu. Après quoi je me suis enfermée dans mon atelier le restant de la nuit. Le lendemain matin… elle était partie. »

Je suis retombée en arrière contre le dossier de ma chaise, assommée. Manou se tient à l'autre bout de la cuisine, dans une prison d'ombre. « J'ai dit à ta mère de ne jamais revenir. »

Elle reviendra, les filles.

Jamais une promesse. Une prière.

Sa voix s'élève, à peine plus audible qu'un murmure. « Je suis désolée. »

Ses paroles déferlent à l'intérieur de moi comme des nuages en accéléré, modifiant radicalement tout le paysage. Je parcours du regard ses dames vertes, déjà trois rien que dans la cuisine, ces femmes fantomatiques saisies quelque part entre ici et ailleurs – Paige en chacune d'elles, Paige partout en elles dans sa robe verte vaporeuse, j'en suis certaine à présent. Je repense à la manière dont Manou a fait en sorte que notre mère ne meure jamais dans nos cœurs, et que Paige Walker ne soit jamais tenue pour responsable de l'abandon de ses enfants. Car sans que nous le sachions, Manou s'attribuait elle-même le poids de cette culpabilité.

Je me souviens de cette pensée horrible qui m'avait traversé l'esprit, assise en haut des marches, quand je l'avais entendue s'excuser devant la Moitié de Maman. Je l'avais tenue pour responsable. Responsable de choses que même Manou la toute-puissante ne peut pas contrôler.

– Ce n'est pas ta faute, dis-je avec dans ma voix un aplomb que je ne me connaissais pas. Ça n'a jamais été ta faute, Manou. C'est *elle* qui est partie. *Elle* qui n'est pas revenue – ce fut sa décision, pas la tienne, quoi que tu aies pu lui dire.

Manou exhale comme si elle retenait son souffle depuis seize ans.

– Oh Lennie, s'écrie-t-elle, je crois que tu viens d'ouvrir la fenêtre – elle pose sa main sur son cœur – et de la laisser partir.

Je me lève de ma chaise pour aller vers elle en réalisant pour la première fois qu'elle a perdu deux filles. Comment fait-elle pour survivre, je l'ignore. Je prends conscience d'autre chose, aussi. Je ne porte pas ce double deuil. J'ai une mère et je me tiens juste à côté d'elle, je vois les années affaisser sa peau, je sens son souffle imprégné de l'odeur du thé. Je me demande si les recherches de Bailey pour retrouver notre mère l'auraient fait aboutir au même point, c'est-à-dire auprès de Manou. Je l'espère. Je pose délicatement ma main sur son bras en me demandant comment mon petit corps peut contenir autant d'amour pour quelqu'un.

– Bailey et moi avons eu beaucoup de chance de t'avoir. On a décroché le meilleur.

Elle ferme les yeux un instant et, la seconde d'après, je me retrouve entre ses bras et elle me serre fort contre elle, comme pour écraser chacun de mes os.

– C'est moi qui ai eu de la chance, dit-elle dans mes cheveux. Et maintenant, je crois qu'on devrait boire notre thé. Ça suffit.

Tandis que je regagne la table pour m'asseoir, une certitude s'éclaire en moi : la vie n'est qu'un vaste bazar. En fait, je vais dire à Sarah qu'il nous faut créer un nouveau mouvement philosophique – le bazaressentialisme au lieu de l'existentialisme, pour tous ceux capables d'apprécier ce bazar fondamental qu'est l'existence. Car Manou a raison. Il n'existe pas qu'une seule vérité, mais une multitude d'histoires qui se déroulent toutes en même temps, dans nos têtes et dans nos cœurs, et empiètent toutes l'une sur l'autre. En bref, un immense bazar, calamiteux et magnifique. Comme le jour où Mr James nous a emmenés dans les bois et s'est écrié triomphalement : « Voilà, c'est ça ! » face à l'étourdissante cacophonie provoquée par les instruments solistes essayant de jouer ensemble. Voilà : c'est ça.

J'examine les piles de mots qui constituaient autrefois mon livre préféré. Je voudrais recomposer toute l'histoire dans le bon ordre pour que Cathy et Heathcliff puissent faire d'autres choix, qu'ils cessent de se rentrer dedans à chaque virage, qu'ils écoutent la rage volcanique de leurs cœurs et tombent enfin dans les bras l'un de l'autre. Mais il est trop tard. Je vais jusqu'à l'évier, j'ouvre la poubelle et y déverse Cathy, Heathcliff et le reste de leurs malheurs.

Plus tard dans la soirée, je me rejoue la mélodie de Joe en boucle sur le porche tout en essayant de penser à des livres où l'amour triomphe pour de bon à la fin. Il y a Lizzie Bennet et Darcy, Jane Eyre qui finit avec Mr Rochester, c'est très bien, sauf qu'il fait enfermer sa femme à un moment, détail qui m'a toujours horrifiée.

Il y a Florentino Aziza dans *L'Amour au temps du choléra*, mais il lui a fallu attendre Fermina pendant cinquante ans avant qu'ils se retrouvent tous les deux sur un bateau à destination de nulle part. *Pfff*. Je dirais qu'il y a peu d'exemples littéraires convaincants et je trouve ça déprimant. Pourquoi le grand amour l'emporte-t-il si rarement dans les classiques? Et surtout, comment faire pour qu'il l'emporte entre moi et Joe? Si seulement je pouvais le convertir au bazaressentialisme… *Si j'avais des roulettes aux fesses, je serais un Caddie de supermarché.* Après tout ce qu'il m'a dit aujourd'hui, je crois que mes chances de succès sont à peu près nulles.

Je reprends le morceau au début pour la cinquantième fois environ quand je réalise que Manou m'écoute sur le pas de la porte. Je la croyais enfermée dans son atelier pour se remettre de nos émotions de l'après-midi. Je m'interromps au beau milieu d'une note, soudain gênée. Elle ouvre la porte moustiquaire et sort à ma rencontre, la boîte aux lettres en acajou entre les mains. « Quelle ravissante mélodie. Je crois que je pourrais la jouer de mémoire, à ce stade », déclare-t-elle en roulant des yeux. Elle dépose la boîte sur la table et s'affale sur le fauteuil. « Bien que je sois ravie de t'entendre jouer à nouveau. »

Je décide de lui annoncer la nouvelle.

– Je compte retenter ma chance pour la place de première clarinette cet automne.

– Oh, chou, chantonne-t-elle. Littéralement. Rien ne pouvait me faire plus plaisir.

Je souris, mais mon estomac se noue. J'ai l'intention de prévenir Rachel dès la prochaine répète. Ce serait tellement plus simple si je pouvais lui renverser un seau d'eau sur la tête comme la Méchante Sorcière de l'Ouest.

« Viens t'asseoir », dit Manou en tapotant le coussin à côté d'elle. Je la rejoins, ma clarinette sur les genoux. Elle a posé ses mains sur la boîte. « Tu es libre de lire tout ce qu'il y a là-dedans. Ouvre toutes les enveloppes. Lis mes messages, mes lettres. Mais sois prévenue, tout n'est pas rose, surtout au début. »

Je hoche la tête.

– Merci.

– Bien, dit-elle en ôtant ses mains de la boîte. Je vais aller faire un tour en ville et rejoindre Big au Saloon. J'ai besoin d'un bon remontant.

Elle m'ébouriffe les cheveux puis nous laisse toutes les deux, la boîte et moi.

Après avoir rangé ma clarinette dans un coin, je me rassois, la boîte sur les genoux, en traçant du bout des doigts des cercles autour des chevaux galopants. Encore et encore. J'ai à la fois envie de l'ouvrir, et pas du tout. Je n'aurai sans doute pas d'autres occasions de m'approcher aussi près de ma mère, quelle qu'elle soit – aventurière ou givrée, héroïne ou lâche, plus probablement une femme compliquée avec son lot de problèmes. Je lève les yeux vers les chênes de l'autre côté de la rue, la mousse espagnole qui pend à leurs épaules voûtées comme des châles décrépits, leurs silhouettes grises et noueuses pareilles à une bande de vieillards fomentant un verdict...

La porte grince. Je me retourne et découvre Manou, revêtue d'un machin rose vif à fleurs non identifié – manteau ? cape ? rideau de douche ? – par-dessus une robe à fleurs d'un violet encore plus éclatant. Ses cheveux cascadent en liberté autour de son visage ; on croirait presque qu'ils conduisent de l'électricité. Elle s'est maquillée, a mis du rouge à lèvres aubergine et enfilé des bottes de cow-boy pour chausser ses grands pieds de

Big Foot. Elle a l'air sublime et folle. C'est sa première sortie le soir depuis la mort de Bailey. Elle me salue, m'adresse un clin d'œil et descend les marches. Je la regarde traverser le jardin. Au moment d'atteindre la rue, elle fait volte-face et retient ses cheveux en arrière pour empêcher le vent de les lui souffler dans les yeux.

– Au fait, je donne un mois à Big, et toi?

– Tu rigoles? Deux semaines, grand max.

– Ce sera ton tour d'être le témoin.

– Pas de problème, dis-je en souriant.

Elle me sourit à son tour, son visage de reine rayonnant de malice. Nous avons beau affirmer le contraire, rien ne contribue davantage à la bonne humeur des Walker que la perspective d'un nouveau mariage pour oncle Big.

– Prends soin de toi, chou. Tu sais où nous trouver...

– Ça va aller, dis-je en sentant le poids de la boîte peser sur mes cuisses.

Dès qu'elle s'en va, j'ouvre le couvercle. Je suis prête. Tous ces messages, toutes ces lettres, accumulés depuis seize années. J'imagine Manou griffonnant une recette, une pensée, une idiotie ou un truc pas très tendre qu'elle aurait souhaité dire à sa fille, peut-être juste histoire d'évoquer son souvenir, voire l'enfouissant dans sa poche toute la journée puis montant discrètement au grenier juste avant d'aller se coucher pour glisser son message dans cette boîte, cette boîte aux lettres tenue secrète, année après année, sans savoir si sa fille les lirait un jour, sans savoir si quiconque...

Soudain, je retiens mon souffle – car c'est exactement ce que j'ai fait, moi aussi : écrire des poèmes et les éparpiller aux quatre vents avec ce même espoir qu'un jour, quelqu'un comprendrait qui je suis, qui était ma sœur et ce qui nous est arrivé.

Je sors les enveloppes et les compte – quinze au total, toutes adressées à *Paige* avec l'année inscrite juste à côté. Je cherche la toute première, rédigée par Manou à l'attention de sa fille il y a seize ans de cela. Au moment de décacheter l'enveloppe, j'imagine Bailey assise à mes côtés. *OK*, lui dis-je en sortant la lettre. *Nous avons rendez-vous avec notre mère.*

Prête, à fond. Je suis une bazaressentialiste – alors oui, prête à tout.

34

Le ranch des Shaw surplombe Clover. Ses terres s'étendent majestueusement, toutes vert et or, depuis le sommet de la colline jusqu'aux pieds de la ville. Je franchis le portail en fer et me dirige vers l'étable où je découvre Toby, à l'intérieur, plongé en plein monologue avec une magnifique jument noire tandis qu'il lui ôte sa selle.

– Je ne voulais pas vous interrompre, dis-je en m'approchant.

Il se retourne.

– *Wow*, Lennie !

Nous nous sourions bêtement. J'avais peur d'être mal à l'aise face à lui, mais nous avons tous deux l'air très heureux de nous revoir. Un peu gênée, je contemple la jument noire qui se tient entre nous et caresse sa couverture, encore humide. Une chaleur vive irradie de son corps.

Toby m'assène gentiment un petit coup de rêne sur la main.

– Tu m'as manqué.

– Toi aussi.

Alors, non sans soulagement, je réalise que mon estomac ne papillonne pas, même lorsque nos regards sont accrochés l'un à l'autre, comme c'est le cas à ce moment précis. Pas même un pincement. Le charme serait-il rompu? Le cheval s'ébroue – parfait : merci, Black Beauty.

– Envie d'une balade? me propose-t-il. On pourrait monter jusqu'à la crête. J'y étais tout à l'heure. Il y a un énorme troupeau d'élans qui se promène là-haut.

– En fait, Toby... je me disais qu'on pourrait aller voir Bailey.

– OK, dit-il sans réfléchir, comme si je venais de lui réclamer une glace. Curieux.

Je m'étais juré de ne pas remettre les pieds au cimetière. Personne ne parle jamais de la chair en décomposition, des vers et des squelettes, mais comment ne pas penser à ce genre de détails? J'ai fait tout ce qui était en mon pouvoir pour chasser ces pensées de ma tête, et ne pas m'approcher de la tombe de Bailey faisait partie intégrante de ce processus.

Mais hier soir, comme j'effleurais les objets sur sa coiffeuse, mon geste rituel avant de me coucher, j'ai réalisé qu'elle n'aimerait pas me voir m'accrocher aux cheveux noirs emmêlés aux poils de sa brosse ou au linge sale puant que je me refuse encore à laver. Elle trouverait ça franchement répugnant et glauque, genre lady Havisham et sa robe de mariée[4]. J'ai eu soudain la vision de Bailey assise sur la butte à l'entrée du cimetière de Clover flanquée de chênes séculaires, de sapins et de séquoias, telle une reine devant sa cour, et j'ai su que le moment était venu.

---

[4] Lady Havisham : personnage du roman de Charles Dickens, *Les Grandes Espérances*. Abandonnée par son fiancé au matin des noces, elle passa le restant de ses jours vêtue de sa robe de mariée.

Bien que le cimetière soit situé suffisamment près pour que l'on puisse s'y rendre à pied, lorsque Toby a fini de s'occuper de sa jument, nous grimpons dans sa camionnette. Il enfonce la clé dans le contact, mais ne la tourne pas. Le regard figé à travers le pare-brise en direction des prairies dorées, il tambourine sur son volant un rythme staccato à deux doigts. Je vois bien qu'il se prépare à dire quelque chose. J'appuie ma tête contre ma vitre et observe les champs en m'imaginant sa vie, ici, la solitude qui doit être la sienne. Au bout d'une ou deux minutes, il prend la parole de sa voix grave et apaisante. « J'ai toujours détesté être fils unique. Je vous enviais, toutes les deux. Vous étiez si proches. »

Ses mains se crispent sur le volant, le regard toujours immobile, droit devant.

– J'étais fou de joie de me marier avec Bailey, d'avoir ce bébé... Fou de joie de faire partie de votre famille. Je sais que c'est nul de dire ça maintenant, mais j'ai vraiment cru que je pourrais t'aider. Je voulais tellement t'aider. Et je sais que Bailey aurait voulu que je le fasse. – Il secoue la tête. – J'ai merdé grave. Je voulais juste... Difficile à dire. Tu comprenais, toi. C'était même comme si tu étais la seule à comprendre. J'ai commencé à me sentir proche de toi, trop proche. Tout s'est embrouillé dans ma tête...

– Mais tu m'as aidée, l'interromps-je. Tu étais le seul capable de me tendre la main. Je ressentais ce lien moi aussi, même sans le comprendre. Je ne sais pas ce que j'aurais fait sans toi.

Il se tourne vers moi.

– Sérieux ?

– Sérieux.

Il m'adresse son plus beau sourire, adorable, les yeux mi-plissés.

– Bon, je sais au moins que je peux me maîtriser et ne plus te sauter dessus. Mais toi, en revanche, sauras-tu me résister…

Il hausse un sourcil, me coule un regard lourd de sens, puis lâche un rire insouciant, libéré. Je lui donne une claque sur le bras. Il reprend :

– Bref, on pourra peut-être se voir de temps en temps – si je continue à refuser les invitations à dîner de Manou, elle serait capable de m'envoyer la garde nationale.

– Fascinant. Deux blagues dans la même phrase. Je n'en crois pas mes oreilles.

– Je ne suis pas complètement abruti, tu sais ?

– J'imagine. Ma sœur devait bien avoir une raison de vouloir passer toute sa vie avec toi !

Et d'un coup d'un seul, tout sonne juste entre nous, enfin.

– Bien, dit-il en démarrant la camionnette. Une petite visite au cimetière pour se remonter le moral ?

– Troisième blague, stupéfiant…

Mais ce devait être son quota de mots pour l'année entière, car le reste du trajet se déroule en silence. Un silence chargé de nervosité. La mienne. Je me sens tendue. Je ne sais pas trop de quoi j'ai peur, à vrai dire. Je me répète en boucle que c'est juste une dalle de pierre, juste un joli coin de terre planté d'arbres magnifiques surplombant la cascade. Juste un lieu où le corps de ma sublime sœur repose dans une boîte, pourrissant dans sa robe noire sexy et ses sandales. Oh non ! C'est plus fort que moi. Toutes les visions que je m'étais interdites viennent m'assaillir en bloc : poumons vides et aplatis. Rouge à lèvres sur sa bouche immobile. Le bracelet en argent, cadeau de Toby, à son poignet privé de pouls. Son piercing au nombril. Ses cheveux et ses ongles qui continuent à pousser dans le noir. Son corps sans plus la moindre pensée à l'intérieur. Sans plus la moindre notion du temps à l'intérieur. Sans plus le moindre amour à l'intérieur. Écrasé sous deux mètres de terre. Je repense à la sonnerie du téléphone dans la cuisine, au bruit mat qu'a fait Manou en heurtant le sol, puis au son inhumain qui est sorti de sa gorge, traversant le plancher pour monter jusqu'à notre chambre.

Je coule un regard en direction de Toby. Il ne semble pas nerveux. Une pensée me vient.

– Tu y es déjà allé?

– Bien sûr. Presque tous les jours.

– Vraiment?

Il me dévisage, comme s'il venait de comprendre.

– Tu veux dire que tu n'y es jamais allée depuis?

– Non.

Je me tourne vers la vitre. Je suis une sœur abominable. Les vraies sœurs se rendent au cimetière malgré les images sordides qu'elles ont dans la tête.

– Manou y va, poursuit-il. Elle a planté quelques rosiers, d'autres fleurs aussi. Les gens du cimetière lui ont dit plusieurs fois de les enlever, mais chaque fois qu'ils les arrachent, elle en replante encore plus. Ils ont fini par laisser tomber.

Je n'arrive pas à croire que tout le monde s'est rendu sur la tombe de Bailey sauf moi. Je n'arrive pas à croire le sentiment d'aliénation que cela m'inspire.

– Et Big?

– Je retrouve sans arrêt ses mégots de joints, là-bas. On y est allés ensemble deux trois fois. – Il se tourne vers moi, m'examine attentivement pendant une éternité ou presque. – Ça va bien se passer, Lennie. Plus facilement que tu ne crois. J'étais mort de trouille la première fois.

Je réalise quelque chose, tout à coup.

– Toby, dis-je en contenant ma nervosité tant bien que mal. Tu dois avoir l'habitude d'être fils unique…

Ma voix commence à trembler.

– Mais pour moi, c'est tout nouveau.

Je regarde par la fenêtre.

– Peut-être qu'on…

Je me sens soudain trop timide pour formuler ma phrase jusqu'au bout, mais il a déjà compris.

– J'ai toujours voulu une sœur, dit-il en se garant sur le petit parking.

– Tant mieux, dis-je, brusquement libérée d'un poids. Je me penche vers lui et lui plante le baiser le moins sensuel du monde sur la joue. Viens. Allons lui dire qu'on est désolés.

35

Il était une fois une fille qui, se trouvant
morte,
     passait ses journées à regarder
     par-dessus le muret du paradis,
     le menton entre les mains.
     Elle s'ennuyait terriblement,
     ne s'était pas encore habituée au rythme lent
     de la vie paradisiaque.
     Sa sœur levait les yeux vers elle
     pour lui faire signe,
     et la fille morte lui faisait signe à son tour,
     mais de trop loin
     pour que sa sœur puisse la voir.
     La fille morte avait l'impression que sa sœur
     lui écrivait des messages,
     mais cela demandait un trop long voyage
     pour récupérer quelques papiers éparpillés,
     si bien qu'elle n'y touchait pas.
     Puis, un beau jour, sa sœur terrestre finit par
réaliser

Qu'on entendait la musique jusque là-haut, au paradis,
si bien que tout ce qu'elle avait à lui dire
elle pouvait le lui transmettre par sa clarinette
et chaque fois que sa sœur jouait, la fille morte
bondissait (quel que soit ce qu'elle était en train de faire)
et se mettait à danser.

(Trouvé sur un morceau de papier dans les rayonnages à la lettre B, bibliothèque municipale de Clover)

J'ai un plan. Je vais écrire un poème à Joe. Mais chaque chose en son temps.

Lorsque j'entre dans la salle de musique, je vois que Rachel est déjà là, en train de déballer sa clarinette. Le moment est venu. J'ai la main tellement moite que j'ai peur de lâcher la poignée de mon étui en traversant la pièce jusqu'à elle.

« Ça alors, John Lennon », dit-elle sans même lever les yeux. Aurait-elle l'ignominie de me jeter le surnom de Joe à la figure ? Visiblement, oui. Eh bien, tant mieux, car la rage semble apaiser mes nerfs. La course peut démarrer.

« Je souhaite te défier pour la chaise de première clarinette », dis-je et une ovation spontanée explose à l'intérieur de ma tête. Jamais des mots sortis de ma bouche ne m'avaient autant fait un bien fou ! Hmm. Bien que Rachel ne semble guère les avoir entendus. Elle continue à assembler son anche et sa ligature comme si la sonnerie officielle n'avait pas retenti, comme si la stalle de départ ne venait pas de s'ouvrir.

Je m'apprête à répéter lorsqu'elle déclare : « Tu n'as rien à craindre, Lennie. » Elle crache mon prénom à terre comme s'il la dégoûtait. « Il est raide dingue de toi. Dieu sait pourquoi ! »

Cette minute pourrait-elle se révéler encore plus jubilatoire ? Non ! Je m'efforce de rester calme. « Ça n'a rien à voir avec lui », dis-je, et c'est d'ailleurs la stricte vérité. Ça n'a rien à voir avec elle non plus, enfin pas vraiment, même si je me garde bien de le dire. C'est entre moi et ma clarinette.

« Ben voyons, réplique-t-elle. Tu me fais tout ce cinéma parce que tu m'as vue avec lui.

– Non. » La certitude dans ma voix me surprend moi-même. « Je veux les solos, Rachel. » À ces mots, elle cesse de bricoler sa clarinette, la pose sur le pupitre et me regarde droit dans les yeux. « Et je reprends les cours avec Marguerite. » Cette décision-là, je l'ai prise en chemin. J'ai désormais droit à toute son attention exclusive et hébétée. « Je vais tenter l'audition pour l'orchestre régional, aussi. » Ça, en revanche, c'est un scoop, même pour moi.

Nous nous dévisageons et, pour la première fois, je me demande si elle ne sait pas depuis le début que j'ai raté l'audition exprès. Je me demande si ce n'est pas la raison pour laquelle elle se comporte avec moi comme une garce. Peut-être croyait-elle m'intimider suffisamment pour que je n'ose jamais contester son titre. Peut-être croyait-elle que c'était le seul moyen de conserver sa chaise.

Elle se mord la lèvre.

– Et si on se partageait les solos. Tu pourrais...

Je fais non de la tête. J'aurais presque pitié d'elle. Presque.

– Rendez-vous en septembre, dis-je. Et que la meilleure clarinette l'emporte.

Plus fort qu'un saut dans le vide sans parachute, je m'envole hors de la salle de musique, loin du lycée et à travers la forêt pour rentrer chez moi et écrire mon poème à Joe. À mes côtés, à chaque pas, à chaque souffle, me poursuit l'insoutenable réalité que j'ai tout un avenir devant moi et pas Bailey.

C'est alors que je comprends.

Ma sœur ne cessera jamais de mourir, encore et encore, pendant le restant de mes jours. Le deuil, c'est pour la vie. Ça ne s'en va jamais ; ça fait progressivement partie de vous, à chaque pas, à chaque souffle. Je ne cesserai jamais de faire le deuil de Bailey pour la bonne raison que je ne cesserai jamais de l'aimer. C'est comme ça. Le deuil et l'amour sont liés, l'un ne va pas sans l'autre. Tout ce que je peux faire, c'est l'aimer, aimer le monde, et célébrer sa vie en vivant la mienne avec audace, joie et courage.

Sans réfléchir, j'emprunte le chemin de la chambre à ciel ouvert. Tout autour de moi, la forêt est un déchaînement de beauté sauvage. Le soleil qui cascade à travers les arbres projette des joyaux incandescents sur le sol tapissé de fougères. Des rhododendrons m'effleurent de part et d'autre, comme autant de femmes vêtues de robes magnifiques. J'ai envie de tous les étreindre.

En arrivant à la chambre à ciel ouvert, je saute sur le lit et me mets à l'aise. J'ai l'intention de prendre mon temps avec ce poème, pas comme tous ceux que j'ai griffonnés et éparpillés un peu partout. Je sors mon stylo de ma poche, une partition vierge de mon sac, et me mets à écrire.

Je lui dis tout – tout ce qu'il représente pour moi, tout ce que j'ai ressenti avec lui et n'avais jamais éprouvé auparavant, tout ce que j'entends dans sa musique. J'ai besoin qu'il me fasse confiance, alors je vide mon sac. Je lui dis que je lui appartiens, que mon cœur lui appartient, et que cela sera toujours vrai, quand bien même il ne me pardonnait jamais.

C'est mon histoire, après tout. J'ai choisi de la raconter ainsi.

Une fois mon poème terminé, je redescends du lit et, ce faisant, avise un médiator bleu posé sur la couette blanche. J'ai dû m'asseoir dessus pendant tout l'après-midi. Je me penche pour le ramasser et reconnais aussitôt le médiator de Joe. Il a dû venir jouer ici – c'est bon signe. Je décide de lui laisser le poème sur place plutôt que de le glisser dans sa boîte aux lettres, comme je l'avais initialement prévu. Je plie la feuille, y inscris son nom et la dépose sur le lit, coincée sous un caillou pour éviter qu'elle ne s'envole. J'y place également le médiator.

En rentrant chez moi, je réalise que c'est la première fois depuis la mort de Bailey que j'écris pour que quelqu'un me lise.

36

Je suis trop mortifiée pour trouver le sommeil. Qu'est-ce qui m'a pris? Je m'imagine Joe lisant mon poème ridicule à ses frères, ou pire, à Rachel, tous pliés de rire et se moquant de cette pauvre Lennie qui n'a rien compris aux histoires d'amour sauf ce qu'elle en a lu dans les livres d'Emily Brontë. Je lui ai dit : *Je lui appartiens.* Je lui ai dit : *Mon cœur lui appartient.* Je lui ai dit : *J'entends son âme dans sa musique.* Je vais me jeter du haut d'un immeuble. Qui fait des déclarations pareilles au vingt et unième siècle? Personne! Comment une idée peut-elle vous sembler brillante un jour et débilissime le lendemain?

Dès qu'il fait suffisamment jour, j'enfile un sweat par-dessus mon pyjama, chausse mes baskets et m'élance dans la forêt au petit matin vers la chambre à ciel ouvert pour récupérer mon poème, mais quand j'arrive enfin sur place, il n'est plus là. Quelle chance y avait-il pour que Joe se pointe ici hier après-midi juste après mon départ? Aucune, naturellement.

Sarah me tient compagnie avec son soutien psycholo-gique anti-humiliation pendant que je prépare mes lasagnes.

Elle n'arrête pas de pousser des petits cris.

– Tu vas devenir première clarinette, Lennie. J'en suis sûre.

– On verra.

– Ça t'aidera à entrer au conservatoire. À Juilliard, même.

Je prends une grande inspiration. Je me faisais l'effet d'une voleuse chaque fois que Marguerite en parlait, d'une traîtresse conspirant pour s'emparer du rêve de ma sœur alors qu'il venait de lui être ôté. Pourquoi n'ai-je pas réalisé qu'il m'était possible de rêver *avec* elle? Pourquoi n'ai-je jamais eu le courage d'avoir un rêve à moi?

– J'aimerais beaucoup aller à Juilliard, dis-je à Sarah. Mais n'importe quel bon conservatoire m'irait tout aussi bien.

J'ai juste envie d'étudier la musique – d'étudier le son de la vie, de vivre le son de la vie.

– On pourrait y aller toutes les deux, propose Sarah en engloutissant des tranches de mozzarella à mesure que je les découpe.

Je lui tape sur la main. Elle continue: «Et se prendre un appart ensemble à New York.»

Elle semble sur le point de décoller pour l'espace inter-sidéral à cette idée – et moi aussi, même si je ne peux m'empêcher de me demander, pathétique: «*Et Joe, dans tout ça?*»

– Ou pourquoi pas Berklee, ou Boston, poursuit-elle, ses grands yeux bleus écarquillés comme des soucoupes. N'oublie pas Berklee. De toute manière, on pourrait y aller avec Ennui, prendre le chemin des écoliers. Visiter le Grand Canyon, aller à La Nouvelle-Orléans, peut-être…

– *Arggghhhhhhhhhh…*

– Arrête un peu avec ton poème. Quelle meilleure distraction possible que les divines déesses Juilliard et Berklee! *Pfff.* Je vous jure…

– Tu n'as pas idée du truc totalement anti-orgasmique que j'ai écrit.

– Joli vocabulaire, Len.

Elle feuillette un magazine laissé sur le comptoir.

– Minable n'est pas un terme assez minable pour décrire ce poème, marmonné-je. Sarah, j'ai dit à un type que je lui *appartenais*.

– C'est ce qui arrive quand on lit *Les Hauts de Hurlevent* dix-huit fois.

– Vingt-trois.

Je superpose les niveaux : sauce, plaque, *Je t'appartiens*, fromage, sauce, *mon cœur t'appartient*, plaque, fromage, *J'entends ton âme à travers ta musique*, fromage, fromage, FROMAGE…

Sarah me sourit.

– Tu sais, ça peut marcher. Il m'a l'air un peu pareil.

– Pareil que quoi?

– Ben, pareil que toi.

37.

Bails ?

Ouais ?

Tu trouves pas ça dingue, toi, que Cathy épouse Edgar Linton ?

Si.

Tu oserais faire un truc aussi stupide ?

Non.

Je veux dire, tout ce qu'elle partage avec Heathcliff, comment est-ce qu'elle peut le balancer par la fenêtre comme ça ?

J'en sais rien. C'est quoi, ton problème, Len ?

Quel problème ?

Avec ce bouquin. Il y a un truc, non ?

Je sais pas.

Bien sûr que si. Dis-le-moi.

C'est trop cul-cul.

Allez, Len, vas-y.

Je crois que j'aimerais vivre la même chose.

Quoi donc ?

Ce genre d'amour. J'aimerais que ça m'arrive un jour.

Ça t'arrivera.

Comment tu le sais ?

Je le sais, point.

Les orteils savent toujours tout ?

Les orteils savent toujours tout.

Mais si ça m'arrive, je n'ai pas envie de tout gâcher comme eux.

Ne t'inquiète pas. Les orteils savent ça, aussi.

Bonne nuit, Bails.

Len, je pensais juste à un truc...

Quoi ?

Tu sais, à la fin, Cathy et Heathcliff sont ensemble, l'amour est plus fort que tout, même la mort.

Hmm...

Bonne nuit, Len.

(*Trouvé sur un morceau de partition vierge, parking du lycée de Clover*)

313

Je me dis que c'est ridicule de refaire tout le chemin jusqu'à la chambre à ciel ouvert, qu'il n'y a aucune chance au monde pour qu'il y soit, qu'aucun poème New Age à la sauce victorienne ne fera revenir sa confiance en moi, qu'il doit encore me détester et me prendre en plus pour la reine des connes à l'heure qu'il est.

Mais j'y suis quand même, et bien sûr il n'y est pas. Je me laisse tomber en arrière sur le lit. Les yeux levés vers les fragments de ciel bleu qui se découpent entre les arbres, je m'en tiens à mon programme habituel et me remets à penser à Joe. Il y a tant de choses que j'ignore à propos de lui. Je ne sais même pas s'il croit en Dieu, s'il aime le gratin aux macaronis, quel est son signe astrologique, s'il rêve en français ou en anglais, ou quelle sensation cela ferait de... hum, hum ! Me voilà qui passe de la religion au X, tout ça parce que, eh bien oui, j'aimerais que Joe ne me déteste pas et qu'en réalité j'ai vraiment envie d'aller *jusqu'au bout* avec lui. J'en ai marre de ma virginité. C'est comme si le monde entier sauf moi connaissait un secret extraordinaire que...

J'entends soudain quelque chose : un son étrange, funèbre, qui n'a résolument rien à voir avec les bruits de la forêt. Je redresse la tête et m'appuie sur un coude, l'oreille aux aguets, m'efforçant d'isoler ce son du bruissement des feuilles, du lointain grondement de la rivière et du pépiement des oiseaux tout autour de moi. Il s'infiltre à travers les arbres et semble se rapprocher à chaque seconde, de plus en plus près. Je continue à tendre l'oreille et c'est alors que je reconnais ce son, ces notes, avec une perfection cristalline à présent, qui flottent jusqu'à moi – la mélodie de Joe. Je ferme les yeux en priant pour que ce soit réellement une clarinette et non une quelconque hallucination auditive fabriquée par mon cerveau malade d'amour. En effet, je ne me suis pas trompée car je perçois désormais un bruit de pas entre les fourrés. Au bout de deux minutes, la musique s'arrête, les bruits de pas aussi.

J'ai peur d'ouvrir les yeux, mais je le fais quand même, et il se tient au pied du lit, son regard posé sur moi... l'armée de cupidons ninjas qui devaient se cacher dans la cime des arbres tendent leurs arcs... et une pluie de flèches s'abat sur moi de toutes parts.

« Je pensais bien te trouver ici. » Il m'est difficile de déchiffrer son expression. Nervosité ? Colère ? Son visage est mouvant comme s'il ne parvenait pas à se fixer sur une émotion précise. « J'ai trouvé ton poème... »

J'entends le sang gronder partout dans mon corps, marteler l'intérieur de mes oreilles. Que va-t-il dire, maintenant ? J'ai trouvé ton poème et je suis désolé, mais je ne pourrai jamais te pardonner. J'ai trouvé ton poème et je ressens la même chose : *mon cœur t'appartient, John Lennon.* J'ai trouvé ton poème et j'ai déjà prévenu l'hôpital psychiatrique – j'ai même une camisole de force dans mon sac à dos. Bizarre. Je n'avais vu Joe avec un sac à dos.

Il se mord la lèvre, tapote sa clarinette contre sa jambe. Nervosité – ça ne fait aucun doute. Mauvais signe. « Lennie, j'ai trouvé *tous* tes poèmes. » De quoi est-ce qu'il parle ? Comment ça, *tous* mes poèmes ? Il coince sa clarinette entre ses genoux, ôte son sac de son épaule et l'ouvre. Puis il respire un grand coup, sort une boîte et me la tend. « Enfin, sûrement pas tous, mais au moins ceux-là. »

J'ouvre la boîte. À l'intérieur sont conservés des morceaux de feuilles, de serviettes en papier ou de gobelets, tous avec mes mots griffonnés dessus. Ces fragments de Bailey et moi que j'ai éparpillés, enterrés ou cachés. Je n'en crois pas mes yeux.

«Comment?» demandé-je, stupéfaite, puis peu à peu mortifiée à l'idée qu'il ait lu tous ces messages. Tous ces moments personnels et désespérés. C'est encore pire que si on lisait votre journal intime. Plutôt comme si on lisait le journal intime que vous pensiez avoir brûlé. Et comment les a-t-il récupérés? M'aurait-il suivie? Ce serait le pompon. Je tombe enfin amoureuse de quelqu'un et il faut que ce soit un dangereux maniaque.

Je le dévisage. Il a un petit sourire au coin des lèvres et je perçois un battement infime au niveau de ses paupières. Cils. Cils. « Je sais ce que tu vas penser, dit-il. Que je t'ai suivie partout comme un psychopathe. »

Bingo.

Ça a l'air de l'amuser. « Pas du tout, Len. C'est arrivé comme ça. Au début, j'ai commencé à tomber sans faire exprès sur tes poèmes, et heu... du coup, je me suis mis à les rechercher. C'était plus fort que moi. C'est devenu comme une espèce de chasse aux trésors bizarre. Tu te souviens, le premier jour, dans l'arbre? »

Je hoche la tête. Mais une pensée encore plus folle que celle de Joe en harceleur collectionnant mes poèmes me vient tout à coup : il n'est plus fâché contre moi. Serait-ce l'effet de mon poème anti-orgasmique? Quelle que soit l'explication, je me sens portée par une euphorie si puissante que je ne l'écoute même plus m'expliquer comment mes poèmes ont fait pour atterrir dans cette boîte à chaussures et non dans une décharge publique ou encore emportés au-dessus de la vallée de la Mort par une bourrasque.

Je m'efforce de suivre ce qu'il dit. « Tu te souviens, dans l'arbre, quand je t'ai dit que je t'avais vue à la Grande Prairie? Je t'ai dit que je t'avais vue écrire quelque chose et le lâcher par terre. Mais ce que je ne t'ai pas dit, c'est qu'après ton départ, je suis allé récupérer les bouts de papier dans l'herbe. C'était un poème sur Bailey. Je n'aurais sans doute pas dû le garder. Je comptais te le rendre ce jour-là dans l'arbre, il était dans ma poche, mais j'ai réalisé que tu me prendrais pour un dingue de l'avoir ramassé, alors je l'ai conservé. » Il se mordille la lèvre. Je me souviens qu'il m'avait dit m'avoir vue écrire ce jour-là, mais je n'aurais jamais imaginé une seconde qu'il irait *chercher* mon poème pour le *lire*. Il poursuit : « Pendant qu'on était dans l'arbre, j'ai vu des mots écrits sur les branches et je me suis dit que tu avais peut-être écrit d'autres textes, mais je n'ai pas osé te demander, alors j'y suis retourné une autre fois et j'ai tout recopié dans un cahier. »

Je n'en reviens pas. Je me redresse en position assise et fouille le contenu de la boîte en l'examinant de plus près, cette fois. Il y a là des bouts de papier recouverts de son écriture de poseur de bombes fou – sans doute des retranscriptions de choses que j'ai griffonnées sur les murs, les parois d'écurie ou toute autre surface plane disponible. Je ne suis pas sûre de savoir ce que ça m'inspire. Il sait tout – me voilà percée à jour.

Son expression semble osciller entre inquiétude et excitation, mais cette dernière semble finalement l'emporter. Il a visiblement très envie de tout me dire. « La première fois que je suis allé chez toi, j'ai vu un autre message qui dépassait de sous un gros caillou dans le jardin de Manou, puis encore un sous la semelle de ta chaussure, et après ça le jour où on a déménagé tous les meubles sur la pelouse, la vache... à croire que partout où je posais mon regard, je voyais tes mots. Ça m'a rendu un peu marteau, je me retrouvais à traquer tes messages sans arrêt... » Il secoue la tête. « J'ai continué, même lorsque j'étais furax contre toi. Mais le plus étrange, c'est que j'en avais déjà trouvé un ou deux autres avant même de te connaître... la première fois, c'était juste quelques mots inscrits au dos d'un emballage de barre chocolatée, trouvé sur le sentier menant à la rivière, je n'avais pas la moindre idée de qui avait pu écrire ça, enfin... pas encore. »

Il me regarde fixement en tapotant sa clarinette contre sa jambe. Il semble nerveux, à nouveau. « Bon, OK. Dis quelque chose. Tu n'as pas à te sentir gênée, tu sais. Tes poèmes m'ont fait tomber encore plus amoureux de toi. » Alors, il me sourit et tous les endroits du globe où il faisait encore nuit voient le jour se lever. « Tu ne vas même pas me dire *quel naze* ? »

Il y a un tas de choses que je pourrais dire si seulement je parvenais à ouvrir la bouche au lieu d'avoir ce sourire béat scotché en travers de la figure. Voilà qu'il me refait le coup du *je suis amoureux de toi* qui efface automatiquement tous les autres mots qui sortent de sa bouche.

D'un geste, il désigne la boîte. « Ils m'ont aidé. J'ai la tête dure et je suis très rancunier, au cas où tu n'aurais pas remarqué. Je les lisais sans arrêt – je les ai lus et relus des dizaines de fois le jour où tu es venue avec les roses – en essayant de comprendre ce qui s'était passé, pourquoi tu étais avec lui, et je crois avoir enfin saisi, aujourd'hui. Comment dire... En lisant tous ces poèmes, j'ai commencé à *vraiment* imaginer ce que tu avais traversé, à quel point cela avait dû être horrible... » Il déglutit, baisse la tête et piétine maladroitement les aiguilles de pin. « Pour lui, aussi. Je crois que j'ai compris pourquoi c'était arrivé. »

Comment ai-je pu écrire à Joe pendant des mois dans le savoir ? Quand il relève la tête, il sourit. « Et puis, hier... » Il jette sa clarinette sur le lit. « J'ai appris que tu m'appartenais. » Il me pointe du doigt. « T'es mon esclave, poupée. »

Je souris.

– Ça t'amuse, hein ?

– Ouais, mais t'inquiète, parce que je suis ton esclave aussi. – Il secoue la tête et ses cheveux lui tombent dans les yeux, j'en mourrais. – Ton esclave grave.

Une nuée d'oiseaux fous de bonheur s'échappe hors de ma poitrine pour se répandre dans le ciel. Je me réjouis qu'il ait lu mes poèmes. Je veux qu'il sache tout de moi. Je veux qu'il connaisse ma sœur et d'une certaine manière il la connaît, à présent. Désormais, il connaît l'avant comme l'après.

Il s'assoit au bord du lit, ramasse une brindille pour tracer un dessin sur le sol, puis la jette et laisse son regard errer en direction des arbres.

– Excuse-moi, dit-il.

– Tu n'as pas à t'excuser. Je suis contente que... »

Il se tourne vers moi.

– Non, ça n'a rien à voir avec les poèmes. Excuse-moi pour ce que j'ai dit l'autre jour, à propos de Bailey. Après t'avoir lue, je savais pertinemment que ça te ferait du mal...

Je pose un doigt en travers de sa bouche.

– Chut !

Il prend ma main et la presse contre ses lèvres. Les yeux clos, je sens un frisson me parcourir – nous ne nous étions pas touchés depuis si longtemps. Il repose ma main sur le lit. J'ouvre les yeux. Les siens me fixent, interrogateurs. Il me sourit, mais la vulnérabilité et la peine qui hantent encore son visage me bouleversent.

– Tu ne me referas plus jamais ça, hein ? dit-il.

– Jamais, m'écrié-je. Je veux être avec toi pour toujours !

OK, leçon de la semaine, deuxième édition : on a beau découper un roman victorien en morceaux avec une paire de tenailles, on ne s'en désintoxique pas comme ça.

Il a le sourire jusqu'aux oreilles.

– Tu es encore plus cinglée que moi.

Nous nous observons longuement et, pendant ce long échange, j'ai l'impression que nous échangeons un baiser plus fougueux que jamais alors que nous ne nous touchons même pas.

Je tends la main pour effleurer son bras.

– J'y peux rien. Je suis amoureuse.

– Première fois, dit-il. Pour moi.

– Je croyais qu'en France...

Il secoue la tête.

– Non, sûrement pas, rien à voir.

Il me touche la joue avec ce geste tendre qui n'appartient qu'à lui, ce geste capable de me faire croire à la fois en Dieu, en Bouddha, en Mahomet, en Ganesha, en la Vierge Marie et toute la clique.

– Il n'y a que toi pour moi, murmure-t-il.

– Pareil, dis-je juste avant que nos lèvres se touchent. Il me repousse doucement sur le lit et s'allonge sur moi afin que nos jambes, nos hanches et nos ventres se collent. Je sens son corps peser sur chaque centimètre du mien. J'enfonce mes doigts dans ses mèches noires et soyeuses.

« Tu m'as manqué », chuchote-t-il à mes oreilles, dans mon cou et dans mes cheveux, et je lui réponds chaque fois « Toi aussi », alors nous nous embrassons à nouveau et j'ai du mal à croire que dans ce monde d'incertitude, quelque chose puisse me paraître aussi bon, aussi réel, aussi vrai.

Plus tard, lorsque nous avons repris notre souffle, je

soulève la boîte et commence à parcourir les poèmes. Il y en a beaucoup, mais pas autant que tous ceux que j'ai écrits. J'aime l'idée qu'il en reste encore tant d'autres égarés dans la nature, coincés entre des rochers, dans des poubelles, sur des murs, dans des marges de livres, certains effacés par la pluie ou le soleil, emportés par le vent, d'autres qui ne seront jamais retrouvés, ou pas avant plusieurs années.

« Tiens, où est celui d'hier ? » lui demandé-je. Sentant mon embarras naturel reprendre le dessus, je me dis qu'il n'est peut-être pas trop tard pour le déchirer accidentellement, maintenant que le résultat est accompli.

« Tu ne le trouveras pas là-dedans. Celui-là, je me le garde. » Tant pis, bien tenté. Il laisse sa main flâner nonchalamment au creux de ma nuque et le long de mon dos. Je me fais l'effet d'un diapason humain, mon corps tout entier vibre et bourdonne.

« Tu ne vas pas me croire, dit-il. Mais je crois que les roses ont vraiment un pouvoir. Sur mes parents – je te jure, ils n'arrêtent pas de se bécoter. C'est répugnant. Marcus et Fred sont même allés chez toi en piquer pendant la nuit pour les offrir à des filles dans l'espoir qu'elles voudront bien coucher avec eux. » Manou va adorer. Heureusement qu'elle a un faible pour les frères Fontaine.

Je repose la boîte sur le lit et pivote pour le regarder bien en face.

– Je suis sûre qu'*aucun* de vous trois n'a besoin de roses pour ça.

– John Lennon ?...

Cils. Cils. Cils.

Je caresse délicatement ses lèvres.

– J'ai envie d'aller jusqu'au bout, moi aussi.

– *Ouaouh* ! dit-il en m'attirant contre lui, et nous nous embrassons si haut dans le firmament que nous ne sommes pas près de redescendre sur terre.

Si quelqu'un demande où nous trouver, dites-lui juste de lever les yeux vers le ciel.

38

Bails ?
Ouais,
C'est si ennuyeux que ça, la mort ?
Avant oui, mais tout a changé.
Qu'est-ce qui a changé ?
J'ai arrêté de regarder par-dessus le muret...
Et tu fais quoi, maintenant ?
Difficile à expliquer – c'est comme de nager,
non pas dans l'eau, mais dans la lumière.
Avec qui nages-tu ?
Essentiellement avec toi et Toby, Manou, Big,
maman aussi, parfois.
Pourquoi je ne connais pas ça, moi aussi ?
Tu connaissais déjà, non ?
Tu veux parler de nos journées au torrent ?
Exactement. Mais avec encore plus de lumière.

(Écrit dans le journal intime de Lennie)

Manou et moi passons la journée à confectionner des gâteaux pour le mariage de Big. Toutes les portes et les fenêtres sont ouvertes, laissant pénétrer à flots le bruit de la rivière, le parfum des roses et la chaleur du soleil. On jacasse dans la cuisine comme deux pies.

C'est notre rituel à chaque mariage, sauf que c'est la première fois que nous le faisons sans Bailey. Pourtant, bizarrement, la sensation de sa présence m'est encore plus forte aujourd'hui dans la cuisine avec Manou qu'elle ne l'a été depuis sa mort. Lorsque j'étale la pâte avec le rouleau, elle se glisse à côté de moi et écrase sa main dans la farine pour m'en tamponner le visage. Lorsque Manou et moi nous appuyons contre le plan de travail pour boire un thé, elle déboule dans la cuisine et s'en verse une tasse. Elle s'assoit sur toutes les chaises, entre et sort de chaque pièce, s'immisce entre Manou et moi, fredonnant et trempant son doigt dans nos préparations. Elle habite chacune de mes pensées, chaque mot que je prononce, et je la laisse faire. Je la laisse m'enchanter à mesure que j'étale la pâte, que je réfléchis ou que je papote avec Manou, que nous jouons les pâtissières à la chaîne – ayant toutes les deux fini par convaincre Joe qu'un gâteau de mariage explosif n'était pas une bonne idée – et échangeons des propos d'une profondeur inouïe, comme par exemple quelle tenue doit porter Manou pour la réception. Cette question la préoccupe énormément.

« Je devrais peut-être me mettre en pantalon, pour changer. » C'est une révolution planétaire. Manou porte toujours des robes à fleurs, quelle que soit l'occasion – je ne l'ai jamais vue avec autre chose sur le dos. « Et j'envisage de me faire un brushing. » OK, ce n'est plus seulement une révolution planétaire, mais une déflagration cosmique. Imaginez Méduse avec un sèche-cheveux. Le cheveu raide est un objectif impossible à atteindre pour Manou, ou pour n'importe quel autre membre de la famille Walker, même à H-30 du début des festivités.

– En quel honneur? lui demandé-je.

– J'ai juste envie de me faire belle, ce n'est tout de même pas un crime, non? Tu sais, chou, je n'ai pas complètement perdu mon sex-appeal. – Je n'arrive pas à croire qu'elle vient de prononcer le terme sex-appeal. – J'ai juste connu une traversée du désert, voilà tout, marmonne-t-elle.

Je me tourne vers elle. Elle est en train de saupoudrer du sucre glace sur les framboises et les fraises, les joues à peu près aussi rouges que ces fruits.

– Attends, Manou! T'es amoureuse?

– Certainement pas!

– Menteuse. Ça se voit.

Elle se met alors à glousser.

– Oui, je suis une menteuse! Eh alors? Avec toi et ton Joe sur votre petit nuage, à présent Big et Dorothy... j'ai peut-être un peu attrapé le virus. L'amour, c'est contagieux, tout le monde sait ça, Lennie.

Elle sourit de toutes ses dents.

– Alors, qui est-ce? Tu l'as rencontré au Saloon hier soir?

C'était la première fois qu'elle sortait depuis des mois. Manou n'est pas du genre à draguer sur Internet. Enfin, pas que je sache.

J'appuie mes mains sur mes hanches.

– Si tu ne vides pas ton sac, j'irai interroger Maria demain. Elle sait tout ce qui se passe à Clover.

Manou pousse un petit cri. « Motus et bouche cousue, chou! »

J'ai beau insister pendant les heures que nous passons à préparer des tartes, des gâteaux et même quelques fournées de clafoutis aux fruits rouges, ses lèvres muettes restent scellées en un sourire.

Quand nous avons terminé, je récupère mon sac à dos, déjà prêt, et me mets en route pour le cimetière. En atteignant le sentier, je me mets à courir à toute vitesse. Le soleil filtre par îlots isolés à travers la cime des arbres, si bien que je m'envole de la lumière à l'ombre, de l'ombre à la lumière, d'un soleil de feu aveuglant à une triste pénombre fantomatique, encore et encore, de l'un à l'autre, l'un après l'autre, et parfois les deux se mélangent en un rêve émeraude de feuillages illuminés. Je cours à toutes jambes, toujours plus vite, et à mesure que j'accélère le voile de mort qui me recouvrait depuis des mois commence à se détacher et à s'en aller. Je fends l'air, libre, portée par ce moment de joie intense, rien qu'à moi, et mes pieds touchent à peine le sol tandis que je décolle vers la prochaine seconde, la prochaine minute, journée, semaine ou année de ma vie.

J'émerge de la forêt sur la route menant au cimetière. Le soleil brûlant de cet après-midi écrase absolument tout et s'infiltre paresseusement entre les arbres, projetant des ombres longilignes. Il fait chaud et l'air est imprégné d'entêtantes senteurs de pins et d'eucalyptus. J'emprunte la petite allée qui serpente entre les tombes en écoutant le grondement de la cascade, et je me souviens à quel point j'avais insisté, de façon totalement irrationnelle, pour que Bailey repose à un endroit d'où elle puisse voir, entendre et même respirer la rivière.

Il n'y a que moi dans le petit cimetière au sommet de la colline, et c'est tant mieux. Je lâche mon sac à dos, m'assois à côté de la pierre tombale et y appuie ma tête, l'entoure de mes mains et de mes bras comme si je jouais d'un violoncelle. Le contact de la pierre est chaud. Nous avons choisi ce modèle parce qu'il contient une petite alcôve, une sorte de reliquaire creusé à l'intérieur et fermé par une grille métallique ornée d'un oiseau sculpté. Juste en dessous de l'inscription finement gravée. Je caresse lentement le nom de ma sœur, ses dix-neuf années, puis ces mots que j'ai inscrits sur une feuille il y a des mois et que j'ai donnés à Manou au salon funéraire : *La couleur de l'extraordinaire.*

Je fouille dans mon sac et sors un carnet. J'y ai retranscrit toutes les lettres écrites par Manou à notre mère ces seize dernières années. Je veux qu'elles soient auprès de Bailey. Je veux qu'elle sache qu'il n'existe pas d'histoire dont elle serait exclue, qu'elle est comme le ciel, partout. J'ouvre la grille pour déposer le carnet dans l'alcôve quand j'entends un léger tintement métallique. J'enfonce ma main à l'intérieur et en ressors une bague. Mon ventre se noue. Elle est magnifique, surmontée d'une topaze orange, grosse comme une noisette. Parfaite pour Bailey. Toby a dû la faire faire exprès pour elle. Je la tiens au creux de ma paume, et la certitude que ma sœur n'a jamais eu l'occasion de voir sa bague de fiançailles me déchire le cœur. Je parie qu'ils attendaient de l'avoir pour nous annoncer enfin leur mariage et la venue du bébé. Connaissant Bailey, elle aurait adoré frimer avec sa belle bague en nous apprenant toutes ces grandes nouvelles. Lorsque je pose l'anneau au bord de la tombe, le bijou scintille au soleil, projetant un prisme de lumière ambrée sur les mots gravés dans la pierre.

Je lutte pour repousser l'océan de tristesse qui me submerge, mais cela m'est impossible. Il faut vraiment se faire violence pour ne pas rester hanté par le poids de la perte et, à la place, apprendre à savourer le passé.

Tu me manques, lui dis-je, *tu vas tellement me manquer que c'en est d'avance insupportable.*

J'ignore comment le cœur humain fait pour endurer ça.

J'embrasse la bague, la replace à l'intérieur de l'alcôve, juste à côté du carnet, et referme la petite porte à l'oiseau sculpté. Puis je plonge mes deux mains dans mon sac et en sors ma plante. Elle est si décrépite qu'il ne lui reste plus qu'une poignée de feuilles noirâtres. Je marche vers le bord de la falaise, juste au-dessus des chutes. J'enlève le pot de la plante, frotte les racines pour en ôter la terre, puis je l'empoigne fermement, tends le bras en arrière, prends une grande inspiration et propulse mon bras vers l'avant pour, d'un geste, la laisser partir.

(*Trouvé dans une enveloppe, sur le lit, dans la chambre à ciel ouvert*)

(*Exhumé dans la chambre de Joe, dans la poubelle, déchiré en mille morceaux par Lennie*)

(*Retrouvé sur le bureau de Joe, intégralement rafistolé au Scotch, avec le mot « anti-orgasmique » inscrit en travers*)

(*Trouvé encadré dans le tiroir de la commode de Joe, où il se trouve encore*)

Remerciements

Dédié à la mémoire de Barbie Stein, qui est partout, comme le ciel.

Je tiens à remercier :

En tout premier lieu, mes parents, tous les quatre, pour leur amour et leur soutien sans borne : mon génial de père et Carol, ma mère au grand cœur et Ken. Ma famille tout entière pour leur humour dévastateur et leur ténacité : mes frères Bruce, Bobby et Andy, mes belles-sœurs Patricia et Monica, ma nièce Lena, mes neveux Adam et Jake, mes grands-parents, notamment l'inimitable Cele.

Mark Routhier pour tant de joie, de foi et d'amour.

Mes amis formidables, mon autre famille, chaque jour, sur tous les fronts : Ami Hooker, Anne Rosenthal, Becky MacDonad, Emily Rubin, Jeremy Quittner, Larry Dwyer, Maggie Jones, Sarah Michelson, Julie Regan, Stacy Doris, Maritza Perez, David Booth, Alexander Stadler, Rick Heredia, Patricia Irvine, James Faerron, Lisa Steindler et James Assatly, dont la présence manque énormément, ainsi que ma famille plus large : les clans

Routhier, Green et Block... et tant d'autres aussi, trop de noms à citer.

Patricia Nelson pour sa gaieté et son savoir-faire inépuisables, Paul Feuerwerker pour sa glorieuse excentricité, ses festivités et ses conseils éclairés sur l'intérieur des salles de répétition, Mark H. – sublime musicalité, premier amour.

Les enseignants, le personnel administratif et les étudiants du Vermont College of Fine Arts, en particulier mes mentors miraculeux : Deborah Miles, Brent Hartinger, Julie Larios, Tim Wynne-Hones, Margaret Bechard et Jane Yolen. Ainsi que mes camarades de classe : les Cliff-hangers, notamment Jill Santopolo, Carol Lynch Williams, Erik Talkin et Mari Jorgensen. Également, toute l'équipe du VCFA de San Francisco. Et Marianna Baer – l'ange au bout de mon clavier.

Mes autres fabuleux professeurs : Regina Wiegand, Bruce Boston, Will Erikson, Archie Ammons, Ken McClane, Phyllis Janowitz, C. D. Wright – entre autres.

Ma gratitude et ma profonde reconnaissance à :

Mes clients de la Manus & Associates Literary Agency, ainsi qu'à mes extraordinaires collègues : Stephanie Lee, Dena Fischer, Penny Nelson, Theresa Van Eeghen, Janet et Justin Manus, et surtout Jillian Manus, qui ne marche pas mais danse sur l'eau.

Alisha Niehaus, ma remarquable éditrice, pour son bouillonnement, sa profondeur, ses conseils, sa gentillesse, son sens de l'humour, et pour avoir fait de chaque aspect du processus une célébration. Tout le monde chez Dial et Penguin Books for Young Readers, pour m'avoir coupé le souffle à chaque étape jubilatoire.

Emily Van Beek de Pippin Properties pour être la meilleure agent littéraire au monde ! Je reste à jamais hypnotisée par sa gaieté, son intelligence, sa férocité et sa grâce. Holly McGhee pour son enthousiasme, son humour, son bon sens et sa prévenance. Elena Mechlin pour sa baguette magique et ses encouragements en coulisses. Les Pippin Ladies n'ont pas leur pareil. Et Jason Dravis à la Monteiro Rose Dravis Agency pour sa vision et son étourdissant savoir-faire.

Et pour finir, un immense merci géant double salto du fond du cœur à mon frère Bobby : fidèle d'entre les fidèles.